毒砂掌
人間
來，無非兒女情長
白羽 著
人生到此，什麼大俠，什麼英雄，
我們還不是一樣！

目錄

目錄

峨眉一子窮林自剄

康海如脫弦箭，如驚弓鳥，沒命地撲奔黑影逃走。好不容易跑入林叢，喘了一口氣，回頭一望，鐵蓮子卻在側面樹後，哧地笑了一聲。笑得康海毛骨悚然，才待躲避，早被鐵蓮子指揮著的柳葉青、玉幡桿堵住出口，把康海圍住了。

康海困獸猶鬥，倏地一揚手，連發出三隻暗器，鐵蓮子三人全閃開了。柳葉青頓時憤怒，就要還發暗器，被鐵蓮子招呼了一聲：「等一等！」轉面低聲問康海：「你可是峨眉派嗎？」

康海滿腔怒焰，破口罵道：「太爺是峨眉派，你是什麼東西？我跟你們素不相識，無仇無怨，你們為什麼阻擋我的去路？還要包圍我？」

鐵蓮子非常沉穩，淡淡地說道：「你是峨眉派，等一等，我要看看你們的面目。」忽一晃火摺，發出火光來，照康海投去。那邊玉幡桿楊華果然依稀還認得康海的面貌，連忙叫道：「師父，不錯，有他。是他們七八個人，把獅林觀一塵道人暗算了的！」柳葉青道：「既是獅林觀的對頭，我們犯不上管了。」

她還記著奪劍之仇。柳兆鴻壽眉一皺，驟然得計，大笑道：「好好好，你真是峨眉派，你們真是暗算一塵道人的那夥子綠林。好極了，我要找獅林觀，卻沒有見面禮。你姑且受縛，給我們權當一份禮物吧！」

說話時，柳葉青、楊華已然散開了，把住了兩面。康海不由得心中一震，忙退後一步，先周圍一看，最後打量說話的人。那人怒聲喝道：「你們到底是怎麼回事？」鐵蓮子默不搭腔，向一婿一女說道：「快上，捉活的，拿他換劍！」柳葉青明白了父親的意思，心中甚喜，口中說道：「爹爹真有主意！」立刻仗手中劍撲上前去，玉幡桿楊華立刻摘下彈弓，扣彈丸，準備照康海下三路打。鐵蓮子將雁翎刀一橫，立刻把來路口一堵，看定康海，不准康海逃走，也不准外人來搭救，來打攪。

康海又怕又怒，尤其可恨的是，這三個對頭素不相識，又全不搭腔，乍見面就利劍先上，彈弓窺伺在旁，眾寡不敵，這情勢太劣。他無可奈何，就把手中兵刃一擺，拚命猛撲上去。

柳葉青展開輕盈的身法，精快的劍術，劍訣一指，第一劍奔敵人兵刃硬削，卻不真削，刀劍方要相接，順手一滑，劍鋒直走輕靈，斜切藕式往敵人懷內一挑，一點，竟擊斬敵人的右臂腕。康海連忙收刀，微撤半步，刀花一轉，往外橫蕩，打算磕飛柳葉青的劍。柳葉青早一收一發，唰的一劍，又奔敵人左臂腕斬來。康海急忙招架，二人動手。柳葉青一味側身猛進，全是截斬敵人的上盤，是硬砍實鑿的鬥法。康海此時心慌意亂，已然自覺不祥，縱然拚命衝殺，心氣已餒。柳葉青得理不讓人，一連數劍，攻勢越猛。她心中發急，唯恐誤了奪劍之事。

她就再不遲疑，一面打，一面向楊華喊了一聲：「釘住了！掏出你那心窩子能耐來！」玉幡桿笑應道：「我曉得，你別嚷了！」

他就開弓伺隙，專等敵人的漏空。柳葉青劍鋒一轉，改攻要害，唰的改變了連環劍，招招歹毒。

康海一面鬥，一面打點逃走的方向。見柳葉青劍招太快，他就暴喊一聲：「呔！」刀花一緊，佯攻驟退，頓足一躥，想奔玉幡桿身旁小路逃走。這一來更壞，玉幡桿喝道：「哪裡走？」

左手持弓，右手曳弦，橫身一阻，唰唰唰，發出三粒彈丸，把康海打得東閃西躲，寸步不能上前。柳葉青已乘勢從側面追到。

康海像陷入坑中的猛獸一般，二目圓睜似銅鈴，深知楊、柳二人並肩作戰，一個攻近，一個攻遠，自己人單勢孤，勢難衝過。他立刻打定主意，又假裝一撲，二次翻身退回，往來路左方跑，打算繞林而逃。柳葉青喊了一聲，立刻斜抄著堵截。

玉幡桿也忙開弓遠引，用彈丸打斷康海的逃路。卻是他夫妻此時正當去路，相隔稍遠，全晚了一步。那當林而立的鐵蓮子柳兆鴻哈哈一笑，如飛鳥掠空，縱身而起，恰恰跳到康海對面，把路截住了。康海狂喊揮刀，被鐵蓮子揮刀一磕，的一聲，康海的刀險被磕飛。康海轉身又落荒逃跑，鐵蓮子趕上一步，喝道：「倒下吧！」唰的一腿，正踢中康海的腰胯，康海咯噔一聲栽倒。

柳葉青嚷道：「快按住他！」玉幡桿急急掛弓、抽鞭，健步來捉。卻不知道康海也非易與者，身才倒地，一個懶驢打滾，翻出數尺，跟著鯉魚打挺跳起來，把手一揚道：「看毒蒺藜！」

黑乎乎一物，奔楊華面門打來。楊華早有戒心，慌不迭地俯腰往旁一躥，手中豹尾鞭往外疾掃，照著暗器打去。的一聲，暗器打落在地，這並不是毒蒺藜，大概是飛鏢甩箭之類。

玉幡桿楊華吃了一驚，眼往地面一看，忙提鞭攔堵，未免心中稍涉疑慮。康海趁此機會，搶奔玉幡桿左側，如飛地衝逃過來。再一繞，便要穿林奪路而去。柳葉青大怒，忙叫道：「華哥，你怎麼又使你那鞭？還不掏彈弓打？」口中吆喝，身軀早似蜻蜓點水，掠空撲到，揮劍上前，重把康海邀住。康海這時已然萬分惶急，右手持刀，左手潛藏一支暗器，奮步狂奔，恰巧柳葉青從斜刺裡趕到。康海把滿腹怨氣全灌在攔路人身上，不容柳葉青迫近，大叫：「擋我者死！看打！」右手刀摟頭便劈，左手暗藏的鏢順勢打出去。

這一刀一鏢同時撲奔柳葉青的上盤。黑影中，柳葉青不敢硬碰，身子一側，急將手中劍揮起一團劍花，打掉暗器，躲開劈頭這一刀，忙即擰身進招，探手掏取鐵蓮子，口中喝道：「好猾賊，你跑不開了！」一劍照康海背後刺去。

康海分明聽出背後劍刃劈風之聲，他更不回頭招架，雙足狠命一頓，唰的掠空躍出一丈多遠。他好不容易得了逃跑的機會，再沒有鬥志了。一味腳下加力，恨不得肋生雙翼，飛入林叢。柳葉青趕步連劈三劍，康海全不招架，連步躥出三四丈，眼看把柳葉青落在後面。柳葉青急得衝丈夫玉幡桿大嚷：「你還不快擋，還不快發彈弓？」說時，自己早將鐵蓮子連打出去。

這康海也是久經大敵之人，雖然飛奔，並不走直線，一味左閃右閃地逃躲。柳葉青的鐵蓮子打出了三個，全都落空。玉幡桿楊華著了忙，大岔步趕上去，早將鞭收起，把彈弓彈丸扣好，喊一聲：「青妹留神，我要開弓了！」彈丸如流星趕月，奔康海下三路打去。康海左跳右跳，到底沒有跳開，有一粒彈丸，似乎中了脛骨。康海哼了一聲，身子一栽，身法未免緩慢了一些，頓時之間，彈丸如雨，齊集康海的背後。柳葉青的鐵蓮子也已瞄準了，打到了。鐵蓮子柳兆鴻更如飛般趕到，立刻把去路重給截斷。

玉幡桿楊華、江東女俠柳葉青，夫妻倆見康海陷入重圍，一齊大喜，雀躍著爭先上前，就要捆拿康海。康海拚命奪路，掄刀硬奔鐵蓮子砍來，出手時先打出一鏢。鐵蓮子柳兆鴻扼住林徑，一見敵人撞來，略略將身一閃，伸手接住鏢，還打出去。未容康海躲避，手中雁翎刀只一擺一刺，正刺中康海肩胛，頓時鮮血迸流。康海大吼了一聲，身軀晃了兩晃，撥頭往回就逃。楊華、柳葉青夫妻雙雙迎上來，喝道：「別走！」橫身來擋康海。鐵蓮子急急喊道：「喂，留神咬著你們，嗐，留神困獸死鬥！」

果然老江湖的推測不錯，峨眉後七雄之一的康海身負重傷，還能掙扎。在他剛一打晃，楊、柳夫婦剛才撲來，他又怪喊一聲，霍地躥起來，抬手連放出暗器，一人一袖箭，分向楊、柳夫妻打來。楊、柳夫妻不能不躲，唰的往兩旁一分，腳下自然稍一停頓。康海竟忍痛浴血，奮渾身之力，拚命改途落荒逃走。楊、柳夫妻只顧阻攔林叢，想不到他往回逃，見狀大失所望，忙拔步跟蹤又往回趕。鐵蓮子笑罵了一聲，也從後跟了下來。

當下康海竟繞圈子亂跑，眨眼間此逃彼趕，迤邐又奔出二里多地。前面黑乎乎一片，又似一帶土崗荒林。康海撫創前奔，楊、柳夫婦忙道：「不好，又要鑽樹林！」夫妻趕緊努力，分兩翼包抄下去。無奈負傷的康海復仇之念甚熾，求生之志甚強，掙出一股死力，狠命奪路，眼看先一步就要突入林崗。玉幡桿楊華腿長力健，柳葉青飛縱術精熟，夫妻二人急趕之下，竟和康海只差一兩箭地。恨得康海回頭大罵：「我跟你們無仇無恨，素不相識，你們竟苦苦地窮追不捨，你你你……你們怎的甘心做獅林觀的走狗！」口中毒罵著，腳下並不停，狠命地搶上林崗，驟然翻身止步，居高臨下，探手掏出暗器。直等到楊、柳夫婦雙雙搶崗，他就怪叫一聲，猛照楊、柳二人亂打起來。

楊、柳夫婦貪功過甚，竟不管不顧地追逼上去。柳葉青自恃輕功，撲到崗下，提氣一拔，首先往上硬搶。康海的暗器突然迎頭打到，而且是連珠鏢，對準柳葉青上盤連打三支。

柳葉青驟不及退，又不能上，慌不迭地往旁一跳，鏢已閃過，人竟立不住腳，一下子蹬著滾石，幾乎摔下土崗。所幸玉幡桿楊華跟蹤繼到，仗他擅打彈弓，目力極銳，立刻看出了凶險，慌忙開弓發彈，一連數下，僅僅把敵人抵住。柳葉青趁勢又躥上去。康海倏地退閃，借樹障身，躲開楊華的彈弓，又發連珠鏢，單打柳葉青。柳葉青一面躲，一面也發鐵蓮子還擊。玉幡桿楊華尚在崗下，目睹愛妻已然上去，他就嚇了一跳，急急忙忙，奮不顧身，也搶上土崗，一面大呼，一面開弓發彈，吧吧吧，一連數下，全照康海的上盤打去。康海已登土崗，忙繞樹一轉，突然拐入林中，卻慘叫一聲，咯噔一聲響，又栽倒在地，也不知是中了彈丸，還是絆著樹根。玉幡桿一股急勁，頓忘了入林莫追之戒，緊迫康海，倒搶在愛妻之前，先撲入林中。

楊華已經追入林叢，柳葉青剛剛定了神，急忙大叫：「華哥，留神！」她也慌不迭地伏腰急竄，跟蹤來到林中。

此時鐵蓮子柳兆鴻剛剛抄後路繞到，見狀也叫道：「咳咳咳！」意思是禁止愛女愛婿涉險入林，倉促間來不及攔，楊、柳早已闖進去了。這老兒十分焦急，也就奮不顧身，伏腰提刀，猛地一躥，蜻蜓三點水，斜角抄入險地。

這高崗荒林，裡面漆黑無光，玉幡桿楊華仗著練彈弓先練目力的功夫，居然稍一凝神，便已認出康海栽倒的地方，是在一棵大樹旁，樹下人影蠢動，自然是康海。他這次吃穩，先不近撲，忙拽開彈弓，照康海失足處，前後左右，吧吧吧吧，連打出七八粒彈丸。準聽見康海哼了一聲，然後彎腰扶樹，動了幾動。楊華然後左手持弓問路，右手提豹尾鞭防身，悄悄搶進前去捉人。

楊華才待挪步，愛妻柳葉青已然趕到，輕噓一聲，低呼道：「喂，稍等等！」她一伏腰，跳離開丈夫，約莫相隔一丈多遠，故意弄得樹枝葉亂響，然後溜到兩丈外，彎腰扶樹，幾乎是頭臉貼著地皮，借此凝眸，穿過了林隙，透視敵人的虛實。

柳葉青左覷右覷，歪看正看，估定大樹旁，確有一個倒臥之人，那一定是康海了。卻不知他掙命狂逃，好不容易入林，因何緣故，到此並不再躲。她再也測不透，康海已負致命傷，傷處汩汩地流血，人已不能支持了。

玉幡桿楊華依然要上前捉人，柳葉青深知穿林擒敵，危險實多，她又挨過去，抓住丈夫的手，只暗叫他開弓驚盜，不許他輕身欺敵。然後她嬌叱一聲道：「狗賊，哪裡跑？你藏不住，早看見你了！還不快出來受縛！」自己掏出暗器來，和丈夫玉幡桿的彈弓，同時比對好了，就借樹障身，分兩面試著往前趟，故意撥草尋蛇，虛張聲勢，希望把康海驚起來跑，再用暗器取他。

就在同時，鐵蓮子也從背後抄人林中。三方緩進，要捉康海。

據他們翁婿夫妻猜想，必有一番凶殺苦鬥，才能捉住康海。康海臨危，勢必拚命，荒林昏夜，身須涉險。哪知康海這時已失去拚命的能力，只聽他強努著勁，肆口喊罵道：「好惡賊，我與你們無冤無仇！好惡賊，咱們二十年後再見！」跟著聽見一聲狂吼，接著一聲慘嘶。鐵蓮子柳兆鴻厲聲警告道：「快快，快點火摺，快來！唔，多加小心，小心暗算。這個點子不好，要尋死！」

說時，鐵蓮子首先冒險進撲，將手中火摺照大樹下拋去。

玉幡桿楊華、柳葉青也各持兵刃，護住己身，雙雙貼樹踏險，奔尋過來。三支火摺子齊燃，稍一定神，當時照見了林叢中大樹下的一切。峨眉派後七雄的康海，果然血淋淋地仰臥在自己流的血泊之中，右手刀整橫在項下，項下的血兀自汩汩地往外冒，身軀仰臥，雙目瞪視，露出十分凶殘之相。

楊、柳翁婿父女，首先吃驚的是玉幡桿楊華，他不禁毛骨悚然。這自殺的慘相，頓時使他想起了半年前中毒慘死在老河口店中的南荒大俠一塵道長。一塵道人凶死的慘厲景象，霎時間在他眼前如電光一閃，恍惚看見瞪視的一對眼和咬牙切齒地嘴唇。他不由失聲搖頭道：「咳，好慘，好慘！」又不由失聲道：「咳！蒼天有眼，真乃是天道好還！」

玉幡桿楊華呆立在康海屍體之前，竟不知所措。在他身旁的女俠柳葉青不禁哧的一聲笑了起來，並且叫道：「呆子，你難道沒有見過死人？還不快過去驗看驗看！也許還有口氣呢！」

果然康海還有氣呢！康海他自己拔刀自刎，氣力已盡，剛剛割破了氣嗓管，咽喉不曾全割斷，以至於時發慘哮，仍未氣絕，口唇微動，似猶在謾罵，手指一伸一抓，身子一陣陣蠕動，無奈空餘三寸氣，此刻他僅能怒目發狠罷了。玉幡桿徘徊不忍卒視，柳葉青盡只嘲笑她丈夫，她也有些看不下去。獨有鐵蓮子柳兆鴻竟爾漠不動心，招呼一婿一女：「快替我舉著火亮，我要搜搜他！」

鐵蓮子健步上前，側身立在血泊中的康海的右首，釘住了垂死人的兩手，使一個拿法，把康海右手的刀先摘奪出去，然後又拿住康海的左手，把手掌掰開，驗明並無暗器，這才說：「朋友，你好好地認輸吧。我們沒有殺害你的心，只因你暗殺過別人，你這才被逼情急。朋友，好漢子臨死也是好漢子，我不能坐視你掙命！」說到這「掙命」二字，雁翎刀倏然一抹，康海登時絕氣。玉幡桿不禁叫了一聲：「呀，師父，您……」

鐵蓮子抬頭微顴，面對玉幡桿說：「你難道說我狠嗎？這個人眼睜睜活不得了，與其任聽他掙命哮喘，還不如及早送他噍氣，少受許多苦處。」意態淡然，似乎毫不介意。玉幡桿從來沒見過鐵蓮子對待綠林這麼辣法，心中仍覺歉然。柳葉青久跟鐵蓮子遊俠，似這等殺賊如刈草，所見不一而足，她是一點也沒往心上想。回頭衝丈夫玉幡桿叫道：「你走過來靠近一點，你害怕殺人嗎？你不是說他就是暗算一塵道人的賊黨嗎？死了他，有什麼可惜，你看你難過的這樣兒！」

玉幡桿楊華重複咳了一聲道：「你不懂我的心情，就嘲笑我是懦夫好了。」依然搖著頭，俯身湊過來，和柳葉青一左一右，頭上腳下地照著這已死的康海。鐵蓮子微哂了一聲，蹲身很快搜檢康海，首先把他的豹皮囊打開，看過順手掏出一個靈牌來，哦的一聲，心下明白；然後把康海身背的木匣也要打開。這木匣用鎖鎖得很結實，鐵蓮子不耐煩撬開，信手只一掰，把銅什件掰壞，又加勁一扯，登時把木匣的上蓋劈開，立刻從木匣內衝出一股氣味，直撲鼻管，似乎很噎人。鐵蓮子趕快閉住氣，用火摺一照：「呀，匣裡竟是一顆人頭！」這人頭用木匣世襲珍藏地裝著，用乾鹽石灰防腐藥品很當心地封著。

這顆死人頭顱一出現，柳葉青在旁瞥見，首先發出驚訝之聲：「這是怎麼個講究？是誰的人頭？」

鐵蓮子抬頭看她一眼，說道：「你細心猜猜！」

玉幡桿楊華陡然大悟道：「哦，這一定是……哦，這一定是……哦，師父，您老看一看，是不是頭頂有長頭髮？」

柳葉青也恍然大悟道：「對，這準是一塵道人。爹爹，你看看，這人頭可不是長頭髮老道模樣？」

這時候鐵蓮子柳兆鴻不避腥穢，早將死人頭顱倒出匣來。

就火摺之下，三人齊看，這一顆死人頭顱，恃有石灰乾鹽封著，居然還不甚腐爛，依稀辨得出鬚眉長髮——是這麼樣的一個男子頭顱，是生前鬚眉如戟，這樣雄偉的一顆大好頭顱！

「是一塵道人，果然是一塵道人！」鐵蓮子一聲不響，細加檢視，從顱頂發綹上掣出一條黃綾縹帶，帶上明標著三行字，頭一行便寫著「賊道一塵」，楊、柳夫妻不由同聲叫了出來。

「一世之雄，而今安在？空剩得大好頭顱，不免落在仇人之手！人生到此，什麼大俠，什麼英雄，我們還不是一樣！」

面對這匣中割斷的一塵頭骨，旁睨那草間自刎的康海屍身，生死恩仇，同歸於盡！鐵蓮子也禁不住動心了，連連搖頭嘆息道：「慘啊，慘啊！」

天真爛漫的柳葉青感到了生死無常，心中也是十分悵觸。

玉幡桿楊華和一塵道人生前一度遇合，此刻目對殘骸，更是從脊背後直冒涼氣。夫妻倆望著一塵的頭顱，不禁互挨著肩，互握著手，不勝淒愴之情。

「大俠，大俠，這就是大俠！」

翁婿夫妻三個人都陷入深思之中。這時候，他們的火摺子漸漸要燃盡，漸漸要熄滅。

鐵蓮子柳兆鴻衝破了沉默，說道：「仲英，青兒，你們不要發愣了。」他把這一塵道人的頭顱還放在木匣裡，遞給了楊華，又叫柳葉青：「不要再糟蹋火摺子了，先把它熄滅吧，過一會兒我們還要使用。」

於是趁著楊、柳夫婦收拾人頭木匣、熄滅火摺的時候，柳老他就摸著黑一轉身，亮雁翎刀，俯腰揮腕，咔嚓一聲響，把已死的康海的人頭也割下。鐵蓮子很快地控了控殘血，把自己背後的小包打開，取出一方油布，把人頭包好，先擲給玉幡桿楊華，又叫過柳葉青來。父女二人各用刀劍，就林中崛起一個深坑，把康海的無頭死屍重新搜檢一遍，搜出來的東西鐵蓮子都拿來，裝在康海自己的豹皮囊內，連那康海父親的靈牌木主也都收了起來，然後似祝似諷地說道：「朋友，一塵道人死了，你也死了。你們恩仇俱泯吧！這一輩子，總算沒有白活，夠個男子漢、大丈夫。我現在把你埋葬了，你的頭，我可要暫借用用。」

鐵蓮子伸手抓起康海屍體的一臂一肢，整個投入土坑，很快地撥土掩埋了。鐵蓮子仰天略籲一口氣，命柳葉青重燃火摺，把浮土用腳踏得半平，又看了看血漬處，一時沒法子滌淨，只灑了些土，又拔野草略做掩蓋。這樣就把窘急自戕的康海葬入黃土中了。

鐵蓮子柳兆鴻這才叫道：「仲英，青兒，沒事了，我們走吧。我們拿著一塵和這康某的兩顆人頭，去找獅林三鳥去換劍！」

柳葉青大悟大喜，連說：「好主意，爹爹的心路真快，難為您老，把這事簡直想絕了。您老瞧，那邊火光還亮，我們就趕了過去，把獅林觀的老道們邀住，咱們開誠布公地跟他們講明白。」

鐵蓮子哧道：「你不要胡出主意了。我卻不要趁熱鬧去跟人家講交易，我們還是應該先找駱祥麟。」

柳葉青不滿意她父親的話，抬手一指林外道：「爹爹說的倒好聽，可是這時候哪容你轉彎抹角、煩人托情呀！您老抬頭往外看看！」

這時候林外數里之遠，火光通紅，照破了夜幕，隱約聽見人聲吶喊。這顯見是白蕩湖畔，鐵錨幫的下處失了慎，顯見是獅林三鳥為向峨眉尋仇，遷怒到居停主人，跟鐵錨幫也鬧翻了臉。這火起得很驟，分明是故意放的火；而人聲喧騰，分明是救火起了鬥毆。由此推想，鐵錨幫和峨眉派必已慘敗，獅林群鳥必已得手。那麼獅林群鳥他們一定正在搜殺仇人，他們一定沒有離開白蕩湖畔。依柳葉青之見，她父鐵蓮子正該一徑尋了獅林三鳥去。他們雙方若還打，翁婿父女可以坐山觀虎鬥；等他們打完，便上前發話，贈人頭，討寶劍，開門見山，一言可決。獅林三鳥若落敗，還可以上前助拳，那又可以挾功討劍了。柳葉青越想越有理，便道：「爹爹請想，我們有著這麼好的禮物，我們又站在理字上，我們現在找了去，正是機會，爹爹千萬不要猶猶豫豫地耽誤了。」

柳葉青是這麼打算，玉幡桿也深以為然。鐵蓮子卻連連搖頭，向婿女說：「你們不要忙亂，等我想一想，等我先看看。」

吩咐楊、柳夫婦，每人分背著一顆人頭，他自己提雁翎刀當先開路，往白蕩湖那邊斜抄過去。

血債血還毒刑訊寇仇

柳葉青所料不差，當此之時，獅林群鳥意外得到彈指神通華雨蒼父女師徒不期而遇、同仇敵愾的臂助，已然戰敗了鐵錨幫，從鐵錨幫的巢穴殺出來，正在窮追峨眉群盜。

峨眉群盜漫不迎敵，一味狂逃，不惜嫁禍給居停主人鐵錨幫。鐵錨幫的巢穴突然起了火，也不知是誰放的。

獅林三鳥中的黃鶴謝秋野、白雁耿秋原，和師弟胡山巢、顧山桐、戴山松，師叔一瓢、一航、一清，賴那幕面老者銅陵老武師駱祥麟的指引，直尋到峨眉派的潛藏處，徑攻入鐵錨幫的堆子窯，分三路並進，把一粟道人從水牢中救出，還殺了快手盧登。他們就裡應外合，把峨眉派群雄認準了，釘住了，不休地追趕。

彈指神通華雨蒼父女及其群友，為了救護談門孀孤，也綴定了峨眉七雄，窮追不捨。

虎爪唐林、海棠花韓蓉夫妻倆，由幕面老者駱祥麟指點，被埋伏在外的白雁耿秋原一行緊緊包圍住。海棠花韓蓉的毒蒺藜教獅林群鳥的氈盾給破了。韓蓉身中兩劍，竟撲倒在地上。

她的丈夫虎爪唐林大吼一聲，橫刀過來，救妻拚命，頓時也被白雁耿秋原督眾圍住，狠狠鬥在一處。

可惜的是，獅林群鳥倉促尋仇，認不清峨眉七雄每個人的面目，只能倚靠著幕面老武師駱祥麟的指點。駱祥麟也不能盡識峨眉七雄，他僅僅認得虎爪唐林和巴允泰。至於海棠花韓蓉，因為她是女子，又會打毒蒺藜，乃是耿白雁等根據玉幡桿的傳話，指名要專找的人，所以剛剛見面，立時被認定。

老武師駱祥麟幫助獅林三鳥尋仇，特意帶上面幕，他的居心是不願意得罪鐵錨幫的。駱祥麟見虎爪唐林已在鐵錨幫巢穴外陷入重圍，他就一變口音，抽身向耿秋原招呼了一聲。耿白雁立時會意，用切口說道：「謝謝你，這裡不用您老指點了，就請你費心，給我們大師兄引路。」又命一個師弟緊隨著駱祥麟，駱祥麟奮身跳入鐵錨幫後牆，迎頭去尋獅林新觀主黃鶴謝秋野道人。

黃鶴謝秋野正督眾圍攻喬健生、喬健才，且動手，且喝問二喬的姓名。二喬不識趣，一味用他們的四川土語向巴允泰通暗號。巴允泰揮刀斷後，連喊：「念短，扯呼！」謝黃鶴本不認識二喬，僅從他們的四川口音上和驚慌的舉動上，猜出他們不像鐵錨幫。卻是夜色深沉，仍恐錯尋了對頭。他們這一出聲，一口的四川口音，立刻露出馬腳。謝黃鶴一行不等駱祥麟趕到指認，便已釘住二喬了。又從彈指神通華雨蒼的動手情形上，認出巴允泰必是峨眉派的要緊人物。黃鶴謝秋野怒喝一聲，指揮同門，拋開他人，一心追拿二喬和巴允泰。喬健才陡被謝黃鶴削斷兵刃，頓時大駭，拚命奪路逃走。喬健生見勢不妙，也立刻拔腿逃跑，卻不敢走正路，一抹地逃到西角門，鑽入廂房，踢窗遁去。謝黃鶴急命同門追趕，他自己掄掌中青鏑寒光劍，撲奔巴允泰，師叔一瓢道人也撲奔巴允泰。

巴允泰很識貨，知道這把寒光劍非常厲害，便不肯迎敵謝黃鶴，早已打定了「三十六計走為上計」的主意，此刻越發徬徨四顧，潛生詭謀。他為人最為陰鷙，臨走還要嫁禍給仇人，並不跟二喬同逃。他揮動手中兵刃躲黃鶴，鬥一瓢，且打且罵，且戰且退，忽東忽西地亂跑。一瓢道人、黃鶴道長，分左右在後緊緊追趕，厲聲喝道：「哪裡走？」一瓢道人揚手打出一暗器。巴允泰突地一伏身，躲開暗器，就勢回手還打出一鏢。

一瓢道人急急止步，掄劍一磕，打飛了鏢。巴允泰大喊道：「呔，還有一鏢！」第二鏢衝一瓢虛揚，轉手甩奔黃鶴打去。黃鶴也忙閃身，掄劍往外一跳。巴允泰借這機會，竟逃向鐵錨幫撤退的東跨院去了。巴允泰的陰謀是要把獅林三鳥誘到鐵錨幫的埋伏中。他的主意對了，可也錯了。他要巧借鐵錨幫做陷坑，殊不知鐵錨幫也要巧借他做釣餌。他們正是互相利用，各懷叵測。

那一瓢道人和新觀主謝黃鶴切齒尋仇，一味窮追，倚仗著本門超奇的劍術，不怕敵人勢強。哪裡曉得峨眉派在自己巢穴中驟然退讓，也自有他的打算。鐵錨幫並不好惹。

當下巴允泰大呼小叫地奔逃到東跨院，謝黃鶴和一瓢道人厲聲叱罵著，跟蹤追到東跨院。在這東跨院內，鐵錨幫由舵主姜海青、三舵主陳景匆匆調遣，已將大眾散布開。弓箭手全在高處，撓鉤手全在暗隅，又暗暗拉開了絆繩、兜網。巴允泰、一瓢、黃鶴，三條人影剛剛地撲進院來，院中黑乎乎無光，直等到三個人此逃彼逐，深入重地，突然嘡的一聲鑼聲響亮，跟著一陣梆子敲打，便聽四面八方暴雷似的一陣大喊，亂箭、蝗石橫飛，遍地扯起絆腳繩。

亂箭如雨，憑高臨下，照定三條人影攢射過來。巴允泰頭一個跑進來，頭一個成了眾矢之的。巴允泰吃驚急叫，轉身要躲，突又兜著絆腳繩。咕咚一聲，巴允泰栽倒在地，立刻在背後臀上釘了兩箭。高處暗際齊聲再喊：「弄倒一個了！」鐵錨幫這第一排箭，首先射中的是峨眉七雄的巴允泰，那獅林群鳥，在後跟追來的第二人影、第三人影，反因巴允泰首先中箭，得到警備。

一瓢、黃鶴都持有氈盾，正像鬥笠似的掛在背後，這原是防備毒蒺藜的。當下箭飛甚驟，一瓢和黃鶴剛覺出危險，兩人立刻背對背立定，交相掩護，舉起氈盾來，擋過了頭一陣箭雨，兩個人各持劍盾，奮身同進。謝黃鶴搶先半步，揮動寒光劍，削斷絆腳繩，和師叔一瓢，雙雙搶到巴允泰身旁。

巴允泰身帶二箭，已經跌倒，突又跳起來，大聲怪叫：「併肩子，是我，是自己人，後追的是仇人。」這時舵主姜海青手持一盞孔明燈，已奔三個人影照來。稍稍晚了一步，一瓢、黃鶴雙雙追到。一瓢道人第一劍奔巴允泰後心刺來。巴允泰旋身招架，一股猛勁，刀鋒碰劍刃，叮一聲嘯響，幾乎把一瓢的劍磕飛，巴允泰自己的刀也險些出手。就在同時，疾如驚蛇，黃鶴道人第二劍又早猱身刺來。

這一剎那間，姜海青發出暗號，箭雨暫停，火光齊照。卻是鐵錨幫有的人仍沒看出誤傷了自己人。

巴允泰負傷拒敵，背後帶著一支箭，臀部帶著一支箭，倉促間也沒工夫來拔，勉強架過一瓢的劍，黃鶴的劍又到。他負痛怪吼，頓時忘記了寒光寶劍，忽地一刀迎去，咔嚓一聲，刀刃被寒光劍削斷。巴允泰哎呀一聲，刀剩了刀柄。黃鶴道人同時也厲聲叫道：「師父在天有靈……」劍鋒再展，撲哧一下，向巴允泰的右臂飛去。

峨眉七雄的巴允泰狂叫一聲，驀地往外一跳。卻如電光石火般，一瓢道人也趕上一步，猛又發出第三劍，劍鋒直掠巴允泰的頭顱。巴允泰急忙縮頸藏頭，可是黃鶴道人緊趕一步，又早發出第四劍。碧瑩的寒光劍，哧的一下，由後背直透前心，巴允泰咯噔栽倒，立時氣絕。

火光中，樓上的鐵錨幫大舵主姜海青看得分明，不覺怒發如雷，張臂大叫道：「放放放箭……射射射死這群雜毛！」手下人立刻鳴鑼，鑼聲三響，梆子連敲，四面八方的箭立即瞄準了蓄髮道裝的一瓢和黃鶴，緊一陣，密一陣，風狂雨暴地攢射起來。

謝黃鶴刺死了巴允泰，縱聲狂笑，仰面望天，連聲大叫：「師父，師父！靈佑，靈佑！」一瓢道人猛上一步，俯身揮劍，要割取巴允泰的人頭。他們未免得意忘形，忽略了利害。樓上這一排箭紛紛集射，黃鶴驚叫，已自無及；一瓢運氈盾護身，蛇行探手，已經砍下人頭，正要用劍尖挑起，突飛來一箭，正釘在一瓢的手臂上。謝黃鶴一手舉氈盾，一手揮動了寒光劍，撥打挑掃，掩護著師叔。幸而一瓢道人也會左手用劍，人頭就在腳下，竟沒工夫拾取。舉起手臂，用牙齒咬住了箭桿，掉頭狠狠一甩，把箭拔出去，鮮血頓時迸流。這時候已無暇裹傷，急急換用左手劍，將受傷的右臂挽著氈盾，與謝黃鶴背對背，改為偕守勢。兩人同時張目往四處一望，掄劍盾開路，打算往後退。

二人無法徑行撤退，謝黃鶴悄問師叔：「傷勢如何？」一瓢搖頭說：「無礙！」黃鶴便奮足一蹴，把巴允泰的人頭踢到角門邊。兩道人互用後肘一靠，暗打招呼，倏地往後一躥，雙雙奔向角門。口發呼哨，催同門快來協力攻樓，搜拿仇人；同時暫避箭雨，仍要俯拾仇人之頭。這時候獅林群鳥已然散漫開，紛往各處，尋搜峨眉七雄。謝黃鶴連喊獅林觀的口號，竟無人來應援。鐵錨幫大舵主姜海青、三舵主陳景，居高臨下，早已望見，也已聽明，既懊惱著亂箭誤傷巴允泰，尤其惱怒獅林群鳥，公然當眾殲仇割首。姜海青大吼一聲，急發號令，連吹銅笛，招呼同幫來助。暗隅中潛伏著的撓鉤手已不待令下，鼓噪著衝出。這些撓鉤手禁不住謝黃鶴的寒光寶劍的鋒銳，剛剛衝上來，往四面一包圍，便被謝黃鶴倏地展開了三十六路天罡劍，一陣猛削。這些鐵錨幫友多被削斷了撓鉤桿，也有的被削掉手指頭。

撓鉤手們從沒遇見過這樣犀利的兵刃，頓時狂呼奔退。鐵錨幫下江派掌門大弟子虞百城已聞耗趕到，見狀大為憤恨，急率鐵錨幫的弩弓手從角門兩側，曳開強弩，狂射不休。大舵主姜海青又暗暗調齊鐵錨幫十多個有精幹武技的同門弟兄，各拿了魚叉、鉤鐮槍，由三舵主陳景率引，從後樓甬路繞過來，把角門扼住，不許黃鶴、一瓢逃退。

這些魚叉隊來得恰是時候，虞百城所率的弩弓手，亂發利箭，似仍擋不住兩個道人的劍盾。而且眨眼間，已將短矢射盡，有的弩弓手已然棄去弩弓，抽出腰刀阻鬥。可是腰刀是短兵刃，更不足以抵禦獅林觀鎮觀之寶的青鏑寒光劍，刀鋒一碰，立被削折。單只削折了兵刃，還不可怕，謝黃鶴運用一塵道長獨擅的三十六路天罡雙龍劍，與師叔一瓢道人聯成一氣。

一個施展右手劍，一個施展左手劍，雙盾外掩，雙劍從盾下突出，東一掃，西一掠。這一柄劍上削敵人兵刃，就手一抹，那一柄劍斜砍下盤，把敵人逼退。兩口劍直如一對蛟龍，進退呼應，宛然一體。這些船幫壯士，不過是械鬥打群架的能手，不怕死，敢拚命，是他們的長技，他們的刀法、劍術簡直不成。

人數縱多，不但擋不住獅林二道士，反而像滾湯潑鼠一般，剎那間，傷了好幾個，橫躺豎臥，血染當門，自己人阻礙了自己人的進退路。

鐵錨幫下江派大弟子虞百城怒極，換刀取棍，喝命弩箭手下撤，將一支鎖鐵齊眉棍揮動，上前索鬥。棍沉力猛，果然寒光利劍，投鼠忌器，不肯以隋珠彈雀，避實搗虛，倏地換了另一種鬥法。同時三舵主陳景也率魚叉鉤鐮槍隊撲到，人多勢眾，全是不怕死的愣漢，一齊堵門猛鬥。獅林觀二道人起初勢猛，轉眼間又陷入包圍。

鐵錨幫的援兵竟一撥跟一撥地趕到，力量越來越大。鐵錨幫的下江幫友本來麇居在白蕩湖、銅陵一帶，他們的老巢驟然遇變，他們全在夢鄉，本來不曉得。直等到警號連響，又加上多臂石振英為救初出茅廬的陳元照，不合放了一把火，而獅林群鳥又驟然襲到，鐵錨幫無暇救火，頓致火光衝天，烈焰飛騰，四鄰驚呼，立刻驚動了白蕩湖的幫友，立刻把凶耗傳布下去。幫友們立刻從睡夢中爬起來，側耳察聽，登高眺望，立刻互相說：「不好了，老窯走水了！」更聽出殺聲震耳，慘厲的報警銅笛嗚嗚狂鳴，於是援兵紛紛出動。凡是鐵錨幫的幫友，一個個不顧性命，操起他們的傢伙，一夥跟一夥地奔來。

當下裡一層，外一層，人影亂竄，呼喊震天，轉眼激成混戰。

獅林觀群鳥果然武功厲害，劍術精奇，到底吃虧人數不多，又且人地生疏，眼下就要被包圍。卻不料陡然引起了彈指神通華風樓主人華雨蒼父女師徒的義憤。

華風樓並不想跟鐵錨幫作對，他這番來意，本是譴責峨眉七雄違約失信，欺凌孤孀，只想把峨眉七雄逐出江南。他又目睹獅林群鳥為報師仇，突然衝來。這老人脾氣古怪，立刻閃身袖手，作壁上觀。率一女一徒數友，招呼師姪多臂石振英把徒孫陳元照先救出院外。他自己又率領一女一徒，重返鐵錨幫院內，不再動手，一味登高靜觀成敗。他還想勸架，不意他登高佇望，突挨了兩三支冷箭，俱被他打開，不覺心中動怒，又見獅林觀新觀主謝黃鶴和一瓢道人陷入圍陣，闖不出院門，他突然發了話，招呼一女一徒：「下去解圍！」

彈指神通華風樓命愛女摶砂女俠華吟虹在右，命愛徒奪命神針段鵬年在左，師徒父女三人各仗利劍，撲到角門，先不動手，振吭高呼：「鐵錨幫姜舵主請聽真！你們何必替峨眉派拔闖？峨眉七雄不夠江湖道朋友，他們欺凌孤孀，暗算仇人，他們又嫁禍給你們。你們在這裡為友拚命，他們一個個全都逃走，你們何苦替人受禍！」又大聲說：「獅林觀眾道友，請速住手！峨眉七雄全都逃走了，你們為何還在這裡戀戰？」

華風樓為人瘦小枯乾，發言卻聲如洪鐘。他這一發話，料想雙方應該聽清，立即住手。無奈此刻人聲鼎沸，雙方苦鬥正烈，誰也無暇聽明他的話，至多聽出他大喊罷了。彈指神通徒勞空喊，有些著惱，偏生鐵錨幫挾恃人眾，自信有勝無敗，竟在紛亂中，又有幾支冷箭衝他父女射來。華風樓大怒，決計武力弭爭。向一女一徒重招呼一聲，立刻三劍齊揮，奮身上前奪門。鐵錨幫群友譁然大噪：「你們欺負人到家了，你們有誰算誰！」立刻分兵迎敵。華家門三口劍竟聯成一體，一徒一女左右橫掃，華風樓挺劍直衝。鐵錨幫拚死力迎堵，僅僅把他們擋在角門邊。

這時候，幕面老武師駱祥麟也瞥見獅林觀新觀主謝黃鶴被鐵錨幫裡三層、外三層地圈住，他就急忙抽身，回去呼援，引來了獅林觀胡山巢一行，拚死力從外圍衝進。這樣一來，謝黃鶴、一瓢道人在垓心驟見鬆動。謝黃鶴精神一振，展開了手腳，揮動青鏑寒光劍，一路狂掃猛刺，鐵錨幫的兵刃又連被削斷，引起驚擾。鐵錨幫大弟子虞百城見狀大怒，急搖魚叉，上前迎鬥。叉劍相交，鬥不數合，被黃鶴刷的一劍，削斷叉頭，順手又一劍，正中虞百城肩井，登時血流如注，連退數步，翻身栽倒。鐵錨幫大嘩，幫友紛紛搶救。於是，乘此機會，華風樓三人往裡攻，謝黃鶴二人往外衝。居然衝到了鐵錨幫集眾扼守的角門，倏然合在一處。駱祥麟、胡山巢一行剛打外層撲入，見狀大喜，停劍不砍，突然發了甩手箭。眾手連揮，箭發如雨，眨眼間，打出一條路。胡山巢大聲發出獅林暗號，謝黃鶴、一瓢尋聲撲來。華氏父女師徒見解圍之計已然收功，乘機偕退。當下，他們十幾個人、十幾口劍，上下翻飛，如風捲殘雲，聯成一氣，紛紛奪路，闖出了跨院。

鐵錨幫幫友大吼跟追，獅林觀、華家門，十幾個人且戰且退。謝黃鶴心知華老仗義幫鬥，大聲說了句：「謝謝！」一手舉氈盾，一手揮動寒光劍，大奮神威，隻身斷後，仗著這口利刃，亂削敵人。摶砂女俠瞥見寒光劍削鐵如泥，十分驚奇。她一手揮動自己的劍，一手捏著梅花針，跟著父親華風樓，一面退，一面要回手發針。她父親不准她濫用五毒砂，她向師兄段鵬年連打招呼，要一同發針拒敵。

鐵錨幫群豪恚忿已極，銅笛連響，督眾緊追不捨。不防那摶砂女俠取得他父親的允許，獲得師兄的協助，兩人立即轉身揚手，發出數十根梅花針。針針打到鐵錨幫友持兵刃的手上、臂上、肘上，乃至於臉上、肩上如同蜂蜇了似的，痛而且麻。鐵錨幫友譁然震動，以為中了毒針，嚇得紛紛亂喊、亂竄、亂逃。

奪路的獅林觀群鳥立刻掃數衝出敵陣。黃鶴謝秋野眼見華風樓一口劍攻敵迅疾，給他們打開了出路；又見華老左右，一個摶砂女俠華吟虹，一個奪命神針段鵬年，只將手連連探囊，連連揚起，便把窮追不捨的鐵錨幫紛紛嚇退，心中大喜，向華氏父女連連揮手，催請他們先行。他自己也已突圍而出，留連仍不肯退，仗青鏑寒光劍，橫突直衝，忽然搶上前開路，忽然抹轉身斷後，和鐵錨幫群豪反覆苦拼。幕面老武師駱祥麟、獅林道友胡山巢頗不謂然，一齊發出口令，催黃鶴作速抽身，無須和鐵錨幫戀戰，反中了峨眉七雄嫁禍之計。謝黃鶴竟氣急遷怒，向黑影裡、人叢中狠鬥，竟把鐵錨幫做了峨眉派。

彈指神通華風樓見黃鶴這樣憤激，也很覺得詫異，以為遷怒太過。他一面指揮一徒一女，速發梅花針，拒敵奪路，一面向黃鶴振吭高呼：「峨眉七雄已全逃走，獅林道友何不快追，在這裡死鬥做甚？」一瓢道人右臂負傷，也很焦急，撲過來，把黃鶴一扯，連呼：「快撤……」偕這新觀主偕退。新觀主謝黃鶴揮劍徬徨，口噴沫，目瞠視，厲聲說：「我一定要手誅那假採花、暗算我恩師的女賊，跟那長身量男賊！我一定要搜著他們！」又喊道：「鐵錨幫諸位，你們快把峨眉群狗獻出來，兩罷干休！」

謝黃鶴這一番點名索仇，紛亂中換來了鐵錨幫友一陣嘩罵，越發地衝突不已。忽然間，有一人抗聲大喝：「喂！那女賊已被白雁扯斷！師兄還不快追，峨眉還有兩賊，已經跑出去了！」

謝黃鶴直氣地一面動手，一面尋問道：「什麼？是誰說話？」

這時候，鬥場極亂，條條人影竄來竄去，正是仇友難分。

黃鶴一味瞪眼揮劍猛斫，突然聽見了一種螺角發出的銳響。角聲忽抗忽墜，正是獅林觀的暗號，號召大眾火速齊趨西北方，這當然是西北方有著仇人蹤跡。同時聽見鐵錨幫老巢北牆上，又有一人引吭疾呼：「道友馬上出龕，峨眉群賊逃奔西北了！」

原來是獅林觀在外圍巡風的領袖一航道人發現了兩撥人影逃出來，落荒投西投北而去。這絕不是鐵錨幫那些幫友，那些幫友正自紛紛從外面馳入，援救他們的老巢。人影一出一入，顯然辨明了誰是峨眉派，誰是鐵錨幫。鐵錨幫既不會棄巢他去，那麼逃去的人影多半就是峨眉七雄。一航道人立刻跟追，同時發出號角。

謝黃鶴連聞警報，這才憬然瞠目，向四面一瞥。當此之時，獅林諸道友一齊應聲傳呼，紛紛預備撤出鐵錨老巢，搶奔西北。鐵錨幫群豪頓時也聽出來，頓時也互相傳呼：「這群雜毛無端挾眾登門，殺人行凶，不能教他們活著走！併肩子努力呀，快快上，他們要逃跑，截住他，追他，砍他，射他，拿叉叉他，一個也別留！」

鐵錨幫內外幫友除了負傷的，大家各亮兵刃，阻門的阻門，擋道的擋道，魚叉、花槍、長矛、砍刀、削刀、白蠟桿子，紛紛齊上。更有的上房，有的登牆，個個狂喊，紛紛動手。卻有一樣，人都湧上來，照樣又弄得仇友不分，亂攪在一起，不但弩弓、彈弓、蝗石、飛鏢，不容易瞄準擊敵，就是長兵器也施展不開。而且這些幫友趕來應援的人數太多，固然有勇氣，有義氣，不怕死，敢拚命，卻吃虧本領不強，一勇之夫居多。這些笨蟲莽漢不但不足以殺敵，不足以阻敵，甚至蜂擁蟻聚，礙手礙腳，把本幫有本領會武藝的人也給牽制住，弄得彼此展不開身手。

獅林觀群鳥卻不然，凡來尋仇的人，幾乎全是高手。一個個輕功提縱術超人一等，三十六路天罡劍法，更暗中運用著空手入白刃的功夫，雖在千軍萬馬營中，也能見縫就鑽，單刀直入，進退自如。何況黃鶴謝秋野手持利刃，亂削敵兵，更足以震撼住對頭。鐵錨幫友雖陸續聚集了一二百名，弄得三層五進的大院落人出人進，擁擠不堪，毫不足以制敵死命。獅林觀群英一聲傳呼，各持寶劍，揮霍舞動，居然來去自如。他們在臨去時，全不肯走直路，踏平地，一聲口號，紛紛地跳長牆，躍房頂，真個如一群飛鳥，戛然長鳴，哄然四散，倉促間鐵錨幫友連一個也沒有把他們堵住。

那彈指神通華風樓、摶砂女俠華吟虹、奪命神針段鵬年，本來是局外人，偶見獅林眾寡相懸，驟然拔刀相助，一陣梅花針，打開了鐵錨幫的包圍陣，招呼：「獅林道友出巢！」便立刻偕女率徒，飛身躍登三層院的屏門牆，然後仗劍下望，再催喚黃鶴應該快走。黃鶴當時沒有聽從，彈指神通這老人怫然不悅，認為黃鶴不識進退，不留餘地，向一群笨漢逞能，雖勝不武。他就對女兒華吟虹、弟子段鵬年說了一個字：「走！」又加了一句話：「峨眉七雄已走，獅林觀在這裡犯糊塗，我們犯不上一塊兒攪，孩子們，跟我來！」順手一指西跨院，西跨院便是峨眉二喬（喬健生、喬健才）踢窗逃走的地方。華風樓再也想不到，謝黃鶴此時精神有些失常。摶砂女俠華吟虹還想觀看究竟，卻是屏門邊牆上只有她父女師徒三人站著，頓時成了鐵錨幫弩弓手瞄準的對象。弩弓手們喊了一聲：「開弓！」嗖的射了一排箭。但因黑影中，每人的面貌全看不甚清，只能略辨形體，鐵錨幫弩弓手僅僅看出華吟虹是纖足女子，以為也許是海棠花韓蓉。段鵬年身材又恰似虎爪唐林。只有彈指神通身形瘦矮，絕不像峨眉七雄的任何一人，而又不是鐵錨幫的幫友。幫友們的打扮也是短裝，外人不能察，自己人卻能認出暗記來。

弩弓手們便料定屏門上的兩男一女多半是獅林觀的人，可又不是道裝，為了小心，先發一排箭，照華氏父女貼身掠過，藉以向敵示威，跟著專對準華老射來。這一射倒替華氏父女做了促駕，華氏父女略一騰挪，暫避箭雨。華風樓又喊了一聲：「快走！」鐵錨幫已有人很快地提孔明燈照來，一陣黃光輪照，譁然聲中，飛箭嗖嗖的射到。摶砂女俠揮劍疾閃，父女師徒三人同聲呼喊一聲，如飛的躥開，如飛的搶奔西跨院而去。

當華氏父女踏高撤走之時，獅林群鳥也合兩人為一隊，奪路要走。一人右手持劍，一人左手持劍，十數把利劍，如十數條蛟龍，向人群夾縫中突擊過來。一掃一蕩，一蕩一掃，黃鶴為首，胡山巢斷後，衝開了出路，頓時叫一聲，嗖的騰空，越牆而走。

鐵錨幫大舵主姜海青氣得連聲怪叫：「幫友，幫友！截住他們！快追，快追！一個也不要放走！」立刻與三舵主陳景各抄兵刃，親追下去。

眾幫友更是憤激萬狀，裡裡外外幾乎夠有二百人，竟任這一群老道恣意傷人，來去自如，真正是莫大羞辱！內中一個會輕功、擅技擊的幫友，名叫順風旗孫龍友的，大聲吆喝：「會上房的併肩子，快跟我來！不會上高的，快開門奔西北！」吶喊聲中，幫友本領高的立刻有七八個人，由孫龍友引領，頓足飛身，紛紛上了長牆，望影緊追下去。其餘的人立刻抄傢伙，出大門，出後門，出旁門，紛紛繞道跟追，撲奔了西北。

大舵主姜海青騎上了馬，三舵主陳景也騎上了馬，二三十個幫友打燈籠，備弓箭，從後追趕，掩護著幫子頭，亂哄哄地也奔西北追去。鐵錨幫銅陵支窯大龍頭虞百城已負重傷，他的妻弟二龍頭宋嘉俊和老龍尾傅明珍一齊暴怒，命幫友挽救大龍頭。他二人便率幫友奔出來，搜尋叫囂，認準了那口寒光劍，存心奪寶，各展重兵刃，專找謝黃鶴。

鐵錨幫如蜂如潮，從四面八方奔了來，撲出去，也不管誰是獅林道友，誰是華家門的幫拳客，一概仇視，奮力窮索拼鬥。當其時，獅林三鳥謝黃鶴這一撥，經由一航道人引導，已奔西北，窮追那逃去的二三人影。這一撥人數最多，便成了鐵錨幫的跟尋對象。前面寥寥數條人影，遠遠落荒狂奔。當中獅林道友成群結夥，揮劍急逐。再後便是鐵錨幫，或騎或步，燈籠火把，在後緊釘。這三撥人纍纍落落，好像穿成一串，眨眼趕出一大段路，便逐漸地有了腳步不及、逐個落後之人。

獅林群鳥既以鳥名為號，身法實在輕捷，不愧奔走如飛。

這樣趕下去，因為歧路亡羊，群鳥還沒有追上峨眉二喬，卻將鐵錨幫的人甩落下一大群。大舵主姜海青、三舵主陳景，跨馬跟追，仗有駿快的驥足，還未落後；其餘步行的人，僅僅有順風旗孫龍友、下水船房玉柱、河漂子郭大胖，這些強悍幫友還在奮步緊綴，未甚落後；其餘的大幫步行幫友，漸漸支持不住了。

照這樣急馳競賽之下，又奔出二三里路，鐵錨幫便被賽得七零八落散了幫；等到趕出六七里地，一百多號的幫友只剩有二十幾人，還能吁吁帶喘地跟追。這其間就有姜海青、陳景的八匹馬和順風旗孫龍友等六七個人，那河漂子郭大胖幾個幫友已然氣力不濟了，下水船房玉柱更隔著一大段路，但還望得見前面的人影。

另一方面，那彈指神通華風樓父女師徒會合著梁公直、謝品謙諸友，幫助多臂石振英救了少年魯莽的陳元照，卻沒得甩開追兵。鐵錨幫友四十多人緊緊追著他們。他們一共九個人且戰且走，撲到湖邊，發出暗號，竟從黑影中開來了兩艘快艇。

華風樓催眾人棄岸登舟，急往回開。鐵錨幫大呼大叫，也發出警報，命泊在湖邊的木幫船趕快攔截。不意湖上船幫都紛紛上岸，趕救老窯，船上只存留守之人，並無善戰之兵。彈指神通高聲指揮著，催眾開船；鐵錨幫大嘩，奔馳呼喚，遣將調兵。

直到華老一行紛紛跳上了船，他們幫友方才開來快艇，跳上人，急急地駕舟逐攔。當下前兩艘快艇衝浪急駛，鐵錨幫六七隻快船跟蹤後趕，終於追到白蕩湖心了。

鐵錨幫倉促追趕下來的船，沒有準備遠攻的箭，只能喊嚷著緊趕。彈指神通華風樓回望追舟，不禁大笑。摶磚女俠由艙口回望岸邊，意猶戀戀，向父親說：「咱們就這樣走了，他們獅林三鳥到底闖出來沒有？我們就這樣中途撒手，丟下他們不管嗎？」

彈指神通華風樓眼望嬌女，微微一哂，笑斥道：「你這丫頭，你看你喘吁吁的，你自覺你還能打麼？你也不管別個人！你看看你段師兄，到底比你強。」遂振吭催促加緊行船。這時，少年陳元照一切英雄氣概全沒有了，被鐵錨幫一番吊打，肢體多傷，血脈發麻；遇救時，又經拚命奪路，此刻幾乎累得喘不上氣來。謝品謙、梁公直也都多少帶傷，梁公直武功盡強，奈年長發胖，早喘做一團。多臂石振英背救師姪陳元照，更將氣力用盡。眾多疲勞，只可不管別的事了。石振英卻起心眼佩服這位師叔華風樓，偌大年歲，身經苦戰，看外表並不過分透露倦容，雖然口發微喘，臉上依然那麼枯黃，毫不帶氣湧血漲之相。那位驕傲的師妹華吟虹雖然嬌喘吁吁，可是滿面振奮之色，也不太帶戰疲力竭之相。多臂石振英說：「元照，你看看你師姑，你這回不再逞能了吧！」

陳元照滿面通紅，仍不服氣，低聲嘟噥道：「我是受了人的暗算，只憑一刀一槍，還不定誰行誰不行呢！」彈指神通聽見了這話，越發大笑道：「好徒孫，你是至死也只能輸招，不能輸口的。你跟你師姑一樣的倔強！」摶砂女俠華吟虹冷笑一聲，當著她父親，不敢發脾氣，就凝雙眸，偷盯著這個不服輸的師姪陳元照，臉上帶出鄙夷神色。天色昏黑，船上無燈，僅辨體段輪廓，也看不見彼此的神情。

他們遁躲在船中緩氣，後面追舟仍然窮追不捨。一面追，一面罵，一面連吹銅笛，發出鐵錨幫遇敵示警的暗號，希望江邊停泊的舟船如屬本幫，趕快來助戰，來阻截敵人。可是江邊泊舟很少，暗號連連發出去，僅僅聽見一二迴響，不見援兵。

更一諦聽，回聲竟告訴他們：船上沒有硬手，並且催他們回援老巢，明示老巢有警。他們這種銅笛暗號只是不多的一些隱語。追舟要想告訴他們，老巢已無須幫手，現在我們船上倒急須強援。這些話竟不能借銅笛表示出來。他們就大聲叫喊，可是喊破喉嚨，港灣裡僅僅開來了一兩隻小船。倒把彈指神通華雨蒼、梁公直、多臂石振英驚動了。三位老英雄一齊探頭，側耳察聽，聽不懂他們的唇典，卻能猜出他們的意思。三個老英雄竟教門弟子眾少年一齊下手，協力行船。華風樓說：「我們快些走，闖出這白蕩湖，一到大江，再往東行，他們就不敢再追了。」梁公直也道：「我們熬到天明，他們就不敢追了。再追，我們可以向水師營報警。」

於是老少群雄一齊努力，將兩艘快艇加緊駛行。果然開到大江，江濤洶湧，順流下行，快艇越駛越快，天色也慢慢透露黎明，東方已泛紅霞，夜幕漸漸被衝破。鐵錨幫的船幫不能強追，只好改為暗綴了。

另一方面，鐵錨幫大舵主姜海青、三舵主陳景等，把獅林觀新觀主謝黃鶴等越追越遠，未到天明，便追沒了影。而謝黃鶴一行窮追峨眉派二喬，卻也追散了幫。

還有一撥人，便是白雁耿秋原等，在湖濱狠鬥虎爪唐林、海棠花韓蓉夫婦。耿白雁所領的獅林道友被海棠花韓蓉的毒蒺藜打傷了兩個，海棠花韓蓉也被白雁刺傷。白雁正要上前趕一步，割取首級，虎爪唐林為救愛妻，拚命跳上來，揮著已折利刃，亮虎爪飛抓，和白雁打在一處。獅林道友吶喊一聲，把唐林截住。海棠花韓蓉已負重傷，竟乘亂掙命，就地一滾，跳起來，把毒蒺藜亂撒亂放，衝退了獅林道友，她就撲奔到白蕩湖邊，向丈夫喊了一聲，立即赴水逃命。虎爪唐林在百忙中聞得呼聲，也急急投入水中。白雁見狀大怒，喝命同門道友，分出幾個人，趕緊背起負傷的同伴火速退走。白雁他自己竟率二三道友，也赴水入湖，去追擒韓蓉夫婦。他們認為韓蓉這個女賊乃是行使假採花計、毒害先師一塵的正對頭。無論如何，不能讓她逃走。

當下，獅林觀、峨眉派、鐵錨幫，以及華家門這些人物，恩怨糾纏，各奔前程。還剩下鐵蓮子柳兆鴻翁婿夫婦，稍稍落後，坐觀成敗，看清了這四五方面的錯綜鬥爭，旋即暗追下去要拿著康海和一塵的兩顆人頭去找獅林觀新觀主謝黃鶴，換取那把青鏑寒光劍。

他們雙方見面已在數日之後，地在百里以外了。

荒山夜月，古剎淒風，獅林觀群鳥集聚在白蕩湖以東，潛山山麓，一座荒寺中，正用毒刑訊仇。白雁耿秋原赴水追賊，僅僅割取了海棠花韓蓉的首級，沒有捉住虎爪唐林。黃鶴謝秋野窮追二喬，二喬分途逃命，走沙河，奔潛山。

謝黃鶴居然把喬健才活擒住，卻逃走了喬健生。潛山山麓地段荒曠，獅林群鳥竟占據了古寺彌勒庵，把喬健才釘在廟壁上，嚴刑毒打，詰問峨眉派餘黨的下落，更要從喬健才口中究出一塵道長已失的頭顱。

喬健才也是硬漢，雖然遍體鱗傷，依舊熬刑不招，而且抗聲謾罵道：「你們這些雜毛老道，竟用這種酷毒的手段對付江湖好漢，你們不夠人物，你可給我一個痛快的，不然我要胡罵你們了！」他卻忘了自己尋仇害命，尚不失江湖本色，乃竟盜骨仇屍，也不夠英雄氣派。唯其如此酷辣，才落得以怨毒招來怨毒的後果！

黃鶴謝秋野悲憤已極，將喬健才活釘在牆上，竟用鉤刀割肉搓鹽，把喬健才懲治得二目獰視，痛極嘶吼。挨到最後，他挺刑不招，竟自己將自己的舌頭咬碎，血流滿胸，衝獅林群鳥慘笑不已！謝黃鶴束手無計，仍然問不出亡師頭骨現落何人之手，也究不出峨眉派仇家到底有多少人，主名是誰。

謝黃鶴與耿白雁和獅林諸同門，大半都聚在潛山山麓彌勒庵。謝黃鶴派門下弟子在四面布下卡子，就在佛堂供上一塵道長的神主靈牌，把海棠花韓蓉、巴允泰、快手盧登的三顆首級供在案前，焚香血祭；另外便是生擒的俘虜喬健才，也成了復仇的犧牲品。獅林觀他們為首幾個人，低聲悄議：若不能尋回一塵道長的頭骨，實是獅林觀全體道眾之羞，也是全體道眾之恨。可是窮訊俘虜，竟不肯吐實，咬斷舌根之後，更無法訊出口供了。一航道人以為黃鶴道長不該任聽同門，濫用毒刑取供。可是當黃鶴手擒喬健才之時，也曾慷慨陳詞，向喬健才客客氣氣，打聽一塵的頭骨，不管你怎樣說，喬健才總是一言不發。唯其善誘不成，然後才施刑訊，不料刑訊的結果更糟！

耿白雁向師兄黃鶴建議，這個俘虜的舌頭雖斷，仍可以逼他筆寫口供。他說：「我們應該另想極酷毒、極難熬的慘刑！」

白雁是恨透了仇人的，可是同門道友中有的就很不贊成，以為出家人慈悲為本，師仇雖重，橫施慘刑，究竟有失江湖道義，有傷上天好生之德。

獅林群鳥意見不同，便又悄悄低議，用什麼方法才能究出先師頭骨，俾獲全屍呢？可惜的是獅林新觀主謝黃鶴不能像他亡師一塵那樣見事果決。同門諸友向他要主意，請他一言而決，他竟也拿不出決辣的準主見來。他向諸師叔、諸師弟說：「用毒刑取供好嗎？不用毒刑取供，怎生尋得先師的遺骨來呢？」

謝黃鶴竟是一個好好先生，那最有決斷、最有魄力的二師弟尹鴻圖此刻入陝訪仇未回，謝黃鶴竟不能獨斷獨行，坐任獅林群鳥議論紛紛，表面是博詢眾議，骨子裡倒成了築室道謀，莫衷一是。可是論輩分，論淵源，謝黃鶴又實是獅林觀唯一的傳人。雖然技能不足，識見不夠，卻是為眾望所推；他的脾性好，人緣厚，乃是大家公認的，大家推重的。當下，在這議論龐雜的分際，俘虜喬健才仍被釘在板壁上，沒有釋放下來，仍然有人用酷刑繼續逼供。

時將破曉，地曠聲清，忽聽得外面林邊卡子上，傳出來獅林暗號，意思是說：「有生客突然來臨！」白雁耿秋原第一個聽見，忙向眾人擺手示意道：「聽一聽，外面有動靜！」謝黃鶴下令停刑，慌忙出離彌勒庵，尋聲找去。

獅林道友胡山巢由林邊來了，奔來報告：「銅陵老武師駱祥麟又來了，他還陪了三個朋友來，說是有要緊事，務須面見獅林觀新主。這三個生朋友知道我們先師一塵道長的遺骨的下落，他要當面報告。」這卻是個奇特的消息。

鐵蓮子雙頭換一劍

獅林觀道友尋仇大鬧白蕩湖，搜得峨眉七雄的潛伏地，一切摸底、探信、透機關，全仰仗這位老武師駱祥麟。但駱老武師卻不願得罪鐵錨幫，前夕探窯，駱祥麟曾經幕面引路。等到尋到了峨眉群雄，動手殲仇之後，駱老武師就飄然告退。卻是現在，剛剛叩謝告別，不到兩天，駱老又找來了，而且引來了三個朋友。這三個朋友是誰呢？是怎生訪出亡師一塵的遺骨下落呢？

獅林新觀主迎出庵外，趕緊詢問道：「駱老武師現在何處？他的朋友現時同來了沒有？都是什麼人？」胡山巢搖頭道：「駱老武師現在在林外，他帶來的朋友大都不肯進來。他本人也不想說出這三個客人的姓名，他只求觀主到前邊屏人一會兒，他希望祕密一談，除了觀主，不要帶任何一人。」

這舉動很有點詭祕，謝黃鶴道：「這話怎麼講？駱老武師很幫我們的忙，他是我們獅林觀的恩人。他既肯幕面匿名，助我等訪仇，現在忽又要求我們屏人祕語，屏人會見告密朋友，這辦法可有點怪道。白雁師弟，你說我是怎樣見他？我看莫如把他請到這彌勒庵來，先問一問。」

白雁想了想道：「怕是這告密的人有所顧忌，我以為這件事絕無干害，駱老武師絕不會衝我們弄詭，師兄儘管去見他。」

謝黃鶴道：「我也想到，駱老武師不會對我們藏有別樣的心眼，師弟所見甚是，我這就去見他。可是，他為什麼單單只會見我一個人？」一粟道人說：「這倒沒有別的意思吧，無非是衝著你乃是我們獅林觀的新觀主罷了。」一航道人看著謝黃鶴的背後道：「這話很對，觀主儘管去見他，為提防意外，觀主可以帶上武器。」耿白雁道：「這倒可以。」忙將青鏑寒光劍替黃鶴插在背後，黃鶴又帶好了暗器，立即匆匆找到林外。獅林觀群英要派兩個人暗中相隨，謝黃鶴揮手攔住道：「駱老武師既然說了，我們便該屏人獨會，我們不能失信。」於是謝黃鶴單人獨劍，由胡山巢引領，一逕穿出林外，獅林觀其他道友都在彌勒庵等候結局。

隔了半頓飯之間，胡山巢一個人回來了。耿白雁和一航、一粟道人齊向胡山巢問：「見著駱老武師沒有？那三個生客到底是誰？」

胡山巢搖頭道：「我只見著駱老，那三個生客大概還在別處，沒肯露面，我沒有看見。」眾人道：「現在呢？」胡山巢道：「現在麼，是駱老陪著我們黃鶴師兄，往林外且走且談去遠了。」

獅林群英自是納悶。駱老這番舉動實在可怪。大家全都猜想：那三個生客到底是什麼人？是怎樣訪得一塵的遺骨？既已訪得，此番前來，何故怕人曉得？大家猜來猜去，茫然難定，忍不住步出彌勒庵，傍林遠眺。

又隔了好久，突然見老武師駱祥麟匆匆穿林奔來。相隔尚遠，便大叫道：「雁道兄，雁道兄，你們快來！」又叫道：「航道長，粟道長，你們也快來。」

一航道人、一粟道人、白雁耿秋原忙迎上去，道：「駱老前輩，我們謝謝你……尋仇之舉多虧了你，尋骨之事又多承費心……」

話未說完，駱老武師連連揮手，奔到跟前，徬徨四顧，道：「別提那個了，白雁道兄，你不是曉得令先師臨終遺言，托一個玉幡桿楊華傳書贈劍的事情麼？原來那玉幡桿楊華就是兩湖大俠鐵蓮子柳老英雄的愛婿，也就是江東女俠柳葉青的丈夫，現在他們全找來了。他們是訪得了令先師遺骨的下落，他們是請你們履行令先師的遺言，把寒光劍退還他們，他們情願把令先師已失的頭顱代為尋回。現在你們黃鶴觀主正跟他們講究著呢。你們黃鶴師兄拿不定大主意，請你們也去，大家一同計議。」

駱祥麟一口氣說出來，獅林群鳥哄然大驚。

一人說道：「怎麼我們先師的遺骨，他們鐵蓮子父女居然會曉得？他們是怎麼曉得的呢？唔，奇怪！奇怪！」

又一人說道：「難道說他們鐵蓮子父女竟跟峨眉七雄有什麼關聯？」

又一人說道：「還有這個玉幡桿，到底是幹什麼的呢？上一次，白雁師兄說他傳遞遺囑，筆跡可疑；又說我們鎮觀之寶的那把寒光劍竟落到他手，到底是先師臨終感情贈給他的，還是死人口中無招對，被他騙取的？」

又一人說道：「駱老前輩，你是認識這個玉幡桿呢？還是認識鐵蓮子？」

獅林群鳥人人發言，似群龍無首。老武師駱祥麟觀望眾人的神色，心中詫異。想當年一塵道長生時，威鎮南荒，不可一世。是怎的，他一朝慘死，獅林觀竟落得這麼亂法？現在鐵蓮子托出自己來，要拿一塵道長的頭顱，換取那把寒光劍。究竟他們雙方誰有理，誰沒理，自己是局外人，當然不曉得，也難裁斷。可是剛才鐵蓮子柳兆鴻跟謝黃鶴初會時，分明看出鐵蓮子神志堅定，不亢不卑，頗有泰山崩於前面而不亂的氣概；那黃鶴道人竟頗有苫塊昏迷、語無倫次的模樣，連個準主意也說不出來。由這一節推測，恐怕鐵蓮子拿人頭換劍的主張，未必能得到獅林觀大眾的同意，勢必惹出糾紛來，倒教自己居間為難了。駱老武師心中尋思著，忙遮斷眾論，向耿白雁、一航道人說道：「現在你們新觀主黃鶴道友急等你們到場，與鐵蓮子父女翁婿當面情商，你們先不要推測了，還是趕快撥人去接頭吧。」

獅林群鳥哄然說：「我們去，我們全去。」銅陵駱祥麟忙道：「全去不相宜，我看你們可以推出三兩位來，最好是白雁師兄，還有一粟道長，你們二位一定要去。剛才據他們那邊說，當時扣留寒光劍時，有你們二位在場，你們二位這一回當然該去。不過，我勸你們要客氣一點。人家鐵蓮子乃是成名的英雄，人家這回不是拿大道理硬向你們討劍，乃是拿人情面子，願幫你們尋訪令師的遺骨，借此效功，向你們請求踐約退劍。」

駱老這一席話，獅林同門有的人似乎不以為然，被駱老看出來了，跟著說：「所有你們獅林觀是怎麼樣扣的劍，以及那姓楊的是怎麼樣得的劍，我都不詳細。我不過在今早，剛聽見鐵蓮子翁婿匆匆學說了一遍，是是非非，我全不曉得。剛才黃鶴觀主對此事原委也似乎不甚瞭然，他煩我來，就是教我把白雁道友請去，雙方對一對話。看黃鶴道友的意思，大概是有意踐約，把寒光劍退還人家。到底該退不該退，我全不知，現在只請你們快去。不過，千萬不要全去，倒顯得挾眾凌人似的。」

獅林群鳥聽罷這些話，立刻說：「就請白雁師兄和一粟師叔同去，因為那個姓楊的傳書留劍，就是白雁師兄和一粟師叔答對的。」駱祥麟忙道：「那麼，就請二位快去。」

獅林道友中又一人說：「我聽說當時一粟師叔把姓楊的耍了一下。現在這姓楊的既是鐵蓮子的女婿，他們又是翁婿父女同來，我恐怕事情不是那麼簡單。他們所說的尋護先師遺骨的話，也許是假，我們不要上了他們的當。這把寒光劍乃是我們獅林觀鎮觀之寶，當真退還他們，我們未免愧對累代先師。」

白雁皺眉道：「你先不要發這議論了，我們快去吧。」

那人道：「不然，我不是發空論，我是怕此事不是好言好語可以辦妥的。我恐怕免不了要大動干戈，我以為我們應該多去幾個人。」

駱祥麟不禁怫然道：「獅林道友，你們不要討論了，你們還是一面派人去，一面再商量吧。你們要曉得，現在只有你們新觀主和鐵蓮子父女翁婿三人相對，你們不怕他們說翻了，動起手來，令師兄人單勢孤，要吃大虧嗎？」

獅林群鳥譁然道：「這話很是，一粟師叔、白雁師兄，你們快請吧。」

白雁耿秋原、一粟道人忙將利劍佩好，跟隨駱祥麟，火速穿林而往。且行且問駱祥麟：跟鐵蓮子有什麼交情？鐵蓮子是怎樣找來的？他一共帶來多少人？他的來意自然是討劍，他是怎樣說法？他從何處尋獲先師的頭骨？又打聽鐵蓮子的素日為人和他的本領。駱祥麟便匆匆說了一個大概，未等到說完，已到達地方了。

這地方適當灊山山麓，林木掩映，有一座半圯的墳園，就是鐵蓮子和謝黃鶴會見之所。這墳園一排排房舍，半多空廢，依然還有三兩個看墳人居住，此時都在睡鄉。鐵蓮子翁婿父女都聚在墳園前邊陽宅內，把看墳人的油燈盜來，點著了一點亮，和黃鶴悄悄相對，低聲開談。駱祥麟引領白雁、一粟跳牆而入，望見屋門，駱祥麟停身止步，低囑道：「二位請進去談吧。不過人家鐵蓮子乃是江湖上成名的英雄，跟我有二十多年的交情，人家剛才講話很是客氣。他原是一個極講情面的人，我盼望你們師徒對待他客氣一點。」白雁、一粟聽了，微微一笑，心知駱祥麟必已聽了鐵蓮子那方面的先入之言，所有白雁扣劍盜劍之事，想必早有所聞。兩人忙應道：「駱老前輩盡請放心，我們也久慕兩湖大俠柳老前輩的威名，我們當然以禮敬待，我們就進去吧。」

三個人躡足到達門前，輕輕彈指傳聲，屋裡也立刻彈指回答。然後三人先後進入這座曠廢的墳園陽宅裡。白雁耿秋原請駱祥麟先行，其次請一粟道人進去，然後自己隨後進去。抬眼一看，黯淡的燈影裡，四壁空空，只有一張破桌，數條板凳。

那個傳書受劍人玉幡桿楊華正立在門旁，他是一聽見動靜，首先迎出來的。更往裡面看，一個長眉老人、一個男裝女子，坐在破桌這一邊。看樣子，自然是鐵蓮子父女了，一見人來，也都先後欠身立起。那另一邊，便是師兄謝黃鶴，正立在塵封埃積的破桌旁，面對著一隻木匣，雙手拄案，雙肩聳動，淚落如雨。他聽見人聲，抬頭望了一望，啞聲說：「你們來了，你們看……」

白雁一看木匣，剛要搶過去，老武師駱祥麟站在中間，剛說道：「道友，來，我給你們引見引見！」不料這時候玉幡桿楊華猝然橫身，拱手發話道：「駱老前輩不用引見，我曉得這一位是白雁道長！白雁道長，久違了。猶記得青苔關一晤，深蒙道長宏材指教，想不到今天小弟我又得良緣，再來承教了，哈哈哈哈！」

話倒不甚難聽，聲色卻冷峭異常。楊華更一側身，向一粟道人說：「還有你這位道長，我曉得你是白雁道長的令師叔，也就是雲南大俠一塵道長的令師弟。那一日奪劍賭劍，深蒙你不曾堵家門挾眾凌寡，我尤感盛情。我們今天又得相會，這更是天賜良緣了！」

玉幡桿楊華啣恨當日的侮弄，不知不覺說出這有稜角的話來。白雁、一粟打一稽首，冷然回答道：「楊施主，我們出家人恭候大駕，本是三月之期，也真想不到半年之後，終得相逢。日子雖然遲誤，到底是有緣人了。」這話暗譏著楊華賭劍失期了。

楊華傲然一笑道：「二位道長，我楊華今天一會，並不是貪賭寶劍前來踐約。我是感念獅林大俠一塵道長生前之情，不幸他遇仇慘死，大仇未報，又被仇家殘毀遺體，割去元首，是我們不忍他老人家一世英名，臨終凶死，仍落得至死而屍骨不獲保全的後果，又無人代為雪恥復仇，也無人代尋殘屍。我楊華區區不佞，明知一塵他老人家一代宗匠，法嗣如林，用不著我等局外人越俎代謀，借交報仇，然而我們卻以一時的僥倖，居然從他仇人手中以力爭苦鬥，奪回來他老人家的頭骨。我們不願他老人家身死而屍骨剖分，故此不避遠路而來，要見一見一塵道長他老人家死後繼掌獅林觀的法嗣，情願將他老人家的頭骨敬謹奉還，以免一世大俠殘骨不全，英靈留恨。」說到這裡，旋身一指謝黃鶴道：「我們已然得晤新觀主黃鶴謝道長，並且長談過。他卻說新承道統，凡事不欲自專，故此要請二位道長也到場來。這本來不必，我們轉想這樣也好。我當日面受令先師遺囑傳書，確是先和你二位見面的，現在這一會，也算圓上場，倒也不錯……」

楊華還要往下說，白雁、一粟已然變色，個個張目，即欲還言。駱祥麟慌忙說：「楊仁兄暫請緩談，這二位道友和令岳是初會，且容我引見引見。大家不妨坐下來，再細講。」鐵蓮子和柳葉青早已立起，此刻也忙湊過來。他父女有心攔阻楊華的諷刺話，又不願示弱於獅林群鳥。鐵蓮子柳兆鴻暗把女兒一推，急往前邁一步，到了白雁、一粟面前，滿面笑容，高舉雙手道：「二位道友，獅林三鳥的大名，我鐵蓮子久仰，久仰的了！」他在這裡敘禮，女兒柳葉青就勢上前，把女婿玉幡桿楊華輕輕一拉，低說道：「你先等一等說話，容我們見過了禮。」

遂即立在她父親肩下，錯落著向獅林二道人行禮。

駱祥麟也忙著介紹，謝黃鶴也猛然驚醒似的，把精神一提，拭淚發話道：「師叔、師弟，先不要與楊施主敘闊，請先和這位柳老前輩行禮道謝。你們不要忘記了，我們亡師的遺骨就是柳老前輩賢冰玉尋獲的。你快快見過了柳老前輩，再來叩拜我們亡師遺骨啊！你們看，你們看……」說到末句，手指木匣，又聲淚俱下了。

耿白雁被楊華劈頭一陣話，刺激得滿腔惱怒，一粟道人也甚動氣。但見新觀主謝黃鶴對著木匣，泣不成聲，二人便不遑他顧，一齊按住憤怒，雙雙向鐵蓮子稽首頂禮。真相未明，二人仍不肯貿然道謝，僅僅講了些「久仰泰」的話，立刻趨奔謝黃鶴，同聲疾問：「先師遺骨現在哪裡？」謝黃鶴用手一指木匣，白雁搶奔上前，移燈照看；一粟道人卻突然大張了眼，瞥見了謝黃鶴背後的寒光寶劍已然沒有了，忙張目四尋，竟看見女俠柳葉青背後雙插著不同的兩口劍。

一粟道人不由聳動，失聲說：「觀主，觀主，我們的鎮觀之寶呢？」但在同時，白雁耿秋原已從木匣中鹽顆內取出了一塵道人的頭骨，血肉模糊，頭髮蓬鬆，上拴小小一條黃綾帶，綾帶上分明標寫著三行小字：「萬惡賊道一塵之首級，某年某月某日，取於老河口聚興棧後竹林邊，峨眉。」

耿白雁捧首看明了這一切，突然失聲慘號，疾跪塵埃，大叫：「恩師，恩師！」駱祥麟很慌張地說：「道友噤聲，道友噤聲！」

一粟道人顧不得鎮觀之寶，慌忙也過來搶看，看見了人頭綾帶，辨出了道家修髮，頓時心肝俱裂。他更獰目尋看，在這木匣之外，桌上還擺著一座木牌神主。神主也寫著三行字，當中一行寫著：「誥封雲騎尉康府君諱允祥神主」，旁邊一行小字，標著「生卒年月日」，下款便是「孝子康海」字樣。

一粟道人讀完綾帶木牌的文字，也不禁失聲哀號道：「師兄，師兄，想不到你竟慘死在峨眉派小輩之手，還受這大凌辱！」頹然跪倒在桌前，也痛淚交流了。

鐵蓮子父女翁婿默然旁立不語，只向駱祥麟指一指窗外。

駱祥麟忙向謝黃鶴打手勢，兩人附在一粟、白雁耳畔說：「此地是墳園，近處還有居民，你們不要出聲，不要出聲！」

白雁、一粟和謝黃鶴先後跪在一塵遺骨之前，悲痛頓首不已。三個人對著這遺骨當然認為毫無可疑。三個人悲泣良久，鐵蓮子方才悄然過來低勸道：「三位道友，一塵道長既已仙去，已殘的遺骨幸得全歸，尚望三位垂念人死不可復生，大仇還當尋報，請努力節哀順變，不必這樣了吧。」

不過獅林三道友驟然發現亡師頭骨，又是這樣鹽漬血汙，鬚眉狼藉，自然忍不住萬分愴痛。殲仇之舉，既未能報復盡情，亡師遺骨偏又被局外人尋獲，這局外人偏又有著贈劍的糾葛，他們獅林三道友正是除了悲憤之外，更有說不出的難堪。

他們竟遏止不住胸中的哀傷，謝黃鶴本勸一粟、白雁節悲，可是他勸著勸著，自己又哭起來了。三個人吞聲嗚咽，涕淚交流，漸漸按捺不住，漸漸忘情，要由默默飲泣，放聲一慟了。

柳葉青、楊華兩個人冷然在旁看著，一聲也不響；駱祥麟再三地勸阻；鐵蓮子體貼世情，也在旁婉勸。兩人說：「離屋外不到數丈，便是看墳人的居處，請三位道友暫時停悲，先將令先師的遺骨收拾起來，如何？」他們三個人只是跪在遺骨前，哭而又哭，越哭越響。鐵蓮子猝然說道：「道友且慢，外面有響動了！」

果然他們的失聲痛哭驚動了墳園的睡鄉客，三個看墳人嚇醒了兩個，只當是深夜鬼哭。內中一個最膽小，傾耳尋聽，聽了半晌，又聽出低低的人語聲，他就很害怕地拍醒同伴，同伴大聲咳嗽了一下。兩個人坐起來，連聲咳嗽，隨即抗聲說：「誰呀？」末後把那個未醒的人也叫起來。三個人恃眾仗膽，披衣起床，點亮了燈，便尋傢伙，要出去查看。鐵蓮子柳兆鴻、銅陵駱祥麟忙向獅林三道友說：「三位請留神外面，看墳人恐怕是出來了。」鐵蓮子一側臉，剛要對女婿發話，柳葉青早一拉玉幡桿楊華，說道：「咱們倆出去巡看巡看吧！」

夫妻倆闖然躍出陽宅，各亮兵刃，跳上房頭。容得三個看墳人提著燈亮，拿著花槍木棒，剛剛踱出屋來，楊華便拽開彈弓，吧的一下，第一彈先把燈打滅，隨即在房上喝道：「下面人聽真，我們是合字朋友，在這裡借地方，會一會幫友。你們識相的，趕快給我回屋睡覺，不要伸頭探腦，多管閒事。」果然把這看墳的三個男子嚇住了，抬頭看了一眼，楊華又發數彈，柳葉青也打出幾個鐵蓮子，打中了他們的手中傢伙。他們立刻叫了一聲，撥轉身，要逃回屋內，卻又受驚過甚，內中一人引領往墳園外面跑。

柳葉青不教他們亂跑，飛身下躥，亮出寒光劍來，要堵截他們，把他們逼回屋去，同時要試一試這把寒光劍的利鈍。玉幡桿楊華忽然想到一招，讓三個看墳人驚動了附近村民，倒足以窘迫獅林諸人。於是，玉幡桿連忙跟蹤跳下房，追上柳葉青，喊了一聲：「他們跑開更好！」教她不必堵截。柳葉青會意，哈哈一笑，連連喊追。夫妻倆真個追上三個逃人，一個掄鞭，一個揮劍。掄鞭的打飛了木棒，揮劍的削斷了花槍。嚇得三個看墳人失聲怪叫，踉踉蹌蹌往前村逃去。楊柳二人這才暗笑著，翻身回轉墳園。

這時候，獅林群鳥痛哭亡師，越哭越痛，終於痛定止痛，三個人相率立起來，移過油燈，細細檢視一塵的遺骨，驗而又驗，毫無可疑。一塵生前體格魁梧，頭如笆斗，又頂蓄長髮，腮滿虬髯。現在肉色汙爛，固不可識，只這巨顱長髮已足辨認。謝黃鶴、耿白雁、一眾道人更記得一塵道人左腮有一塊傷斑，口內脫落一隻牙，現在口齒已難掰看，可是左腮的斑疤依稀猶可辨認。三人含淚捧頭，審諦已畢，又查看那塊標著「賊道一塵」的綾帶和題著「康府君諱允祥」及「孝子康海」的木主，這自然是仇家的主名了。

三個道人都哭得涕淚橫頤，眼腫鼻塞，圍著破桌油燈，悄然低聲潛商應付之計。鐵蓮子柳兆鴻退到一旁，和銅陵老武師駱祥麟也低聲敘談。耿白雁驀地發現獅林鎮觀之寶青鏑寒光劍已不在師兄背後，回頭看了看鐵蓮子，又見玉幡桿楊華、柳葉青已然出去，便向師兄謝黃鶴暗問：「師兄，你們剛才怎麼講究的？我們寒光劍呢？師兄可是已經退給他們了？」

黃鶴謝秋野悄然說道：「劍麼，不錯，是的，我退還給他們了。雖然是我們的鎮觀之寶，但是亡師的遺囑我們必須履行。」

一粟道人搖頭道：「觀主，你就痛痛快快地還給他們了？我們獅林觀僅有的四件傳世之寶，豈不從此缺少一件？」

黃鶴道：「那有什麼法子呢？亡師遺囑絕無可疑。師叔和雁師弟當時可以拿我做藉口，懷疑扣留，我卻不能。況且我不把劍退還他們，可怎生把亡師遺骨討回？」

白雁憤然道：「他們難道是巧借我們先師的頭骨，強來勒換我們的寒光寶劍不成？我們就受他們這樣的要挾嗎？」

獅林新觀主謝黃鶴默然不答。

一粟道人更是不滿意，低聲說：「觀主，我們累代相傳的至寶，傳到你這一代突然失去，將何以對先人？鐵蓮子他們對你到底是怎麼說的？他們就公然說拿人頭換劍嗎？」

謝黃鶴依然瞠目不語，半晌才說：「柳老很客氣，人家先求我以亡師遺囑為重，以武林義氣為本，懇請退還寒光劍。人家說這寒光劍乃是先師臨命親手持贈的。人家以鐵蓮子的名聲對我起誓，保證先師贈劍之事非假，問我對贈劍這件事懷疑不懷疑？承認不承認？駱老也幫著說，鐵蓮子乃是成名的英雄，斷不會虛構亡人遺囑，騙取人家的重寶。駱老還說，就憑『鐵蓮子』三字，絕非騙寶之徒，就憑『獅林觀』三字，也絕非受騙之人。亡師臨危遺囑贈劍之事，他在旁保證是實，鐵蓮子就借這機會，問我還有哪一點尚存疑竇？我說：我倒毫無可疑，不過此劍實非我一人所私有，乃是獅林全觀所公有。我們現時正在大舉尋仇，至於收同門，贈利劍，一時慮不及此。但俟復仇已畢，亡師遺蛻奉安，一切得以上慰先師在天之靈，然後定將此劍如囑奉還應得此劍之人。我沒提賭劍之事，他們也沒有提起。」

一粟白雁一齊問道：「這樣措辭很對，他們又怎樣說呢？」

黃鶴旁睨了一眼，此時鐵蓮子柳兆鴻竟借辭巡風，邀同駱祥麟走出陽宅跑到外面繞圈，似故意留出空來，好教獅林三友協議此事。黃鶴便接著說：「柳老又說，先師慘死，武林同憤，他們翁婿情願拔刀相助，代為搜捕寇仇。隨後他們便托駱老向我表示，鐵蓮子父女翁婿已訪知殘害先師的對頭就是峨眉七雄。他們自告奮勇，願替我們搜拿峨眉七雄。駱老又告訴我，他們已知峨眉七雄把亡師的頭骨盜走，他們情願設法尋回遺骨。駱老說到這裡，就向我暗暗示意，鐵蓮子已訪得亡師遺骨的下落，可以伸手拿來，問我願意不願意踐約還劍？我當時急於訪求亡師遺骨，又以為他們這話只是一種擬議，一種打算，我便慨然允諾：『倘得尋獲遺骨，使先師遺蛻得以全歸，我斷不敢吝惜此劍。』我剛這樣說了，那鐵蓮子就把駱老拉到一邊，低聲說了幾句話，駱老回頭就對我講，教我把寒光劍交給他，他願做個居間人，鐵蓮子立時可以把先師遺骨尋來獻上……」

白雁聽到此處，便張目尋找駱祥麟。駱祥麟已陪同鐵蓮子站在陽宅門外，正喁喁對語，抬頭望月。白雁不由動怒，搖頭道：「想不到駱老很幫柳老的忙，他們做成圈套，教我們受愚，他們的交情倒比我們近！」

謝黃鶴道：「師弟不要這樣說，你不要忘了駱老對我們有恩，你不要替我心疼這把寒光劍了。亡師的遺物，我既無福承受；亡師的遺骨，我又無能尋獲，我……我簡直不配做獅林觀的第三代傳人了！」說著以衣袖拭淚。

一粟也張目四望道：「他們全出去了，是不是柳家翁婿就此走開了？」白雁一指門外，冷笑道：「他們不會這麼丟人吧！」

仍對黃鶴說：「師兄不要引咎，到底你怎樣給他的劍呢？就是這樣叫他們騙過去的嗎？」

黃鶴嘆道：「我聽了駱老的話，就回手摘下劍來，往桌上一放，對他們說：只要柳老前輩真能尋得先師遺骨，我必然雙手奉上此劍。我又補了一句，武林中不拘何人，只要能把先師遺骨尋得，或給我們報信，使我們自己尋得，再把峨眉七雄殺了，則大仇已報，先師奉安，我們定必如約，把此劍交付那個應得受贈之人。我剛把這劍放在桌上，駱老便立刻接了過去，鐵蓮子就立刻滿面含笑，向他那女婿楊華點手。那個楊華立刻從背後卸下這個木匣來，這木匣竟真是盛著我們亡師的遺骨。我就這樣獲得了亡師遺體，這樣失去了先師的遺寶了！然而我絕不後悔，也絕不吝惜。我只是傷心我們獅林觀人物濟濟，終不能保全先師遺體，先師已失的頭骨偏由外人手中尋回，這真是我們莫大之羞，莫大之痛了！師叔，師弟，你說我能怎樣辦呢？」說著，又不禁淚下了。

黃鶴道長便是這樣拿寶劍換了人頭。

白雁、一粟全都憤憤不寧，在痛哭之後，如同啖了苦鹼，感到心中苦澀難堪。可是事已至此，無法後悔。他們兩個人畢竟還是耿白雁更識得大體，看出師兄黃鶴為難的意思；又想起當日楊華遠道傳書，確於獅林有恩。寒光劍雖是至寶，不幸先師客途遭仇家暗算，倉促不得已而贈劍，確是實情；遺囑筆跡縱然有異，卻是事實並無可疑。因此，白雁勸黃鶴師兄道：「觀主既然這樣辦了，寶劍已失，到底亡師遺骨得以全歸，我們當然都無異詞。我們現在可以跟這鐵蓮子翁婿說幾句客氣話，就趁早撒開，我們還是趕緊緝拿峨眉派逸走的那幾個宵小去吧！」

謝黃鶴拭淚道：「緝仇之事，那當然應該趕緊辦。嘻，思前想後，真教我難過，想不到我謝秋野甫承道統，竟失寶器。

先師遺骨幸得奉安，可是大仇仍未全報，我簡直對不住過去累代的祖師了！先師遺命，叫我查究四師弟的劣行，又教我把廣州事件完結了，我如今竟一事無成！尤其是寒光劍一失，我獅林四寶缺而不備，我們獅林觀的威勢頓挫，宛如折去一翼，令人捫心難安！」

一粟道人蹶然說道：「觀主不要自怨自艾，眼前的事，立刻要打定主意，我們該怎麼樣對付鐵蓮子翁婿呢？我們的寒光劍既然捐給他們了，可是，噢噢，他們到底是怎麼獲得先師的遺骨？從誰手裡？從什麼時候，在什麼地方得的？我們必須徹底究問他們一下。我不是妄猜，我們一路苦尋窮究，到今天才與仇人峨眉派見了面，鐵蓮子翁婿不費吹灰之力，居然把先師遺骨憑空弄到。我們固然不便猜疑他們與仇人通氣，可是這件事畢竟曖昧難明，我們無論如何，也該教鐵蓮子、玉幡桿當場逑說逑說。我們縱然獲得遺骨，也當根尋遺骨誰盜去，誰尋見的根源？這固然不至於……但是比方說，玉幡桿當年猝遇先觀主、受劍傳書的時候，就把我們先師的遺首盜走了呢？」

謝黃鶴搖頭道：「這恐怕不合乎情理！」

白雁道：「我們當然不應當這樣猜，可是粟師叔的話也很有道理，值得尋味。我們必須問一問他們，到底怎樣從仇家手內盜得先師的遺骨，我們也好答對江湖上的朋友，告慰沒到場的同門諸友啊！」

一粟道人說：「對，對，我就是這個意思，我們必須盤詰明白。我們一見先觀主的遺骨，只顧悲慟了，剛才忘了盤詰，現在盤詰也還不遲。」又低聲對鶴、雁二人說：「倘或他們翁婿答對的不像話，我們索性跟他們翻臉。翻了臉，那把劍就有辦法了。」謝黃鶴忙道：「師叔快不要這樣想，我們應當客客氣氣地對待人家，我們不要教江湖人恥笑。」說著又看白雁，向白雁道：「我們千萬不要心疼寶劍，便向鐵蓮子故意挑剔。我們必須承認：我們亡師遇仇中毒，臨危贈劍，實有迫不得已的深意。他那是為了懇求那個玉幡桿楊華，務必給他老人家傳遞遺囑，所以故意割愛，以免生死契闊，不通音訊。再說這把劍就不贈給楊華，亡師一死，也必落於他人之手，我們連亡師的死耗也恐怕不曉得了。這一點我盼望師弟和師叔千萬看開些。」

遂由黃鶴謝秋野率領二道人，重向一塵遺骨稽首頂禮，默默禱告了一回，然後由耿白雁出去邀請鐵蓮子翁婿，重返陽宅開談。

這時候，玉幡桿楊華、柳葉青夫妻，已將三個看墳人持劍嚇走，正回轉來，要進陽宅，卻見鐵蓮子柳兆鴻、銅陵駱祥麟二老並肩立在墳場，對面悄語，舉頭望月。柳葉青已獲得青鏑寒光劍，並且對月削鐵，試過了劍的鋒銳，心中十分歡悅，以為大事已了，見狀就道：「爹爹怎麼在這裡站著？可是獅林觀那幾個老道得到他們老師的腦袋全走了嗎？」鐵蓮子忙喝道：「念緩！」回手一指陽宅，低聲道：「人家還在裡面呢！」楊華詫異道：「怎麼著，他們竟不願意跟您老共室對談嗎？」鐵蓮子道：「什麼話！人家在那裡哭頭，我和駱老前輩不願看著他們哭天抹淚的，故此躲出來了。」轉對駱祥麟道：「駱仁兄，這時候他們大概祕密商計完了，咱們進去跟他談談吧！」

柳葉青道：「進去談什麼？人頭咱送給他們了，寶劍他退給咱們了，咱們還見他幹啥？我們簡直可拜託駱老伯向他們略為致意，咱們走咱們的，就完了。」

鐵蓮子道：「你這孩子也不怕駱老伯笑話你，你背後還背著一顆人頭，你難道不想交代出來嗎？駱仁兄，我們索性全進去吧！」

正說著，幾人早瞥見白雁耿秋原已立在陽宅臺階之前，手打稽首道：「柳老前輩，駱老前輩，敝師兄奉請諸位一談呢！」

鐵蓮子柳兆鴻道：「好！」叫著女婿楊華、女兒柳葉青，和駱祥麟一齊舉步，重入陽宅。這兩位老人家剛才相偕步行時，已經暗暗地交換了意見。

當下，鐵蓮子翁婿父女重與獅林觀兩代道侶相見。謝黃鶴首先發言道：「柳老前輩，剛才貧道已經與同門驗過先師遺骨，確是無訛。我們感激之忱，口難盡述。但此事乃是我獅林觀非常的一樁奇變，故此我們必須曉得先師逝世後怎樣入土？怎樣失去了頭骨？盜骨者究是何人？究在何時？更要曉得先師遺骨是怎樣被老前輩尋獲？從何人手中奪回的？柳老前輩請勿怪我們多問，委因此事關係重大，我們三人必須向獅林觀全觀道眾據實轉述。所有盜骨歸骨的原委，必須完全洞悉，然後在敝觀既獲普釋群疑，對老前輩又得明感恩施，不致因真相迷離難詳，別滋誤會。區區下情，尚望垂察！」

謝黃鶴這話說得倒還委婉。柳老微微一笑，才待開言，玉幡桿楊華唇吻翕張，也要搶著說話。一粟道人卻猝然先接了聲：「柳老英雄，我們先觀主慘死，屍骨被殘毀，被盜割，我們必須根究盜首殘屍的惡徒。我們要問一問柳老前輩，先觀主這頭骨到底是從誰人手中得回來的？你閣下又是怎生曉得的？

惡徒盜骨，用心險毒，斷不會喧騰於眾口，必是很詭祕的事，別人都不曉得，我們獅林群鳥大舉訪尋，仍不能曉，可是柳老前輩你竟曉得了，這其間頗難以常情測斷。我們不敢動問，你到底是怎麼曉得的？」

一粟問出來的話有點咄咄逼人，只欠一點，沒有明說出柳老與仇家通謀罷了。

頭一個聞言不悅的是銅陵老武師駱祥麟。他張目看了一粟一眼，以為這不像對待江湖上的知名朋友，簡直是訊口供。這老人哼了一聲，要居間代言。

緊跟著柳葉青也哧的一聲笑。

緊接著玉幡桿楊華縱聲狂笑，壓倒一切地說道：「好說，好說，這倒真是難以常情測斷。憑獅林觀人才濟濟，竟尋訪不出戕害一塵老道長的對頭主名來，反被我玉幡桿楊華無意中抓著，誠然是難以常情測斷。然而那是無意中抓著的，絕不是我們與峨眉派通氣，他們拿人頭當禮物送給我們的。」

柳葉青也忙幫著丈夫說：「我們可不認識峨眉派，我們也沒打好稿兒一定要拿人頭換寶劍。峨眉派也不曉得你們欠著我們一把寒光劍，我們只是碰巧了。」

楊華忙道：「不錯，這是偶然碰巧勁，叫我們遇上了峨眉群賊。我們感念一塵老觀主的俠氣英風，既知他老人家的頭骨被某某人割去，偏我們遇上了某某人，當然我們就絕不放過某某人。」

一粟道人厲聲道：「你怎樣遇上某某人？你又怎知道某某人盜去我們老觀主的頭骨？你莫非預先曉得了某某人的陰謀毒計？」

楊華抗聲道：「我們也許預先曉得，也許預先不曉得。但是，一粟道長，像你這樣問法，恕我不回答你了！好像你只會念經，不大會說話！黃鶴觀主，我說……」

一粟道人大怒，又和玉幡桿楊華叮叮地吵起來了。

黃鶴把臉漲得通紅，半晌才說：「師叔，你先等一等說……」

這時候，鐵蓮子柳兆鴻拿眼看著駱祥麟，希望他居中調停，一言解紛。不料駱老是個口訥的人，倉促之間，瞠目看著一粟道人，竟流露出很不滿意的神氣。他竟和黃鶴謝秋野一樣，越著急越說不出話，尤其說不出繞彎表示不滿的話。白雁耿秋原本來以為師叔一粟措辭過露鋒芒，正要設法攔阻，他卻有點護短的毛病，見一粟的話被楊華頂回去了，他就應聲搶答，把聲調放得極其和緩地說：「楊施主，要怎樣請教你，你才肯賜答呢？請你明說出來，貧道等自然照辦。楊施主，這件事到底是你閣下大展鴻才，替我們戕仇奪骨呢？還是……」轉面對柳老道：「還是柳老前輩仗義拔刀，奪回先師的遺骨呢？我們是應該承誰的情呢？」

玉幡桿楊華、柳葉青夫妻倆雙雙開口道：「白雁道長，我們爺兒三個是衝著南荒大俠一塵道長的以往威名，替他的遺骨小效微勞。我們絕不希望他老人家的法嗣怎樣承情，只要略述原委，請他們不把我們一番好心當作惡意，我們就……」

越說聲調越高，楊、柳夫妻眼看就跟白雁、一粟叔姪對哄起來，謝黃鶴實在忍受不住，就跑到師叔一粟面前低聲說道：「師叔，你不要嚷！」又一推白雁道：「你把師叔勸住。」然後轉過臉來，先向楊、柳夫妻稽首，又向柳兆鴻稽首道：「請三位坐下來談！」鐵蓮子這時候態度冷然，注視著獅林三友，監視著楊、柳兩口兒，忽地向駱老一笑，見黃鶴施禮，立刻拱手相還，大聲說：「仲英，青兒，你們不要多話，我們現有我們雙方的朋友在當中呢！我們如有委屈難盡之情，我們可以請朋友居間評理，你們何必口舌相爭，豈不教人恥笑村婦潑口？」

遂向駱老一揖到地，道：「駱大哥，請你費心評定一句吧。」又轉對黃鶴道：「獅林道友，令先師遺骨雖還，你們當然要問一問是怎樣奪回的。你們就不問，我還要剖肝露膽說呢，道友們倒無須焦急。駱大哥，我已將盜骨奪骨之事，對您老兄說過了，如今獅林道友果然有疑，就請你替我們解說解說吧。」

銅陵老武師駱祥麟應聲側顧獅林群鳥，先咳了一聲，說道：「是的，盜骨奪骨之事，柳老兄早對我說過了。我可是一碗水往平處端，這實在是柳老兄賢冰玉一番義舉，人家可沒跟峨眉派勾結。人家獲得一塵老觀主的遺骨，正是從峨眉派手中奪出來的，而且殺了他們一個人。」

一粟張目道：「駱老前輩請不要評理了，我只請你扼要地把實情講一講，到底從誰手中奪來的？殺了他們一個什麼樣人？」

駱祥麟不悅道：「一粟道長，我是不會講話的，請你多多原諒。要問從誰手中奪來的，那就是……」一指木主靈牌道：「柳老就是從這個姓康的手中，把一塵觀主的遺骨奪來的，這姓康的正是你們獅林觀的仇人。柳老前輩賢冰玉是把這姓康的活擒住，把遺骨硬奪來的。」

白雁忙問：「這姓康的現在何處？」

駱祥麟眼睫一動道：「你要問姓康的嗎？」

鐵蓮子、玉幡桿一齊插言道：「姓康的就在這裡呢！」兩人不約而同，指一指柳葉青。柳葉青目含笑意，邁步上前：「你們要找姓康的，我可以把他拿來！」

一粟、白雁道：「哦，女施主，你能把他拿來嗎？那好極了，我們可以審審他，他現在在墳圈裡面嗎？」

柳葉青格格的一笑說道：「正是在墳圈中呢，只怕你們問不出什麼來，他也不會好好地回答你們。」一粟切齒道：「只要拿到，我們可以用毒刑逼問口供。」柳葉青越發狂笑，玉幡桿也哧笑不已道：「你們獅林觀本領儘管大，卻未必能把姓康的軋出口供來。」

夫妻倆還要奚落，鐵蓮子柳兆鴻忙道：「青兒，不要費話了，快把姓康的瓢兒交出來吧。」柳葉青這才一笑，回手把背後包袱摘下來，剛要遞給一粟。玉幡桿橫身一擋，卻先搶到手中，雙手舉著，對謝黃鶴、耿白雁、一粟道人說：「諸位道長一定要追究一塵道長遺骨的來歷，請打開看這個包兒，便明白了。」

一粟道人伸手要接包，楊華竟一翻身遞給黃鶴，算是軟軟地給一粟碰了一個小釘子。黃鶴雙手接來，探指一按，便已明白，忙湊到破桌旁，就燈光把包袱打開。這是一塊青色布包，打開了之後，另有綠色油布，解開了油布，立刻發現血淋淋的一顆人頭，便是峨眉派康海的首級。

白雁、一粟一齊湊來看，血跡模糊，一點也辨認不出，而且他們本來就不認識姓康的。白雁忙向駱祥麟稽首道：「駱老前輩，請看這顆首級，可是峨眉派的人物嗎？」

駱祥麟道：「不用看，我知道這首級就是那靈牌上的孝子康海。一塵老觀主當年確是與峨眉七雄康允祥結過怨，我想黃鶴道長與尹鴻圖君一定知道。這顆首級便是康允祥的兒子康海，康海盜取了一塵老觀主的頭骨，要拿頭骨祭他的亡父。可是他們報復得太甚了，以至於遇上了狹路仗義的柳氏翁婿。柳氏翁婿把康海殺了，把老觀主的遺骨奪回來了。」

這樣說，自然盡情盡理了，可是耿白雁依舊有疑心。他細認人頭之後，向駱老說道：「駱老前輩，這話我們不該問。但不知柳老英雄是在何時何地把康海殺了呢？我們明明見到，我們到白蕩湖鐵錨幫搜尋峨眉群賊時，彷彿瞥見了康海這惡賊……到底柳老英雄……」

駱祥麟哈哈一笑道：「你問的真對，柳老兄和楊世兄翁婿偏偏就是在我們大鬧白蕩湖、搜尋峨眉派的時候，在湖濱不遠，誤打誤撞，遇上了奪路逃走的康海。你請看，這不是血跡還新，這其間，真像是有點天意，一塵老觀主的大仇一定要這位楊世兄給代報。這位楊世兄第一次即在老河口把老觀主送終安葬，現在第二次又叫他遇上了老觀主的正對頭康海。不但替老觀主殺了仇人，還奪回老觀主的遺骨，這一點恐怕是冥冥之中大有因緣，不然，哪有這麼巧的事呢？」

駱祥麟這一席話，只說的是大概，獅林群鳥似乎依然疑信對半。鐵蓮子柳兆鴻便不等著盤問，仔仔細細地向謝黃鶴說了一回。於是，楊柳翁婿巧奪人頭的事既經詳說，已無可疑。而且，拿這顆人頭換那一把寒光劍，已成完局，再不能反悔了。

謝黃鶴新掌獅林全觀，雖然吝惜鎮觀之寶，可是他仍以亡師遺囑遺骨為重。寒光劍是毫不猶疑地要歸還楊華了。

白雁耿秋原、一粟道人到底心中不甚舒服，尤其惱恨那鐵蓮子的冷傲、玉幡桿的冷譏、柳葉青的冷笑。兩個人既得康海首級，仍把謝黃鶴邀到一邊，低聲悄議好半晌。謝黃鶴似乎怫然不悅，抬頭瞥了鐵蓮子一眼，復又對語良久。一粟道人堅請黃鶴過去發話告別，黃鶴仍有疑難之色。末後毅然決然，三個人一同向鐵蓮子柳兆鴻、玉幡桿楊華、柳葉青稽首稱謝，轉身又向駱祥麟道勞。謝黃鶴講過一片場面話之後，唇吻闔張，欲吐復茹。一粟就勢接聲，拋開了鐵蓮子，面對玉幡杆楊華道：「楊施主，我們獅林觀今日遙尊遺囑，近踐諾言，徑將這把寒光劍奉還於足下了。」一轉身旁睨柳老，徐徐說道：「這劍既歸楊君，卻不能轉贈他人！」

鐵蓮子微微一笑，並不答言。玉幡桿也冷然道：「我就謝謝先觀主在天之靈，贈劍之惠，我也謝謝你們慨然割愛，踐諾全信的義氣！劍贈他人與否，那又是楊某個人的私事了。」

一粟道人不接這句話，仍自抗聲發話道：「楊施主，我還有一句私話奉告你閣下！這把青鏑寒光劍乃是一種無價的寶物。天下的寶物唯有有德者，有大福命者，能夠據有之。無此德，無此福，雖得之，必失之。我們先觀主累代承襲，一世威名，尚然保全不住此劍，甚至於殞命齎恨而終。那麼這無價之寶，護持無方，反而成了無妄之災。楊施主，我還盼望你善持此劍，善用此劍，永守勿失，不要隨便丟掉了，方不辜負先觀主惠贈之意，方不為江湖人士所笑！」

說罷，衝柳葉青背後的寒光劍惡狠狠盯了一眼，並向謝黃鶴、耿白雁舉手道：「我們告辭吧，我們還有報仇的事沒有完結。」耿白雁也就雙手捧起一塵道長的頭顱木匣躬身遞給師兄，自己回手拿起了康海的首級，對楊柳三人環視道：「所有此恩此德，柳老前輩、楊施主，請容我們徐圖補報吧。」

於是一粟、白雁將新觀主謝黃鶴齊聲催走，拔步便往外闖。鐵蓮子忙道：「二位請慢行，恕不遠送，我們也要走了！」

楊華仍要跟一粟鬥口，鐵蓮子急忙攔住，對駱祥麟說：「駱大哥，我要跟你盤桓，盤桓！」駱祥麟道：「這個……」謝黃鶴此時抱定先師遺骨，稍稍落後，心緒如灰，也向駱老開言道：「駱老前輩，貧道要私邀您老人家談談！」駱祥麟眼見雙方不歡而散，這邊要邀他，那邊也要邀他，兩邊都是朋友，他都不願偏袒，面上稍露遲疑。鐵蓮子搶先說道：「駱大哥，我們先到你府上等候，既是謝道長邀你，你先去吧。」一拱手灑然步出陽宅。那翁婿三人見獅林群友往東走，從墳圈破口跳出去，他們翁婿便往西走下去。

此時天空已現魚肚白色，鐵蓮子剛走到墳圈當中甬道，忽瞥見墳圈外面人影一晃。鐵蓮子哼了一聲，暗呼婿女，小心外面。柳葉青和楊華早看出來了，那是看墳人邀來的一群鄉民，把他們全當作土匪，正在潛伏偷窺，並不是獅林觀的埋伏。柳葉青笑著告訴她父親鐵蓮子，鐵蓮子說：「我們犯不上替別人擋箭，我們可以躲著走。」翁婿父女立刻撲奔墳圈西牆，越牆而過。斜穿林徑，回頭一望，見獅林群鳥邀著駱老走出一段路，柳老悄命婿女停住。這老人急急攀上高樹，向來路一望，又往四面一尋，然後跳下來，對婿女說：「他們真走了，我們先回店房。」引婿女就在林中，打開小包袱，取出白晝衣服，把夜行衣全換下，夫婦仍將兵刃提在手邊，在前開路，柳楊這才徐徐走出荒郊。

懷劍偕歸

一路上，楊柳夫婦欣獲寶劍，十分得意。剛離開墳圈時，還怕獅林群鳥暗中遣人跟躡，他們夫婦幾乎是一步一回頭，小心照顧著四面。等到出離林徑，經柳老攀樹瞭望之後，越往前走，人煙越稠密，路上漸有曉行人，楊華和柳葉青不知不覺忘了戒備。起初兩人低聲細語，隨後又說又笑，越談越高興，忘其所以了。柳葉青說：「那個耿白雁果然刁鑽，比那個黃鶴口齒厲害多了。」楊華道：「謝黃鶴大概是老好子。」柳葉青道：「這三個老道，頂算一粟可恨。」玉幡桿笑道：「可不是？我在青苔關就是跟他吵起來的，因他輩分大，所以說話最蠻橫。」

柳葉青露齒笑道：「可是你剛才的話也夠損的，把他們挖苦得很厲害。」楊華道：「但是我還是氣不曾出，若不是岳父攔我，我定要痛痛快快譏誚他們一頓。」

柳葉青又回頭看了一眼，仰面看天，笑著說：「直折騰一夜，到底把劍討回來了，總算咱們走運，也靠爹爹的主意多，到底掙回面子了。」楊華道：「實在太湊巧，岳父的主意真高，人頭換劍，居然把獅林群鳥堵得沒話說了。」柳葉青道：「這些老道真可惡，你看他們氣焰有多衝！我們饒把他們死鬼觀主的腦袋找回來送給他們，他們照樣不承情，不給劍。你看鬧到末了，連駱老伯都惱了。可是，若不是爹爹把康海的人頭扣住，先不拿出來，他們一準要反咬咱們跟峨眉派通謀哩！他們一挑剌，我們再把康海的人頭給他們，他們可就反悔不來了，堵住嘴了。」

楊華笑道：「雖然沒得說，你看一粟和白雁那股勁，恨不得抓個碴，跟我吵起來才好。偏偏老天爺不給他留臉，他老師的人頭偏教咱們尋見。我剛才挖苦他們，還算是兩方鬥口，依我看，頂厲害的還是駱老那幾句勸架的話，比我說的還損。」

這夫婦倆「人頭、人頭」的亂說，越說嗓門越高。跟在後面的鐵蓮子柳兆鴻一聲不響，且行，且四顧，且沉思，見二人越說越不像話，立刻叱喝道：「青兒、仲英，念緩些！」楊華、柳葉青一齊回頭，又往四面一看，兩人相視而笑，不再高談了。等到柳老趕上來，兩人齊問道：「您老喊什麼？這兒沒有什麼呀！」柳老說道：「就算路上沒有人，你們也不該大說大笑地吵，快跟我回店吧。」玉幡桿楊華低聲問道：「岳父，您老人家看，我們把人頭交出了，他們把寶劍退還了，獅林群鳥對這件事到底算完結了沒有？」鐵蓮子笑道：「你想呢？」柳葉青道：「難道他們還要反悔嗎？」鐵蓮子搖手道：「不要說了，回頭再講。」

翁婿父女三人全不說話，走出一段路，隱隱聽見後面發生了異樣的聲音，楊、柳夫妻便要回去一看，又要登高尋視。鐵蓮子皺眉道：「你們怎的這麼不懂事？還不快走，留戀什麼？」

引領二人邁步急行，到一小村，走了進去，從村中牽出三匹馬，這是他們臨時寄存在農舍的。付了謝錢，三人上馬，如飛的奔銅陵而去。

他們三人到了銅陵城外碼頭上，落店進食，不遑停歇，略一商量，立刻下鄉，奔駱祥麟家。剛剛進了銅官村，便見駱家竹籬柴扉之前，細柳長楊之下，拴著一匹備了鞍的馬。玉幡桿楊華是吃過獅林觀的大虧的，心中一動，忙向岳父說：「您老人家請看，駱家門前有馬，必有生客。」柳葉青道：「莫非是獅林觀群鳥已經來了？」

鐵蓮子抬眼一看道：「休管他，我們且去叩門。」三人策馬來到駱家門口，離鞍叩扉。駱青桐姑娘從堂房中走出來，一看鐵蓮子忙道：「柳伯父回來了！柳姐姐、楊姐夫，請上屋坐，我父親剛回來，正要找你們呢！」

讓到堂屋，老武師駱祥麟匆匆出來，舉手說道：「柳仁兄，你還沒走！你來得很好！」把一個名叫鐘凌奇的少年壯士喚出來，引見他向柳老翁婿施禮，敘起來乃是駱老的門生。駱老對柳老說：「我正要打發他給你送信，現在仁兄你來了，我索性仔細告訴你吧。」

大家落座，駱老向柳兆鴻並肩附耳，低聲悄言，講了一席話。柳兆鴻嘻嘻冷笑，拱手道：「駱大哥，我謝謝你的關照。我早想到這一層了，請你放心，我也防備下了。」

駱祥麟又低聲說了幾句話，末後問：「柳仁兄，你用幫手嗎？」鐵蓮子柳兆鴻笑道：「不用。」駱祥麟似乎不放心，默想了一回，又道：「老實講，他們不但對不住您老兄，也對不住我。我倒想起一個辦法來，我要遍邀附近武林，交付他們公斷，你看怎樣？若不然，我真擔心你們翁婿人單勢孤，怕吃了大虧。」

柳葉青睜著一對大眼，凝神旁聽著，不禁怒聲道：「他們還敢不要臉，暗算人不成？」鐵蓮子柳兆鴻道：「青兒不要亂說，駱仁兄，我再謝謝你，你不用掛慮。這話固然是這麼說，匹夫無罪，懷璧為罪。

可是還有他們那一句話，有德有能者，才能永有重寶。小弟正要暫借此物，考驗考驗自己，到底有何德能？看看這把利器，我們爺三個承受得住嗎？」

當下，柳老和駱老並肩共語，楊華、鐘凌奇、柳葉青、駱青桐，男女四少年散坐在旁聽著。隨後駱老吩咐女兒駱青桐預備便飯，又命弟子鐘凌奇沽酒市肉。幾人歡飲快談了一陣，已近黃昏時分，駱老便留柳老父女翁婿止宿。柳老不肯，堅欲回店。駱老又看了看天色，便催柳老：「如要回店，就請早點走。」柳老卻藉著酒興，竟和駱武師縱談不休，直到月上柳梢，還不想告別。駱老父女待要掃榻款賓，柳老忽又站起來，告辭要走了。

駱祥麟皺眉笑道：「柳仁兄，你偌大年紀了，還是這麼大的脾氣。留你，你要走；要走，又偏耽誤。你一定要從我家裡走黑道回店，我這個地主該怎麼辦呢？也罷，我送你回去好了。凌奇，你把我的兵刃預備好了，咱們師徒二人，就送他們翁婿父女三人。」鐵蓮子再三辭謝，不肯教駱老伴送。駱老笑道：「柳仁兄這是什麼話？你到我家來，我焉能置身事外，袖手不送？」說著一笑。女兒駱青桐正跟柳葉青說得熱鬧，聞言連忙站起來說：「爹爹要送柳伯伯、柳姐姐，我也陪了去。」駱老道：「你這野丫頭，什麼事都有你！」

這駱青桐姑娘也是一身好武功，渴欲策馬護行，湊湊熱鬧。她一手拉著柳葉青，低聲說：「柳姐姐，我送你回店，你跟我爹爹說說吧。」她自己也向父親撒嬌道：「爹爹，您老瞧人家柳姐姐，跟著柳老伯隨便出門，您老偏管束我，不許我動地方。您教我們練本領，可不容我們出去歷練歷練，您真憋人！」

說得駱、柳二老全都笑起來。

鐵蓮子柳兆鴻捋髯笑道：「桐姑娘，不用著急，我誰也不敢勞動。駱老哥，你也千萬不要送行了。你想，我們一共爺兒三個，又有月亮地，一路又是陽關大道，你難道還怕我叫狼銜去不成？」

駱祥麟凝視著柳老，微微笑道：「飛鳥也許驚人！大哥便不怕，我這個和事佬不能堵門口，看人再打架。我一定要盡我心，我不敢狹路幫拳，也應該當場講話。柳老兄，你不要攔我，我一定送行！哪怕你回店之後，我再裝聾作啞，我的面子也好看些。」這樣一說，柳老方才點頭。駱青桐趁此又暗向柳葉青示意，她很盼跟了去。柳葉青自婚後謹守閨訓，遇事也不敢太隨便了，拿眼瞟著二老，雙手卻拉著駱青桐，笑道：「妹妹是名父之女，武功一定精妙。我猜妹妹也跟我一樣，很想抓個機會到外頭試上一試。可是這個心思嗎？其實妹妹能時常出門，老伯若是准許的話，咱們姐倆真可以乘月騎馬，踏行山村，這倒是頂有意思的事。」

柳葉青取瑟而歌，諷示駱老，願邀青桐姑娘伴行，可是駱祥麟心存顧忌，明知二女的意思，到底不肯答應，攔住了駱青桐。駱青桐怏怏不樂，只可噘著嘴，不敢違拗父親的話。

這時候家中人已然備好了兩匹馬。其中一匹是外借的，並不是武士良駒，只是鄉間駕車的駑馬；駱武師家中那匹馬，倒是一騎好走馬。於是賓主推杯而起，老武師駱祥麟不肯再穿夜行衣，只脫去長袍，把平常短衣褲略略結束，取了一對鉤刀，佩帶了暗器。門弟子鐘凌奇也裝束好了。楊、柳一行仍穿行裝，當下告別，就著月光，齊出駱家柴門，紛紛跨上了馬。駱武師命弟子鐘凌奇當先開路，挑著一盞紅燈，上面仍有駱老「麟記」鏢行的字樣。讓柳氏父女翁婿居中，駱老親自斷後，手裡也挑著一盞紅燈，踏著月影，徑由銅官村奔銅陵而去。

五個人揚鞭並轡，靨落趲行，都不肯說話，只一聲不響挑燈照著荒林黑道走。銅官村沿路多土阜，多叢林，雖有月光，每被林叢輕霧遮蔽。玉幡桿楊華和柳葉青居中策馬，互相顧盼著，各將暗器藏在手底。柳老和駱老稍稍靠後，也都戒備著。

由銅官村到銅陵縣碼頭不過三十多里路，五個人走了兩個更次。大家都覺得路上應該出點事才對，可是奇怪之至，竟一路平安，安抵銅陵碼頭的店房。這期間，只在將近碼頭時，瞥見暗隅中有兩條人影。鐘凌奇提燈一照，這人影退入小巷不見了。柳葉青叱斥一聲，要策馬跟尋，被鐵蓮子連忙喝住。

當下，一行人在店房門前停止，紛紛下馬，叫開了店門。

駱祥麟還要進店周旋，鐵蓮子有心攔阻，想了想，便把駱老邀進店去，吩咐店夥把馬牽入馬棚，又命泡茶。談了幾句話，駱祥麟還是不甚放心，要留在店裡做伴，柳兆鴻笑著拱手道：「駱大哥，我總還能保護自己，你請回去吧。如果有事，我再請你去。」駱老又要把鐘凌奇留下，柳老仍說不用。駱老注目看著柳老，半晌道：「我的地主之誼是盡了，大哥，你可估量著點。」柳老笑道：「我也不能久耽擱，我明天就走。」

於是駱祥麟皺了皺眉，說道：「那麼，我就回家了。」鐵蓮子道：「老兄請吧，我也不到府上辭行了。」遂在店房續行話別。駱祥麟、鐘凌奇師徒二人離店上馬，踏著月光往銅官村走去。

鐵蓮子柳兆鴻站在店前，眼看駱老去遠，往四面看了看，忽然縱聲大笑，叫著女兒女婿回轉房間，吩咐他們夫妻倆：「天不早了，趕快睡覺吧，明天我們還要趕路。」楊華、柳葉青笑著答應了。

他們三人住的店房是一明兩暗，一共三間北房。楊華和柳葉青兩口子住在西暗間，鐵蓮子柳兆鴻一個人獨住東暗間。駱老去後，柳葉青忙地掩門上閂，從背後解下劍囊，就燈下拔出那把青鏑寒光劍，細細賞鑑。那劍果然一片青光，冷如秋水，信手一削鐵器，很容易地削斷了。柳葉青禁不住連聲稱讚：「真是好寶貝，怪不得獅林三鳥捨不得放手。」玉幡桿楊華和鐵蓮子柳兆鴻也都傳觀把玩，嘖嘖稱賞不已。柳葉青簡直愛不忍釋，笑向父親說：「這把劍給我佩帶吧。」鐵蓮子眼望女婿笑道：「這把劍我做不了主，這是你丈夫拒賊救人賺得的。你如果愛，你向你丈夫索討，我怎好慷他人之慨？」

玉幡桿楊華立刻把劍抓到手中，笑道：「我可捨不得給你，我憋了這大的氣，好不容易才弄回來，我還沒愛夠呢！」柳葉青說道：「不行，你總得給我。」兩口子竟爭起劍來。柳老笑道：「你們倆全不要吵，你們的本領恐怕全壓不住它。」說著，把劍要過來，輕輕彈了一下，插劍歸鞘，雙手拿著說道：「我先替你們兩口子保管著吧。等著一路無事，平安到家，再交給你們，你們自己再研究歸誰帶。你們想，獅林群鳥驟失傳世之寶，心中總有點不甘，剛才駱老再三提醒我們，我們不要慢藏誨盜。憑你們兩人的能耐，敢說能把這劍保得住不丟嗎？」

柳葉青有點不服氣，嘵嘵說道：「爹爹，您太看不起人了！您老把劍給我，您老看看我守得住，守不住？他們鳥兒真要來了，我拿他們的劍斬他們的頭！」柳葉青儘管自負，柳老笑著搖頭，楊華更不放心道：「青妹，說是說，笑是笑，這可不是鬧著玩的，我們還是請岳父他老人家替我們守護吧。」

夫妻倆只是得意忘形、調情鬥口罷了。這把寒光劍，到底暫歸鐵蓮子持有，跟著便催婿女喝完了茶，趕快收拾歸寢，把屋中燈全吹了。三個人分據二室，只脫去長衫，各穿短打，結束俐落，把兵刃、暗器一一放在手邊。臨上床時，楊華出去了一趟，柳葉青還要繞店尋視。鐵蓮子攔阻道：「不用了，你們兩口子先睡，我老頭子給你們值夜，回頭我再叫你們接班。」

力催楊、柳夫婦和衣登床，這老人家才摸著黑躺在東暗間，閉目寧神，一手握劍，儼然入睡。

這時候三更早過，淡淡的月光射入屋來，陣陣微風吹得窗紙作響，遙聞野犬吠夜，此外絕無人聲。柳葉青和丈夫楊華全不能熟睡，兩人相倚相偎，低聲喁喁私語。柳葉青實在心愛此劍，央告丈夫道：「華哥，你不用要那劍了，你又不使，好哥哥，你賞給我吧。」楊華笑道：「不行，我不給你。」

兩口子似睡不睡，全身短裝，枕置兵刃，這樣熄燈相偎而眠，忽然聽野犬一陣陣狂吠。柳葉青驀地一驚，把頭離枕，手拄著床，側耳傾聽不已。玉幡桿楊華立刻也睜開了眼，低聲道：「狗叫得邪性，莫非那話兒不肯甘休，真個尋來了？」

黑影中，夫妻倆全都欠身爬起，抄起了兵刃，預備應變，猝然間聽見門扇外有彈指聲，一連三下，跟著聽出鐵蓮子悄聲囑道：「青兒、仲英留神！」柳葉青忙低低叫了一聲：「爹爹！」

已不聞回答，又叫了一聲，仍不聞回答。玉幡桿楊華忙說：「莫非那話兒已經到了，岳父迎出去了？」柳葉青道：「大概是的。華哥，別動，等我去看看。」

柳葉青是睡在床裡的，正要從楊華身上跳下床去，楊華先一步早下了地。夫妻倆立刻搶奔屋門。這時候聽見店外不遠處也有了野犬吠聲，兩人趕緊戒備，先撲到外間門一摸門，門閂未拔，立刻折奔東暗間。東暗間床上已然沒了人。一扇窗戶已經輕啟，鐵蓮子柳兆鴻已經悄悄地穿窗出去了。

玉幡桿楊華詫異道：「唔，岳父走得挺快！」柳葉青撲哧一笑，低聲說：「爹爹時常來這一手，你覺著新鮮嗎?快把你的彈弓預備好了，留在這裡看攤。如有人影撲來，只不出聲，你就開弓打，現在我先尋出去看。」說時一縱身，嗖地躍上東間窗臺，一手按劍，一手把窗扇輕輕一推，果然窗扇縫早已劃開了。借這一推之力，柳葉青把窗扇往外一掀，身形飛起，野鳥投林式，唰的躍出窗外，身到院中。身手十分矯捷，宛如輕絮隨風，尤其是掀起來的那扇窗，當身子投出時，竟能回手輕輕放下窗框，不使發出大響來，這一招楊華就決計做不到。

楊華親睹愛妻輕功這麼好，真是又歡喜又慚愧。他倒也能夠穿窗外躍，卻免不了弄出響動來。愛妻本教他留守，他自然不肯，急轉身撲奔房門，輕輕拔門，到底也跟了出去。

玉幡桿楊華躡足跳出房間，順手掩了屋門，再尋愛妻柳葉青，已然躍上東邊店牆，又跳上東排房頂。楊華連忙跟蹤綴上，跳上了西邊店牆，再跳上西排房頂。柳葉青正在房脊上向四面張望，扭頭看見丈夫，忙向他連打手勢，緊跟著一伏腰，如箭脫弦，由這房跳到那房，由那房跳到那牆，再一跳，跳出店外，身落在店後街巷上。楊華不顧一切，背彈弓，跨彈囊，手揮豹尾鞭，也如飛的追蹤愛妻，跳到店房後巷。

柳葉青頓足搖手，似乎不悅。楊華不聽攔阻，直追過去。

柳葉青一指對巷，忙向楊華一再揮手，立刻馳出後巷去了。她的意思是不教楊華出來，既已出來，夫妻倆就應分途兜尋，不該兩口子擠走一條道。玉幡桿楊華愛戀妻子過甚，竟不依她的指揮，到底跟追過來。當下夫妻倆一前一後往店房迤西循吠聲追去。

玉幡桿楊華跟追的是他妻子柳葉青，柳葉青追尋的卻不是她父親鐵蓮子，乃是在房頂上遠遠望見飛馳的兩條人影和吠影的野犬。但等到夫妻倆撲出碼頭，來到田野，朦朧月影裡，竟望見七八條人影，分為兩撥。前一撥四五條人影，正奔向前途一帶荒林；後一撥竟有三條人影，在後追逐。柳葉青大為驚疑，不禁振吭叫了一聲。後面三條人影竟有兩個人似乎止步回頭，但只略停了一停，依然追了下去。

柳葉青到此不顧一切，拔劍奮步，急撲過去。玉幡桿楊華也不遑顧瞻，插鞭摘弓，先暴喊了一聲，也奮力緊趕過去。

在野犬吠影聲中，楊、柳夫妻眼見前一撥人沒入林中，後一撥人倏然止步，似乎緊守「逢林莫追」之誡，分三面繞勘了一遭。內中一個人影似要強行入林，被另一個人影攔住，第三個人影也站住了。楊、柳夫妻狠命地趕過去，柳葉青老遠地就叫道：「喂，喂，江東，江東！」

「江東」二字便是柳氏父女的暗號，果然喊聲才罷，後撥竟有一個人影應聲叫道：「青兒，你怎麼也跟來了？不教你們出來，偏不聽話，還不快返回去！」這正是鐵蓮子柳兆鴻的聲口。

鐵蓮子似乎深嫌楊、柳夫婦不聽話，立催他們回去，又似怕來不及，竟丟下沒入林中之敵不追，與那兩條人影一齊撥頭奔回來。

那同伴兩條人影非別，正是銅陵老武師駱祥麟和他的門弟子鐘凌奇。

鐵蓮子柳兆鴻很急遽地往回跑，駱祥麟師徒也跟著往回跑。楊、柳夫婦愣在那裡，要等柳老趕到問話。柳老且跑且揮手道：「你們還不快回店？」眨眼間，柳、駱二老與鐘凌奇連袂奔到，和楊、柳二人會在一起，如飛的齊往店裡回走。不一刻到了店房後巷，鐵蓮子先登高一望，幸無伏敵。於是柳、駱二老指揮著大家分別跳牆進院。

楊、柳二人便要直入店房，柳老慌忙阻住。他先四面一望，側耳附窗聽了聽，內無異動，這才悄悄穿窗而入，把三間屋很快地履勘了一下，果在西暗間發現一枝甩箭釘在窗櫺上，連忙伸手拔下，摸了摸插入囊中，這才把大家開門延入。

鐵蓮子於是點亮了燈，讓駱老師徒坐下，遜謝道：「老大哥，我真謝謝你！你真不放心我們，你真就沒回去。」

駱祥麟微微發喘，先就燈光滿屋尋視，覺得略無可疑，且喘且笑道：「什麼話呢，咱們老弟兄了，明明知道你這裡還要有麻煩，我焉能袖手不管？」手指床上包裹，看著楊、柳夫婦笑道：「你們兩口子也追出去了，你們快看看吧，屋裡丟了什麼東西沒有？」

柳葉青一進屋，恰也巡視了一周，忙笑答道：「駱老伯，你的意思我明白，我這不是也正察看嗎？大概沒有丟什麼。」

駱老睜大著眼看著柳葉青，又看著楊華道：「一點東西也沒丟嗎？」楊華重把包袱摸了摸，兩口子一齊回答道：「大概沒丟。」駱老又笑問道：「既然沒丟東西，再看看多了什麼東西沒有？」

玉幡桿楊華笑道：「鬧賊只有丟東西的，怎麼會多出東西來？」

駱老搖頭道：「不然，不然……」

柳老撲哧地笑道：「駱老哥，真有你的，你就知道多出東西來了？」信手從囊內掏出那枝甩箭就燈下當眾聚觀。這不過是武林中尋常用的甩手箭罷了，卻是箭尾甩頭上繫著一縷黃布條，布條上分明寫著兩行字：

「寶物唯有德者能有之，能守之，其無德者必失之，且必危而不持。」

柳葉青立刻銳聲叫道：「好鳥！這一定是獅林觀鳥兒們幹的！」駱老笑著點了點頭。

鐘凌奇問道：「這有什麼意思？」

鐵蓮子哂然說道：「什麼意思，無非是搖惑人心，教我爺們受之不安罷了。相好的，你們這一招，可做得小家子氣了！」

眼望窗外，冷然搖頭。

駱老聞言，也不禁搖了搖頭，徐徐說道：「實在不高！」

柳葉青、玉幡桿看了看二老的神情，轉向鐘凌奇道：「鐘師兄，剛才退入林中的人一定是獅林觀那群鳥吧？」

駱門弟子鐘凌奇含笑不答，只看著師父駱祥麟。駱祥麟便笑道：「青姑娘這麼聰明的人，還用問嗎？」

柳葉青怒道：「這可太難了，他們明著輸了嘴，還了劍，又暗中算計人，又想盜劍奪劍嗎？」

鐵蓮子揮手道：「你這傻丫頭，總囑咐你少說話，你偏愛多話，越多話，越顯得你傻。」

柳葉青道：「我怎麼傻了？」

鐵蓮子咳道：「你也想想，獅林觀群鳥怎肯像你猜的，做這種不夠江湖道義的呆事？人家不過暗中盯住了你們，不肯甘休罷了。人家絕不會在此時此地，硬動手奪你們的劍。不過是一點不放鬆，把你們監視住了，你們走到哪裡，他們一定追到哪裡。你駱老伯不過怕他們萬一不夠朋友，在這銅陵地面弄出不光棍的事來，故此盯得他們很緊，他們並沒做錯事啊！」

楊華忙道：「莫非剛才入林的人並不是獅林群鳥？」

柳老笑道：「你們太死心眼，我簡直告訴你們：那是幾個幕面的人物，人家不想出面，只想暗盯。被你駱老伯防著了，他們剛來，駱老伯就迎上去，大聲地將他們喝破，只說了一聲：『我姓駱的在這裡呢，朋友們閃點面子。』他們就走開了。

我也恰巧從店中追出來，緊跟著吆喝了幾句。他們就答了腔說：他們是來暗中保護寒光劍的，怕那把劍被別人吃二磨，轉盜了去，顯得他們不夠朋友。他們又說：擔保我們一路平安，返回故鄉，獅林觀絕無異圖，只教我們自己以後要好好護持此劍。人家沒肯露盤，我們追著往回請他們，他們當然不肯回來，剛才就是這麼一檔事情。」

玉幡桿楊華聽罷，皺眉說道：「如此說，我們後患方長！」

鐘凌奇插言道：「這恐怕難免！」

柳葉青怒道：「我們是不怕空言威嚇的。」

柳、駱二老全都笑了。

終於鐵蓮子父女翁婿向駱、鐘師徒謝而又謝，駱老旋即告辭，攜徒回轉銅官村。鐵蓮子和婿女一夜晚景無話，次日帶著那把青鏑寒光劍傲然踏上歸途。雖然一路上免不了風聲鶴唳，小有波折，到底戒備森嚴，安然離皖，回轉到江東。

獅林群鳥似乎並沒有暗追來奪劍或盜劍。

鐵蓮子竟攜婿女先到達南京江寧城，卻不拜客訪友，而是悄悄地逛了逛南朝金粉秦淮河、夫子廟。幾人尋到一家刀劍店，按照寒光劍的長短款式配換了劍柄、劍鞘；又仿照寒光劍的長短款式另配了三把劍，尺寸、裝飾和其劍一樣。這便有了同一款式的真偽四把劍了。然後父女翁婿三人才坐江船回轉鎮江。

一到鎮江，這三人把一柄綠鯊鞘金什件的青鏑寒光劍掛在鐵蓮子精舍的壁上；把另一柄綠鯊鞘金什件的青鏑寒光劍掛在楊、柳夫婦新婚所住的小樓臥室的對窗壁上。真偽四劍，掛出來兩柄，其餘兩柄也似乎世襲珍藏似的收起來，放在箱籠裡。

楊、柳夫妻欣得奇寶，爭回面子，可是精神上到底惴惴不寧，整天地提防對頭前來明奪暗盜。可是越不放心，偏沒事；越沒事，偏越掛心。

這時候柳葉青忽又患了病，呑酸，嘔吐，腿腫，漸漸有了孕象。按俗例，新媳婦臨盆，斷不能生產在母家。楊華拿出了做丈夫的身分，叫新娘子趕緊跟他回轉河南省永城縣楊宅。

柳葉青好比醜媳婦一般，竟怕見公婆，不願回轉夫家，卻在大道理上，太說不過去。兩口子嘵嘵地爭辯了好幾天，楊華急了，向岳父說，又向居停主人魯師兄夫婦說，經這幾人促勸，柳葉青也沒法子。終於定規剋日坐暖轎送懷孕新婦還家。

鐵蓮子因為女兒歲數大些，又是頭胎，很不放心。楊華卻已在故鄉給鰥居的岳父預備了養靜的精舍，是一個小跨院，比魯宅精舍還格局。鐵蓮子愛女及婿，早先本有就養婿家之約，到此欣然答應同行，卻要自立門戶，不願倚婿奉養，做外老太爺。楊華連忙答應了，這可難壞了依人籬下的落難小姐李映霞。現在在名義上，她算是柳老的義女，柳老要就養婿女，移居河南，自己是跟了去，還是不跟了去呢？跟了去，柳葉青是她的情敵，今後將永在情敵眉眼下討生活，其滋味既苦且酸；不跟去，獨留鎮江魯宅，和魯府上漠無瓜葛，自己成了客中客，更無味，且難安。自己依人籬下，宛轉由人，又不好意思表示什麼，只輕描淡寫，向魯大娘子說了說自己的難處，又向義父鐵蓮子問了問：自己當何去何從，欲投尼庵，免累他人的話，又不覺來到唇邊了。

其實不用李映霞請問，這兩天鐵蓮子正跟大弟子魯鎮雄從長核計著呢！魯鎮雄知道師妹柳葉青的脾氣，自己若收留李映霞，師妹必然起疑，因此力勸師父鐵蓮子把李映霞也帶走。他說：「師妹已婚，師父身邊無人服侍，有這位李映霞姑娘做您老養女，再好不過。」

鐵蓮子又悄悄問女婿楊華，楊華恐涉瓜田李下之嫌，不敢表示意見，只說：「把李小姐留在魯宅也好，帶到舍下，跟義父同居也好，家母決沒有說的，只不過怕師妹犯小性。」末後又說：「岳父酌量著安插李小姐就是了，小婿毫無成見。」

鐵蓮子又祕密和愛女商量，柳葉青說：「我還沒有跟婆母見面呢！這番回去面見，又請了您去，您既是跟著親女兒住親戚，又帶著個乾女兒，您想合適嗎？他們楊家願意嗎？」鐵蓮子笑道：「這一層我也想到了，但我絕不是帶著乾女兒去到親女兒婆家閒住蹭飯。我只不過找他們楊家借房子，自立門戶。

我不是住親戚啊，我就帶著個乾女兒乃至於帶幾個徒子、徒孫，他們也管不著我。倒是姑奶奶你，我得先向你定奪好了。」

說得柳葉青先紅了臉，重重吁了口氣道：「您老別跟我定奪，您想怎麼著，您就怎麼著，我可不敢攔您。」

鐵蓮子柳兆鴻已聽出女兒不悅，笑了笑說道：「乾脆咱爹倆一句話定規吧。我的意思是要把李映霞帶在身邊，由我看著她，連你女婿也算上，都算在我眼皮底下了。我就是這個打算，我這打算完全為了你跟你女婿兩口子的美滿姻緣起見。傻孩子，我不是為了外人！若是你一定不願意跟不願見面的人在一塊，那就把李小姐丟在鎮江。不過，我總想男人們的腿長，女人們的心窄，我願意永遠看住了李小姐，直等到給她找了人家以後我才鬆手，我這是完全替你設想。」

柳葉青越發地紅了臉，她父親的深謀私慮她是早已明白的了，她還是不以為然，此刻低頭想了一回，決然說道：「我就依著爹爹，您要把李映霞帶到身邊，攜到永城，您覺著這麼辦好，一定是好。只有一樣，您可得寫包票，萬一他跟她糊弄到一塊，您可得賠我！」

鐵蓮子哈哈大笑道：「我賠你，我一定賠你！你也不看看你丈夫對你的情意如何，你也不管李小姐是個很有身分的大家閨秀，你就這麼信口胡猜。我告訴你，你到了婆婆家，千萬不要隨便亂說了，千萬要謹守閨訓，聽婆母的話。你們兩口子跟李映霞這段事，總不要教你婆婆曉得才好。」

柳葉青聽了，又有點不以為然。

鐵蓮子雙眸看定女兒，很嚴重的說：「你千萬不許犯傻。你和李小姐的這件事教你婆家曉得了，第一，要看不起你這新娘子吃醋；第二，也要看不起你丈夫年輕沒把持；第三，也要看不起李小姐這個落難的知府千金。我告訴你，說破了，對你三人全有害，你自己可要估量估量。」

柳葉青噘嘴道：「那可沒準兒，不論什麼事，我就是不會瞞著人，我也不會扯謊。他到了家若是欺負我，背著我跟李映霞搗鬼，我就許一氣，把他們那堆泥全給抖摟出來。只要他不跟她勾搭，我就饒了他和她。」

總而言之，柳葉青對這手無縛雞之力的情敵李映霞依然有著很大的戒心。她唯恐自己一到婆家，婆母立起家規來把自己管束住，自己丈夫就許由著性兒湊了李映霞去，私敘舊情。她卻忘了她父親鐵蓮子是何許人，豈容愛婿跟李映霞重溫情夢？柳葉青實在是太過慮了。

並且她也太小覷了李映霞小姐。李映霞慘遭滅門之禍，此刻寄人籬下，懺情埋恨，早存死志，一心只想為父母的沉冤掙扎求活。她只想從鐵蓮子這裡求得報仇的門徑，她早沒有餘情來跟玉幡桿苦戀，來和柳葉青爭歡了。

當下，鐵蓮子跟愛女、愛婿二人商定了攜帶李映霞同返永城之計。趕著預備了幾天，首由玉幡桿楊華先發了一封家信，次由柳門大師兄魯鎮雄代雇江船，打算由鎮江碼頭渡江，循運河北上，直達淮安府；再穿過洪澤湖，西行入皖，溯五河，逆流斜上，便可一徑到達豫西永城。幾天之後，便在魯府上擺了餞別筵，跟著雇好了轎，又備好了幾匹馬，懷孕的江東女俠柳葉青和孤蹤暫寄的李映霞小姐辭別了魯府女眷，一同上了轎。

鐵蓮子柳兆鴻、玉幡桿楊華各騎一匹馬，柳門徒孫白鶴鄭捷上馬送行。柳門大弟子魯鎮雄和他父親魯松喬也親送到鎮江碼頭，在江邊叮嚀了珍重便分別了。鐵蓮子一行登上江舟，起碇出港，先奔淮安城。

船走了些日子，平安無事。柳葉青向不暈船，這番懷孕便有點不舒服。這一天剛要穿渡洪澤湖，突遇大風，船顛簸得十分厲害，柳葉青竟嘔吐不已。鐵蓮子和玉幡桿恐她傷了胎氣，忙吩咐船家暫不入湖，攏舟泊岸，要投店暫歇一兩天，等風息了再走。柳葉青強支著說：「不要緊！」鐵蓮子不肯依著她，竟命鄭捷雇來小轎，由李映霞挽著柳葉青的手徐徐離船上了轎。

柳葉青和李映霞直入店院，剛剛下轎，突然看見一個客人正要出店，和李映霞走了個對臉，竟面露詫異，站住不走了。

李映霞覺得這客人直眼看人，甚為無禮，不由得低下頭來，又偷眼一瞥，竟拖著柳葉青緊走了幾步，進入店房。李映霞似乎聽見那客人在背後發出唔的一聲疑訝。

這一聲卻驚動了女俠柳葉青，她手扶李映霞，抬眼一看，這個客人竟生得長身玉立，比玉幡桿楊華不差什麼。白面修眉，細腰闊肩，氣度英挺，尤其是雙瞳閃閃，不似常人。柳葉青立住腳，扭著頭，不由多看了一眼。這個客人竟也調轉身子，把柳葉青盯了一眼。可是這人最後的眼光依然落到李映霞身上，瞅而又瞅，由頭上盯到腳下，竟站在店院，忘記舉步了。柳葉青覺得奇怪，再看李映霞，面露驚懼之容，很慌張地獨自跑進屋內。柳葉青越發詫異，竟站在店房門口，看了看這個人，又再看李映霞。

狹路驚逢玉虎

這時候，鐵蓮子柳兆鴻和玉幡桿楊華全都進來了。只有白鶴鄭捷管著行李，正吩咐店夥搬運一切，算是稍為落後一點。

鐵蓮子柳兆鴻剛剛進店間，早就看到這個客人的可疑情形了，不禁低哼了一聲，邁步上前。玉幡桿楊華更為動容，竟很快地趕到客人面前，凝目注視不已，只覺這客人好生面善，卻倉促想不起來。這客人也似乎覺出自己的舉動已引起人們的注意來了，他就把頭一低，斜睨了楊華一眼，轉身徐徐舉步，走向店門。

鐵蓮子立刻側轉身，盯著這人的背影。柳葉青本要進房間，也停住了。玉幡桿楊華更是皺眉瞠目，正在苦想，似乎要舉步跟追這人。鐵蓮子雙眸轉了一圈，瞥見李映霞，人已進了屋，竟又走出來，側立房門前，向外偷看，又有點不敢看似的，遠望著那客人的去路，面色忽白忽紅，十分不寧。她這樣子早被柳葉青看出來了，立刻湊過去向李映霞盤問：「怎麼回事？那個客人是誰？」李映霞滿面通紅，答不出來，眼光遠遠投射到楊華臉上，又招了招手。恰好楊華若有所悟，也正徬徨轉顧，眼神所及，似向李映霞叩問。楊、李二人四目對射，楊華突然失聲叫道：「噢！」趕緊地翻身往外奔去。

鐵蓮子柳兆鴻恰在後面，已然把各人的神情全都看清楚了，心頭一轉，猜透了一半。他立刻緊跟著玉幡桿，也翻身追出店院，慢慢挨到楊華身旁，低聲說：「這個客人可疑嗎？」楊華忙道：「這個人好奇怪，我瞧他很像是……個賊！」鐵蓮子更不再問，暗一點手，翁婿二人各不關照，火速地追出客店門外，那個人已然拐彎走遠了。白鶴鄭捷押著行李剛剛進店。

玉幡桿楊華和鐵蓮子分別搜了一段路，鐵蓮子看見那客人已投入別巷，進入別家店院，便悄悄退回，暗暗叫住了楊華，才待細問，楊華不肯冒答，低聲說：「回店再談。」

翁婿二人又匆匆地回了店房。

這時候，李映霞呆若木雞，依然佇立在房間門邊，雙手交握，從目光中透露出驚懼和悲憤。柳葉青忘了自己的病，上前扶肩，一迭聲地問：「到底怎麼回事？你可認識那個客人嗎？那個客人是幹什麼的？」

李映霞對柳葉青一向委曲求全，百般將順，此刻竟忘其所以，十分不耐煩地說：「這個人……這個人……我記不清楚，一準是個壞東西，歹人！」

說話時，玉幡桿楊華、鐵蓮子柳兆鴻先後走進來。李映霞忍不住迎頭叫道：「華哥，華哥你看，你可看見剛才那個長身量，白面孔，穿著很漂亮，很豪氣的那個男子沒有？」且說且側身，直湊到楊華肩旁，幾乎要握手攀問似的。玉幡桿楊華也忘其所以地眼看著李映霞的眼，叫道：「霞妹，我看見了，我正要問你，你可記得那天夜裡，那個使雙鉤刀的……」李映霞忙道：「我記得，不錯，準是他，我還記得他使的是一雙鉤刀，刀背上有鋸齒，刀尖上有鉤。華哥，你你你得給我想法，這個人一定是那夜那個歹人，他他他剛才直瞧我，他一準把我認出來了，這可怎麼好？」

李映霞十分焦灼地說，臉上又害怕，又著急，幾乎要把整個身子偎到楊華懷中似的。把個旁觀懷疑的柳葉青惹得酸溜溜的，十分動怒，竟猝然地發了話：「你們兩個人到底嘀咕什麼？剛才那個人可是李小姐早就認識的人嗎？李小姐，剛才他直看你，你直看他，到底是怎麼回事？你們很熟識嗎？」轉臉來，又請問楊華：「我說你，剛才你也直瞪眼，莫非剛才那個細高挑跟你們倆全認識？他可就是你所說的那個蕭什麼人？你們怎的只翻眼珠子，不過話呢？」

玉幡桿楊華驀地紅了臉，心知愛妻又動了疑妒。李映霞也深深醒悟，忙走到柳葉青身旁，手拉著手說：「姐姐，姐姐，您不曉得，剛才那個人不是好人，一定是害我全家的那夥賊。我還記得他，他大概還認得我。華哥，您快給我想法子，別教他走脫了。還有，噢，義父，您老人家快來。老人家，您看見剛才出去的那個長身量、白面孔、很豪氣的客人沒有？那就是在紅花埠劫我的歹人。義父義父，您瞧我該怎麼辦？現在可能抓住他喊冤嗎？」

李映霞萬分焦灼，也顧不得柳葉青的醋意了，一迭聲地向楊華和柳兆鴻懇求設法，她說那個人確是仇家。鐵蓮子柳兆鴻已然看明，也已聽清，忙轉身掩上屋門，把所有的人都叫到客店裡間，很快地吩咐道：「鄭捷，你不是也看見那個人了？」鄭捷答應了一個「哈」字，翻眼看李映霞。柳老忙道：「你趕快暗帶兵刃，去到那邊那個店房，假裝投店，把那個人看住。千萬小心，不要教他看破，不要受了他的暗算。」白鶴鄭捷道：「曉得！」轉身便走，又問了一句：「這傢伙是個賊嗎？」鐵蓮子道：「是個賊，別教他滑脫了。」鄭捷道：「您老望安！」說完，就火速地去了。

然後柳老又叮問楊華：「你可確切認準了這個人？」楊華答道：「一點不錯，乍一見面，我也想不到。可是剛才他直拿眼掃我，又直盯著霞妹……」柳葉青哼了一聲，坐在床上了。楊華改口道：「這東西又打量我，又打量李小姐，我一看他，他又扭臉。不錯，一準是那個賊，我跟他打過兩場，再不會認錯，不然神氣不會那樣。」

柳老點頭，又叮問李映霞：「你也記得清？」李映霞忙答道：「記得，這一點也不錯。」

鐵蓮子叫了一聲：「好！」站起身來，舉步往外走。李映霞神情激動，不解其意，竟橫身攔住道：「義父別走，這個賊擄過我，威嚇過我。是他把我架走，是華哥拿彈弓把他打跑的。他是我的大仇人，我的的確確認得準他，再不會認錯，而且剛才這賊直瞅我！義父我也不便瞞著了，這個賊沒安好心，他還是思索我，義父……」說到這裡，李映霞突然跪在鐵蓮子面前，低叫道：「您老人家一生仗義行俠，現在我狹路逢仇，義父您老人家務必替我捉住他，我情願跟他拼了。您只擒住這賊，我一輩子感激您，變貓變狗報答您，為奴為婢服侍您。」

雙手扶著鐵蓮子的膝頭，又膝行而前，到了柳葉青的面前，磕頭如搗蒜地說：「義姐，義姐，您也得可憐我，這賊害得我好苦，姐姐有一身好本領，您您您救救我，替我報了這個仇。只要殺了這個賊，姐姐，我就是您的奴才，我侍候您一輩子。您教我怎麼著，我就怎麼著，我的好姐姐！」她竟悲憤填膺，語無倫次了，說時聲淚皆下。柳葉青忙往床旁一挪身道：「這是幹什麼，這是怎麼說的？有話好講，怎的跪著？」又好笑，又透出不悅。

鐵蓮子微微一笑，過去把李映霞扶起，低聲道：「好孩子，別著急，我這就給你辦，你別攔阻我呀！你看我這就布置，快快坐下，聽我分派。」

鐵蓮子當時發令，命柳葉青持青鏑寒光劍，佩帶暗器，保護李映霞，就在這店房住下。命楊華將彈弓彈丸一一預備好了，假裝沒事人，留神聽柳老的指揮，說動就得動。柳老囑罷，忙忙退出這房間，假裝單幫孤行客，另闢了一個房間。回轉來，鐵蓮子低問楊華和李映霞：「你們可曉得這賊叫什麼名字？」楊、李愕然，李映霞叩額尋思道：「這賊大概姓賀，叫什麼玉虎。」楊華道：「不錯，我想起來了，他綽號擎天玉虎，名字叫賀什麼的，大概是鄂北出名的大盜。」

柳老略一尋思，點點頭道：「這人多半是叫賀錦濤，他是兩湖劇盜龐根榮的女婿，是鄂西新出手的飛賊。」柳葉青道：「哦，這小子就是賀玉虎嗎？」玉幡桿楊華道：「原來岳父和青妹全知道他的底細，他這人究竟怎麼樣？」柳葉青笑道：「你瞧，我爹爹人稱兩湖大俠，兩湖的綠林人物怎會不曉得？」柳老笑道：「提起此人……」正要往下說，忽看出李映霞依然躊躇不寧、欲催不敢的神氣，便道：「我們先辦事，後談閒話。」

吩咐楊華夫婦小心防護，便灑然離店，徑去找白鶴鄭捷。

這地方恰在洪澤湖東北岸，地名叫橫江圩，原是個小碼頭。鐵蓮子一行所住的店房叫做永和客店，那長身量客人（賀玉虎）改投的店房叫做泰昌客店。鐵蓮子找到泰昌店，白鶴鄭捷假裝問路尋人，在櫃房閒扯，見了鐵蓮子，使一眼色。鐵蓮子便道：「你住在這裡了，教我好找。你住的哪個房間？」鄭捷道：「四號。」鐵蓮子道：「我們先出去吃飯。」

把鄭捷調出泰昌客店，到無人處，問道：「那個人在店裡嗎？」回答說：「在。」問：「有同伴沒有？」

答道：「還不曉得，剛才我正要打聽。」問：「他可姓賀？名叫賀錦濤？」答道：「店簿上寫的是賀直卿，湖北人，經商，年二十七歲。」問：「他住幾號？」回答：「住的是十一號，四號房正跟他住對門。」鐵蓮子道：「好了，你先跟我回永和店。」

鐵蓮子已經打定了一個主意。當下，他帶白鶴鄭捷回店，當著大家，吩咐鄭捷留在這永和店陪伴李映霞。柳老自己要帶楊華、柳葉青移居泰昌店，釘住賊人，就便伺機下手。李映霞一聽這話，看了鄭捷一眼，面色恐慌不安。白鶴鄭捷看了看李映霞，忙說：「師祖，這可不成，我一個人可保護不了李小姐。況且這房間只我們兩個人，也太不方便。」

柳老這番調動，簡直大含私心，把愛女、愛婿調開，有意給鄭捷、李映霞撮合。李映霞是個聰明女兒，臉上漸漸堆出紅霞，可是她不能說什麼，只能說離開養父，有些害怕。柳葉青瞟著李映霞和鄭捷，心中十分高興，忙說：「鄭捷，你就留在這裡保護李姑娘吧！大白天價，一個人保護一個人，怕什麼？我們一定把賊釘住了，不會教他溜到這裡來。霞姑娘，你也放心吧，我這個鄭師姪，比起楊姐夫，本領更棒哩！」說著立逼楊華跟她轉奔泰昌店。李映霞自然沒法挽留，楊華很不好意思，也不能說什麼。

白鶴鄭捷是個非常機警的少年，察言觀色，早已看透師祖鐵蓮子的故意安排，心中暗暗不悅。這位李映霞小姐分明跟楊姑夫患難生情，惹得葉青師姑潑酸大鬧。現在師祖竟要利用自己，做那偷梁換柱之計。自己年紀輕輕的，好媳婦有的是，憑什麼揀楊姑夫的殘桃剩李吃？李小姐雖然生得漂亮，她的心明明撲著楊姑夫，自己憑什麼攔入情場，做那打岔的小丑？他當時也不辯駁，等到楊、柳夫婦剛要挪店，鄭捷這才笑著發話道：「不成，不成，我年紀輕，本領稀鬆。剛才那個賊，只看神氣，就知功夫不弱，我絕不是人家的對手。莫說保護李小姐，真要招呼起來，我自己還怕保不住性命呢。我哪能比得起楊姑夫？師祖，您老人家不要強人所難。」鄭捷站起身來，就要往外跑。柳葉青攔喝道：「小鄭捷，你敢溜轀！」

白鶴鄭捷笑道：「我說溜就溜，師姑您就瞪眼也不成。我還沒出師呢，我的本領只能夠跑跑腿，噹噹碎催，給您送行倒成。我怎能夠保鏢護眷，替李小姐抗禦強賊呢？只除非楊姑夫一手神彈子有那份能耐，我小子哪裡配呢？況且李小姐，再說李小姐……這哪裡成啊！」噫的一笑，暗暗地將柳老的深意叫破了。

鐵蓮子不禁失笑，喝道：「鄭捷站住，你不敢住在這裡，就算作罷，你不要跑。」低頭想了想，便命楊華和鄭捷全留在這裡。柳老親率柳葉青去到泰昌店探賊。柳葉青不肯去，楊華也不肯留，李映霞更是侷促難安。柳老對女兒低低地說了幾句話，柳葉青方才欣然首肯，卻提出一個條件，她要借這賀玉虎來試一試新得的寒光劍，問楊華肯不肯把劍給她使？如不肯給劍，她就打退堂鼓，全不管了。楊華忙說：「行，行，青妹只要把這個賊料理了，給霞姑娘報了仇，這把劍就是你的了。」

柳葉青張目道：「什麼？給李小姐報仇？我可沒有這麼大本領，我只不過拿這個玉虎的狗頭，試一試寶劍。我哪有這麼大的能耐，替人家殺賊復仇呀！」鐵蓮子笑叱道：「青兒，你還胡說什麼？李姑娘是我的乾女兒，她的仇人就是我的仇人，你這丫頭不許說話刺刺猬猬的。」

說罷，鐵蓮子命柳葉青佩帶寒光劍，跟他一同出店。柳葉青臨出屋門，向楊華看了一眼，又掃了李映霞一眼，含著示威的意思。李映霞這時難過極了，實在忍不住，紅著臉叫了一聲：「義父，您老還是同楊姐夫、鄭捷少爺去吧。青姐姐，您還是留在這裡保護著我吧。您瞧，我一個人在這裡，多麼不得勁。」柳葉青笑道：「那有什麼？」鐵蓮子道：「李姑娘望安，我們立刻還要回來的，絕不能丟下你一個人在這裡的。」

就這樣又搗了半天亂，柳老方才和柳葉青一同轉赴泰昌店。玉幡桿楊華、白鶴鄭捷，兩個少年男子和李映霞留在永和店一明兩暗的房間內，當然李映霞神情很是踧踖難安。鄭捷目送柳葉青的去影，扭頭衝楊華做了一個鬼臉，微微笑道：「二師叔，楊姑夫，您瞧我們師姑這股子勁夠多大，老實說，您怕她不怕？」楊華怒目道：「少要胡說！咱們上這東屋來，讓霞姑娘一個人在那西間屋歇歇。霞姑娘，你進去歇一會兒吧。你放心，大白天價，賊人絕不敢任意胡來的。」李映霞低聲道：「是的，楊姐夫和鄭少爺你們歇著吧。」遂姍姍地走到西暗間去了，信手把門扇微微掩上。

鐵蓮子柳兆鴻帶領懷孕的江東女俠柳葉青徑到泰昌店。父女倆商量好了硬碰的辦法，教店夥引路，找到十一號房，公然叩門，拜訪姓賀的客人。

柳葉青佩戴著青鏑寒光劍，全身短裝，外披斗篷，躍躍欲試，一心要尋釁。鐵蓮子柳兆鴻長袍馬褂，空著兩手，先找櫃房，然後一直來到十一號房，往四面看了看。那帶路的店夥就彈門喊道：「十一號賀老爺，門口有人找！」

屋裡面喃喃地應了一聲：「誰找我？」

店夥道：「有一位老爺子，一位姑娘。」明明看出柳葉青是年輕媳婦，仍怕稱呼錯了。

於是鐵蓮子更不客氣，把店夥輕輕往旁一揮，公然親手推開了房門，闖然進屋，江東女俠柳葉青也就跟蹤而入。

這長身量、白面孔的豪氣客人，果然就是擎天玉虎賀錦濤。這賀錦濤剛才果然認出李映霞小姐來了。賀玉虎在紅花埠替土豪計百萬戕官報仇，劫擄李映霞小姐。他當時驚羨著李映霞深閨絕豔，臨難不慌，突然動了憐香惜玉之心，竟猝施辣手，刺殺了暗算女肉票欲行無禮的夥賊麻雷子，保全了李映霞的貞操。他結夥害了李映霞，他又要獨立把李映霞救走。他妄想對李映霞獻出柔情愛意，把她救出仇家的毒手，正正經經納李映霞為妻。本為貪財而綁票，忽變為愛色而救人，偏偏遇上了陌路仗義的玉幡桿楊華，不容他反覆改計。楊華連彈猛攻玉虎，竟把李小姐救出賊手。賀玉虎仍不肯死心，半路邀劫，仍被飛彈打走，倒助成了楊、李的遇合。他事後情心不死，也曾尋李映霞的下落，只聽說被楊華救到淮安府去了。他這才追到淮安府，遍訪未得李映霞的蹤跡，想不到在淮安府西，洪澤湖東，客店之中，居然無心中碰見了。

擎天玉虎十分歡欣，把李映霞看而又看，認明無訛。不想他的硬對頭——善打彈弓的玉幡桿楊華，也在那裡了。他已然不十分認識楊華了，然而兩人一亮相，四目相對，立刻彼此憬然。擎天玉虎又閃目看了看周圍，已看出柳葉青是個會武功的女人，卻跟李映霞相扶同行。又看出還有一兩個人，都是武林行家，似與李映霞同道，他便不敢冒昧，悄悄退到泰昌客店了。現在他正躺在板床上，獨自想心思，想辦法。他一定要把李映霞弄到己手。他要以武力奪人，他又抵不住玉幡桿楊華的連珠彈。他現在倒有個同伴，但是，他要奪取美豔絕倫的閨秀為妻，要邀請同行幫忙，只怕同行不肯那麼傻。

他正在左思右想，又瞑目描摹李映霞和柳葉青兩個女子的形容氣度，又推想她們的關係。柳葉青明明是個女行家，李映霞怎麼會跟她在一塊？莫非李映霞居然有武林中的親戚？但是剛才分明看出李映霞是攙扶著柳葉青，柳葉青倒像是闊小姐，李映霞倒像個侍女似的：「哦，我明白了，這李映霞一定是傾家喪親之後，被那個連珠彈姓楊的救去，投奔了親戚。這個圓臉蘋果腮的女子，多半就是連珠彈楊某的眷屬。剛才楊某惡狠狠地盯我，女的也盯我，李映霞見了我，也驀地臉紅起來。她當然怕我，拿我當仇人。但是，我如果把她弄到手裡，我一定好好哄她，應許給她復仇，對她起誓，我一定拿她當嫡妻看待，並且我要折節洗手。還有那個女的，紅紅的嘴巴，小嘴細牙，長得也不錯，就是兩隻眼有點歹毒，一定是個會家……」

擎天玉虎正自胡思亂想，突然間有客來訪，有人叩門。他剛剛從床上坐起來，心想：怎麼是一個老頭，一個姑娘……客人竟闖進來了。

擎天玉虎賀錦濤一看來人，心中騰地一震：是這個女子，哦，這個老人原來跟他們一夥……李映霞呢？眼光剛往外一瞥，鐵蓮子早已回手帶上屋門，和柳葉青雙雙當門而站。擎天玉虎陡然覺出情形不對，好像自己掉在網裡了。

擎天玉虎很快地看出柳葉青身佩利劍，他就很快地跳下床來，順手便從床頭拉過他的兵刃包，並且要立刻擎出他的那對鉤刀。賊人膽虛，他顯然有些舉動侷促了。柳葉青立刻擺好了架勢，也要抽劍。鐵蓮子柳兆鴻凝目微笑，舉手作勢，道：「朋友，不要動，我們有話說！哦，我們有話，要好好地說。請坐，大家請坐。」

鐵蓮子首先坐下了，把柳葉青也曳住，順手拉她坐在一旁。

擎天玉虎賀錦濤曉得遇上江湖大名家了，料到不會猝然動手，便放下兵刃包，雙拳一抱道：「朋友，請坐，請坐。」自己也就退到床頭，側身坐了下來。兩眼盯定了柳氏父女，一言不發，做出恭聽的模樣，靜等來人開口。

可是鐵蓮子只凝眸打量這賀玉虎，也並不急於發話。雙方僵持住了約有兩杯茶時。賀玉虎心中不寧，唯恐來人外面另有埋伏，或正布置埋伏，忍不住眼光游移，不時掃看著屋門和前後窗。見柳老仍不發話，他便開口道：「老先生，你我素昧平生，你可是找我嗎？」

鐵蓮子捋鬚笑道：「我和你雖然不甚熟識，但我卻認識令岳和令叔。你不是湖北鄂人嗎？你的外號叫擎天玉虎，對嗎？你的令正夫人也是一位巾幗英雄，你是常在鄂北、鄂西闖蕩的，對嗎？」

一番話說得賀玉虎毛髮悚然，失口說道：「在下的根底，倒瞞不了您老，您老一定是江湖的老前輩了。在下年輕，出世晚，眼路窄，但不知您老可以把你的萬兒，賞知在下嗎？」

鐵蓮子越發地欣笑起來，把一對眼笑得沒縫了，徐徐說道：「你不認識我，我卻早就知道你，我的眼力還不算拙。你問我的萬兒嗎？我是個江湖上提不起來的無名人物，可是我也有個小小的外號……」說到這裡，探囊取物，拿出來三枚鐵蓮子擺在掌心，就這麼一團一晃，三個鐵球兒在手心一轉，說道：「你可想起來了嗎？」又將柳葉青的斗篷微微一掀，使她的墨綠短裝顯露在賀玉虎眼前，接著說道：「這是我的女兒，她在江湖上也薄有微名，她是一向好穿墨綠衣服的。賀朋友，你可聽說過嗎？」

擎天玉虎賀錦濤不禁變了色，站起來說：「哦，老前輩尊姓可是柳？您老的萬兒可是鐵蓮子？」

柳老笑道：「怎麼樣，我想你一定猜得出來的。」

賀玉虎又看了看柳葉青，說道：「這一位一定是令嬡江東女俠柳葉青了？」

柳葉青道：「哈，你倒也曉得我！」

賀玉虎面上露出恐怖之色，一時忘其所以，站住不動。柳老把手一伸道：「請坐下講話。」

賀玉虎很不安地坐下來，頭上似乎冒出了汗，忍不住眼珠亂轉，又看了看門窗，手捫著胸口，定了定神，說道：「原來是兩湖大俠柳老前輩，和江東女俠柳姑娘。柳老前輩，晚生一向在綠林鬼混，可是從沒有在兩湖老輩英雄面前失過禮。但不知老前輩突然登門下顧，有何見諭？」

鐵蓮子柳兆鴻笑道：「賀朋友，你是明知故問。」賀玉虎忙道：「老前輩，我絕不敢裝傻，老人家有什麼事要指教晚輩，請只管明言。晚輩年紀輕，也許無意中得罪了人，或者無意中冒犯了老前輩的朋友，也未可定。只要是老前輩說出道來，晚輩一定遵命賠禮。」

鐵蓮子把大拇指一挑道：「光棍到底是光棍，一點就透，你也太客氣了。賀朋友，我不妨明白告訴你，李建松太守是我柳某的親戚，他的女兒李映霞小姐是我柳某的義女。我是為了這一點事，特來請教閣下。閣下說吧，咱們該怎麼辦才好？」

擎天玉虎賀錦濤本已惶恐不寧，一聽這話，皓白的臉頓時變成死灰色，不禁又站了起來，說道：「老前輩，李建松太守是你老的親戚嗎？可是我事前全不知道啊！」

鐵蓮子冷笑了一聲，辭色漸趨嚴肅道：「話自然由你這麼一說。不過李太守乃是一個清官，不意得罪了豪紳，竟慘遭滅門之禍。這種恩怨仇殺的事，江湖上自有公論。可是國法雖嚴，尚且罪不及孥，我那映霞義女兒一個十幾歲的深閨弱質，沒有礙著誰的事呀！我聽說我們鄂北的綠林好漢們竟甘心做豪紳的走狗，把人家一個沒出門的姑娘生生架走，又要施行無禮，還要賣良為娼。賀朋友，有這種事嗎？」說時雙目闔張，鬚眉皆動，神威凜然。

賀玉虎死灰色的面孔倏又變得通紅，張口結舌地答不出來，半晌才說：「這這這，老前輩恐怕是聽錯了，這裡面大有曲折……」

鐵蓮子怒道：「什麼大有曲折？殺官眷，擄閨秀，這可是假的嗎？」

賀玉虎默然，只勉強點一點頭。

鐵蓮子見他認了帳，這才放緩了語聲，道：「你這還罷了，你還不會扯謊。你也生著眼珠子，你剛才可曾看見映霞姑娘沒有？」

賀玉虎囁嚅道：「看見了。」

鐵蓮子冷笑道：「看見很好，她就是原告，她正把報仇申冤的事托靠了我。賀朋友，沒說的，這官司你打了吧！」

柳葉青也跟了一句道：「這官司你打了吧。」

擎天玉虎滿臉大汗，雙手連搓。鐵蓮子的聲威，他當然曉得，鐵蓮子在兩湖成名，賀玉虎就是湖北人。他深知大俠登門，親來討罪，欲決鬥必無幸，欲規避亦無從。他的思想似旋風一轉，暗想：我真個遭了報應不成？

賀玉虎沉吟不語，鐵蓮子雙眸盯住他，也不催促。經過了好久的時候，賀玉虎說道：「老前輩，我不說謊，劫擄閨秀，確有其事。但是動手的不止一個，晚輩不過是其中的一人，卻絕不是主謀，也不知詳情。並且晚輩因為佩服李小姐臨危不懼、視死如歸的大節，我曾經殺了一個欲行無禮的同黨，保住了李小姐的貞操，並且我看透真情之後，我還曾一再努力，要把她背出虎口。」

柳老說道：「我知道，但這不足以贖罪。你也許在下辣手之後，忽又激動天良，矜憐到無辜弱女。你也許看見李小姐那麼漂亮，存了別的念頭，因此想把她害過了，又搭救出來。你的舉動確與他賊不同，可是弄到後來，搭救李小姐的人趕上來了，你並沒幫忙，反而阻撓。你可知搭救李小姐的那一位楊某是誰嗎？他就是我的門婿，也就是她（說時一指柳葉青）的丈夫。賀朋友，一切詳情，我全瞭然。我以為你閣下如果稍有英雄氣魄，你就該知罪領罪，做得磊磊落落的，跟我出去一趟。」

鐵蓮子柳兆鴻把賀玉虎當時的私心陰謀，不留餘地，全給抖摟出來了。賀玉虎情知口頭辯飾，於事無補；柳葉青姑娘坐在一旁，躍躍欲動，滿面露出鄙夷神氣。賀玉虎由恐懼激成憤怒，抗聲說：「知罪領罪，老前輩要教我怎麼樣領罪？可是教我到官府投案？」

柳葉青道：「殺人償命，欠債還錢，那個……」

柳老忙道：「不是那樣子做，我們是江湖人物，自然按照江湖道的方法。」

賀玉虎切齒拭汗道：「老前輩儘管明說，到底要教我怎樣領罪？」

鐵蓮子柳兆鴻道：「我要教你自己審訊自己，自己給自己定罪，自己給自己執法。」

賀玉虎看住柳老的嘴，手按胸口，把語聲低到幾乎聽不見，說道：「自己定罪，自己執法……」

柳老說：「是的，而且就在此地，就在今天，而且要當著原告李映霞的面。」說著一指窗外。

鐵蓮子父女咄咄逼人的聲勢把賀玉虎生拍硬擠，擠得雙睛冒火，猝又切齒說道：「老前輩果然是成名的英雄，辦事真正乾脆，可是未免太不留餘地了。你難道就教我在這青天白日，熱鬧市場中，當眾領罪嗎？可不可以挨到夜晚，換個地方？」

鐵蓮子咧嘴笑道：「這不是我柳某不講情面，趕盡殺絕。無奈舍親李太守當日守法愛民，慘遭滅門之禍。道裡的朋友並沒有一個人肯於稍留餘地，緩和著辦的。那一回事做得太辣，這一回事當然要不辣也不成了。換地方，行。我也不願意在這鎮甸裡，做這種類乎江湖上清理門戶的把戲。我們可以挪到野外，沒有人的地方。」

賀玉虎嘮叨道：「太辣，太辣！可是辣的不是我，還有別人，還有主謀人呢！」

鐵蓮子怫然道：「我們丈夫做事，來個了斷，不要推諉。別人的責任，別人自己擔，你無須掛慮。柳某一向辦事要辦透徹，決計不會輕饒了正對頭的，你可以放心。」

柳葉青便扭身立起，手按寒光劍柄，說道：「行了，我們不要嘮叨了，就到野外去吧。」

擎天玉虎忙搖手說：「二位且慢，我還有話。老前輩和女英雄，無論如何，總得讓我安排一下。就是鷹爪，也不能活捉活拿呀！」

柳老說道：「你只管寬心，你如有留給家裡人、留給師門或親友的信，請你儘量寫，我們一定盡心給你轉送出去。」

賀玉虎簡直怒發欲狂了，可是力不能敵，逃避無路，忍而又忍，咬牙低聲道：「我謝謝你的盛情。但是，現在太倉促，我請老前輩給我半天限，我好安置安置自己的私事。我在這裡是客遊偶住，我還有別的事要了結一下。」

柳葉青道：「那不成，你要是溜了呢，我沒有工夫看著你。你趁早跟我們去吧，好在一會兒就了結。你還留戀什麼？你就有朋友，不客氣說，他也未必敢來幫拳。」

賀玉虎道：「柳姑娘，你不要欺人太甚，無論如何，我要到今夜方能遵命。倘你們父女自恃人多技強，那麼，我任什麼話不說，你們把我刺死好了。我絕不抵抗！」

鐵蓮子也怒了，雙眼一瞪，忽轉笑容道：「好好好，我也不能太趕碌你。我就依著你，今天夜間，至遲別過三更，我們在湖邊恭候。我想你不會騙我老頭子，說了不算，一溜完事吧！」

賀玉虎道：「到時候，我在下準去。我一定是先領教，後領罪。」

鐵蓮子睜眼道：「什麼，你還要先請教嗎？」

柳葉青叱道：「你好大的膽！」

賀玉虎嘻嘻冷笑道：「我擎天玉虎也薄負微名，我焉能束手就戮，我當然要比畫比畫，然後我才死而無怨。」

鐵蓮子喝道：「好，你有這份膽量，就讓你先請教，後請罪。你要估摸一下，怎麼上算，就怎麼辦吧，不要吃了虧才好。我再告訴你一句話，從我手心溜出去的人，簡直沒有。就是讓他跑開了，等到再抓回來，他那個苦子吃得更多。你吃柿子，要挑合適的吃，趁早別存著僥倖心。賀朋友，你別過意，你現在就是我的籠中鳥，網中魚了。你若有好朋友，我允許你儘量邀他們幫場、幫拳、助威，全都成。」

遂挺身站起來，說：「青兒，我們走！賀朋友，我們晚上見，希望你不要失約。」

雙拳一抱，把賀玉虎從頭到尾瞥了一下，立刻和柳葉青推門走出去。

賀玉虎渾身浴汗，送出店門口，往街道兩頭看了看，趕緊折回店房，匆匆地預備起來。他料到鐵蓮子暗中必已留人監視自己，因此他不敢偷躲，就明目張膽地寫了三封信，拿出許多錢來，分三次祕密僱人給他送出去。等到三個送信人全都走了，賀玉虎這才穿上長衣服，暗帶兵刃，公然走出店房，目不斜視地走到街上。果然走不多遠，便已覺出背後有人。賀玉虎十分焦急，裝作漫遊，耗了一會兒，繞了一會兒，竟又折回店房。

那一邊，鐵蓮子柳兆鴻和女兒柳葉青匆匆離開泰昌店，剛走到永和店前，便看見白鶴鄭捷正在店門口打幌。他見了柳老，吐舌一笑，轉身回店。柳老罵了一句「混帳」便走進永和店，又看見玉幡桿楊華正在店院走溜。他和鄭捷全不肯留在房間，反把李映霞一個人丟在屋中了。李映霞心中害怕，又不敢強留楊、鄭，她一個人獨留店房，只得抱著柳葉青的一把劍聽候動靜。她唯恐賀玉虎乘虛找尋過來。哪知賀玉虎震於鐵蓮子的威名，正忙著救命逃罪的事，再顧不到鍾情掠美了。

鐵蓮子怒沖沖地回轉店房，向楊華、鄭捷發話：「你們真不聽話，怎的全出來了？現在我已經跟賀玉虎見了面，他已然認了帳。霞姑娘，你不要擔心了，你的仇一準報了。今夜三更天，我就給他一個了斷，我要逼他自戕。你們可務必聽我吩咐，不然的話，一準把他放跑了。」遂叫楊華、柳葉青、白鶴鄭捷全過來，很快地每人囑咐一套話。白鶴鄭捷、玉幡桿楊華立即先後銜命出店，包圍賀玉虎布下了卡子。柳葉青是奉命留守，兼護李映霞。自然她很不願意，因見她父面色很不平善，便不敢明駁，低聲答應了，可是不快之感形於顏面。鐵蓮子並不管她，反而把李映霞叫到面前，低聲問她：「那個人果然是擎天玉虎賀錦濤，他倒也曉得我父女的一點微名。我已逼他今夜三更出離店房，到野外受死。他若識相，必然自戕，否則我就親自動手。姑娘你的仇是報得一樁了，當日在紅花埠劫奪你的人一共有幾個？」

李映霞先不答話，跪在鐵蓮子膝前，給磕了好幾個頭，說道：「義父，你老人家這樣作成我，我李映霞今生今世永遠忘不了大德。只可惜我全家覆滅，胞兄下落不明……」她底下的話想說：胞兄若在，則酬恩有人。

柳老倒誤會了，含笑把李映霞扶起來，說：「姑娘不要著急，我先替你殺了這個仇人，隨後我再給你尋找令胞兄。連你的終身大事，帶你父母的遺櫬歸葬，你全交給我。我一定把你李氏門中存歿生死，一一安置妥帖，教你們全無遺憾。好姑娘，我這話說到家了，你就望安，聽我一樁一樁安排吧。我再告訴你一句話，我要逼這賊子去自戕，我還要你親眼看著他死。你看這樣辦，足夠痛心快意的吧？」

痛快是果然痛快，柳老似乎忘了一個尋常閨秀，是否有膽親睹人來殺人。幸而李映霞劫後餘生，又是索性貞烈的女子，倒的確願意眼見仇人滅亡在她面前。她連忙又跪謝了，站起來說：「到了時候，義父只一教我，我一定跟了去看。好賊，想不到也有今天！我李映霞身遭橫禍，陌路上竟遇著了義父和義姐，仇人倘得伏誅，我李映霞就馬上死了，也不枉了。」言下慨然，淚落如珠，一回頭，看見柳葉青坐在一旁，似乎另有一股子勁。李映霞忙挨過去哄慰，一時間問她可是累著了？是否還覺得肚疼？一時間問她是否還覺得噁心要吐？又勸柳葉青躺下歇息，千萬不要震動了胎氣。李映霞十分殷勤，十分懇摯，柳葉青到底感動了，臉上漸漸露出愉快之容。李映霞這才放下了心。

當下分撥進膳，轉瞬天黑。柳老見女兒柳葉青稍進飯食，精神甚佳，果然暈船嘔吐的懷孕現象好轉了，心上深以為慰，就教她好好陪伴李映霞。柳老一個人空手出去巡卡，走不多遠，到一路隅，瞥見了女婿楊華，忙調到旁邊一問，楊華說是賊人賀玉虎只出來一趟，旋即回店，至今並未出來。柳老又問楊華曾看見眼生的江湖人物跟賀玉虎接觸？回答說：「沒有看出來，大概沒有吧。」

鐵蓮子揮手，楊華退回潛伏之處。柳老繼續往前蹚，到了泰昌店前，白鶴鄭捷從鄰近一個小巷鑽出來。兩方湊到一處，鄭捷搶著說：「我這裡盯得很嚴，並沒有什麼刺眼的事，師祖可另有所見嗎？」柳老笑道：「好小子，我是巡查你來的，賊人確在店內嗎？」回答道：「確乎沒有離店。」問道：「你就在這一面盯嗎？」鄭捷道：「不，不，看你老把我當成傻子了。我自信繞著圈子暗盯，一點也沒漏空，一點也沒露形。您看，我還買了一個腿子呢？」手指泰昌店旁一座小果攤，攤旁一老一少，似乎是祖孫。鄭捷道：「我就是花錢雇得那個擺攤小孩，替我把門站崗，所以我只提防店後牆和兩旁，這正面我不過抽冷子來問一問罷了。」

鐵蓮子微笑道：「你小子居然有一套，你可不要自傲，越小心越好。你進店摸過沒有？」答說：「自從點子出店又回店之後，我一共溜進去兩趟。點子此刻並未溜開，我就趕快地退出來了，我怕打草驚蛇。」更問：「有眼生的人進店沒有？」答道：「大概沒有。」又問：「有離店的沒有？」答道：「有是有，全像不相干的旅客，更沒有指名尋找點子的人。」鐵蓮子揮手笑道：「你不要自覺很有把握似的，暗中盯梢，這不是容易事！」鄭捷道：「師祖望安，輸了眼，誤了事，我情甘認罰。」

柳老笑了笑，這才親自進店履勘。鄭捷退回潛伏之處，照樣巡邏，於是他又加雇了一個閒漢，幫著站崗。柳老直入四號房，又到對面十一號暗窺了一下。擎天玉虎賀錦濤真個像被兩湖大俠聲威所懾，又似乎奇膽包天，漠無所懼，安然地留在房間以內。他沒有溜，這倒奇了！

鐵蓮子叩額想了想，又出去重新盤詰楊、鄭二人：可留神賀玉虎已在暗中傳遞消息，潛邀救援？鄭捷力保沒有看出來，楊華稍涉吞吐，事後也說：「沒有，不會有。」柳老搖了搖頭，揮退二人，徑到泰昌店櫃房，向司帳嘀咕了一陣，又借筆硯，寫了一張短柬：

「請勿忘今日子正，湖邊踏月之約，特再肅駕，務祈惠臨。名不具。」

另在「名不具」之下，簽了一個蓮花瓣花押，把短柬加封封固，交給一個店夥，囑他到二更剛過，務必送到十一號房姓賀客人那裡，要當面交到，遂掏出一小錠銀子，賞給店夥，囑咐至再，又向司帳舉手道勞，便走開了。

出店見了鄭捷、楊華，仍都關照了。此刻點子毫無異動，還要防備他月暗天黑時，驟然逃走。柳老切囑：「你們要小心了，你們要在鄰房上安樁。一有風吹草動，千萬不要忘了，一面跟綴，一面給我送信。」鄭捷、楊華一一敬謹領命。便是越到天黑，越要加緊梭巡，街頭巷尾，牆頭屋頂，遠處近處，全不要落空。鐵蓮子柳兆鴻眼看他倆安樁的情形，甚妥，這才徐徐踱回永和店，見了柳葉青和李映霞。

二女都搶著問：「那個賊沒有離開店嗎？沒有跑掉嗎？」柳老哂然搖頭，柳葉青笑道：「爹爹你不用大大意意的，人要真溜了，你老這跟頭可栽得夠瓷實了。」柳老說：「少奶奶，你不用替我擔心，我先在這裡歇一會兒，你也可以替我巡視一遍。」

柳葉青按著肚子笑道：「我可不成。」柳老說：「剛才你怎麼行來著？」柳葉青道：「剛才是一股猛勁，我又知道爹爹是要用我們父女的萬字去嚇嚇賀玉虎。現在我歇過來了，倒沒有勁了，好像氣短似的。」這自然還是孕象，柳葉青就不承認有娠，力氣上也有點來不及了。

挨到二更，鐵蓮子柳兆鴻又出去勘查了兩趟，並先一步給玉幡桿楊華、白鶴鄭捷各送去全副兵刃暗器和夜行衣裝。鐵蓮子預備三更一過，便即發動擒虎、屠虎之舉。當下與二女掩門熄燈，登榻閉目凝神。於是更鑼頻催，人心似箭，轉眼間風蕭蕭，夜深沉，到了該動的時候了。柳老一躍而起，出店一看，折回來，便命女兒柳葉青仗劍上馬。那李映霞姑娘深閨弱質，不能夠步行，也不能騎馬。柳兆鴻想出辦法來，索性教女兒柳葉青和她共騎一馬。不用馬鞍，改鋪馬褥，由柳葉青攏抱著她的腰，這樣才算是一馬雙跨的了。鐵蓮子也騎了馬，在旁陪伴，一同踏月到了荒郊。就在林邊下馬，鋪了馬褥子，命李映霞席地坐下，命柳葉青在旁小心戒備著，千萬不可擅離。然後鐵蓮子一松轡，把馬豁刺刺放開，重返鎮甸，催那擎天玉虎按約領罪。

鐵蓮子去了，李映霞坐在馬褥上，眼見柳葉青英姿凜凜，按劍而立，眺望四周，儀態蕭閒，一點也不介意。李映霞竟止不住心頭小鹿怦怦跳動，一時唯恐賊人不來。她想：賊人不傻，明知不敵，豈肯甘心來送死？一時又唯恐賊人突然襲來了，而楊華、鄭捷、柳老全不在面前，只有柳葉青一個人！柳葉青又如此傲慢，萬一動起手來，柳葉青至多也就是一人敵。

倘來二賊、三賊，自己手無縛雞之力，豈不重落惡魔之手？她心上害怕，可是柳氏父女全不拿著當回事，自己乾著急，空害怕，沒法子求他們審慎。她冷得發噤似的，忍不住雙眸只盯著柳葉青，既須仰仗柳葉青為護身符，可是這護身符如生龍活虎，不容你挨上身，也不容你懇求情央。李映霞既窘且怖，幸而臨出店時，自己向柳老討了一把劍，因為討這把劍，還遭柳葉青冷笑侮視。現在有此一劍在握，固不足以御賊防身，猶堪以臨危全節。她就兩手握著兩把冷汗，帶汗抓著這口劍。而且唯恐賊人倉促而來，來不及拔劍，她就老早老早地將劍拔出鞘外。柳老父女他們都這麼大大咧咧，萬一有個好歹，我自己就可以自決……心中盤算，見柳葉青正延頸遠矚，她便偷偷握劍，自己試往自己項下一比，似乎劍太長，自刎很不容易。忽然柳葉青回頭說道：「呦，霞姑娘，你幹什麼？你別拿著劍亂耍，這是開了鋒的，小心劃破了手指頭。」李映霞羞得低了頭，也不作聲，只不拾這個碴，問道：「義父怎麼不回來？還有鄭少爺和楊姐夫，他們不是監視賊人去了？怎的也不來？可是賊人逃跑到別處去了，義父跟他們追下去了？」

柳葉青漠不置答，仍往鎮甸看，半晌方說道：「那可沒準兒，賊人是有腿的，也許看事不好，撒腿就跑。不過，那一來，他太丟人，在江湖上再不能充好漢了……唔，許是……好幾條人影，許是來了吧！你在這裡別動，我迎上去瞧瞧！」雙足一錯，腰一伏，立刻一條線似的撲向人影那邊。

李映霞十分驚懼地順方向一看，果有人影奔來。她慌忙站起來，叫道：「青姐姐，你別走！」伸手一抓，沒有抓著人，自己坐在地上了。她此刻心中深悔，不該答應莅場目睹仇人受誅，宛如置身戰場。現在她沒法可想，哀哀嘆了一口氣，恨不能立刻學會劍術，足以自衛，便不致遭這柳姑娘的蔑視了。

決鬥示武

這時候，人影奔馳，其來甚速，一到曠野，便分明看出，一共兩撥。這一撥大概是鐵蓮子和楊華、鄭捷一馬兩步，又一撥自然是賀玉虎了。竟不知是何時從何處招來四個同黨，都是夜行人，沒有坐騎。卻在這兩撥以外，另在月影渺茫下，在荒林的那邊，影影綽綽的，還有一團人影閃動。

原來鐵蓮子剛迎到鎮甸口，便遇上玉幡桿楊華、白鶴鄭捷疾馳而來，報導是：擎天玉虎賀錦濤很夠人物，很有兩手，他不但不曾打點偷跑，而且悄沒聲地邀來了大援。現在他的援兵已到，已經全換好衣裝，帶好兵刃離店，這就前來踐約。說話時，賀玉虎和那四個援兵已然順鎮甸撲出來了，老遠地打呼哨，向鐵蓮子遞話：「老前輩，在下準時踐約，請在郊外『以武會友』，各遵江湖道正規，勿得潛施暗算！」

鐵蓮子也有幾分詫異，只遙遙地答應了一個「好」字，立即飛馬重奔荒郊。轉瞬之間，雙方的人到齊，頓時劍拔弩張，就要動手。李映霞還遠叫了一聲：「義父！」柳葉青已然拋下李映霞，趕到鬥場，在林邊只剩下李映霞一人。這時候林中如有埋伏，李映霞便又成了籠中鳥。李映霞很機警，又叫了一聲：「義父！您到這邊來！」鐵蓮子頓時一驚，申斥柳葉青不該疏忽。柳葉青定要臨敵，不肯護人。鐵蓮子急催白鶴鄭捷過去保護李映霞。鄭捷還在遲延，鐵蓮子怒喝了一聲：「什麼事，還避嫌？」鄭捷這才提劍奔過去，立在李映霞身旁。

鐵蓮子便率女婿玉幡桿楊華、女兒柳葉青，一把雁翎刀，一柄豹尾鞭，一柄寒光劍，跟賀玉虎及其同伴共五個人面面相對。

鐵蓮子柳兆鴻打量來人，擎天玉虎賀錦濤抱一對鉤刀，為首相對。在他身旁，有一個四十五六歲半老英雄，身矮體瘦，使一口潑風刀，肩頭斜佩飛錐囊，雙目灼灼放光，頗似內功精強。這人是賀玉虎同門的師叔，是個獨行盜俠，名叫飛猴陳海揚。另外三個人卻是淮西有名三巨盜的兩位，汪寶祥和袁士禎，他們是拜盟弟兄，全跟賀玉虎有著生死患難的交情（還有一個名叫周士祿，此刻沒有到場）。另外一位，便是那七手施耀宗，在紅花埠打劫時，也有他出場。

雙方各相對手，覿面答話。鐵蓮子看了看對方五個人，說道：「賀朋友言而有信，不但踐約，還邀來了許多朋友。我們還要說兩句呢？還是手底下見明白？」

淮西三盜汪寶祥、袁士禎發話道：「這有什麼說的？你這位朋友是替別人找場，我們哥們也是為朋友幫場，我們誰也不必嘮叨，我們還是兵刃上領教好了！」好像淮西三巨盜並不曉得鐵蓮子的聲名似的。柳葉青氣不過，抗聲道：「動手很容易，我父女會的是成名英雄，江湖上無名下輩，我們犯不上鬥他。你朋友口氣好直梗，請你報個萬兒來。」

淮西三盜叫道：「你這位女朋友，口氣也很不小，我先請教請教你的字號！」

江東女俠柳葉青冷笑道：「你問我嗎？我區區倒也有著小小一點名望，我便是江東……」

那個瘦矮使刀的老者屹立無言，此時猝然說：「我知道，姑娘，你就是江東女俠柳葉青；這一位一定是兩湖大俠鐵蓮子柳老英雄，可對嗎？」

鐵蓮子振聲道：「不錯，朋友你好眼力。聽你的口音，看你的兵刃，衝著你跟賀朋友的交情，閣下想必是漢川飛猴陳海揚陳君了？」

陳海揚還沒答話，淮西三盜駭然一震，急急回顧賀玉虎，賀玉虎微微冷笑。原來他剛才只是倉促邀助，沒有提名道姓。

汪寶祥和袁士禎驟聞鐵蓮子的聲名，不禁暗暗吃驚，意思之間，怨恨玉虎不該隱瞞對頭名姓。

瘦矮老人倒漫不經意地說：「柳老兄也還曉得賤名，在下不勝榮幸！」

鐵蓮子道：「人的名兒，樹的影兒，漢川飛猴陳，誰不曉得？」

陳海揚笑道：「豈敢，豈敢！兩湖鐵蓮子的大名，更是遐邇皆聞，不期今日，得在此地相逢。剛才我這師姪賀錦濤飛書告急，言說武林中有位名家要跟他今夜相會，交代過場，他自知不敵，又不肯退避，故此邀我來講情。柳老兄，我們全不是江湖上無名之輩，不知你老兄為了何人，為了何事，要找敝師姪說話。我並不清楚其中的情節，也不曉得這道梁子多大多長，我要質問一聲，不知能夠擺茶講不能？」

鐵蓮子把話聲一正道：「事情其實也無所謂大小，既有你老哥出頭，本當從命擺茶，無奈此事血淋淋的，並不乾淨，內中關聯著舍親全家的性命和一個女孩子的貞節。難道老兄出場，沒把是非曲直先打聽明白嗎？」

陳海揚道：「我也只是剛才匆匆問了幾句，聽說是仇殺案件。我們江湖上人物，講究的是借交報仇，全憑刀尖子定曲直，情理也很難死鑿。現在我請問一句，柳老兄臺可肯賞臉嗎？可肯擺出一條道來嗎？」

柳老笑道：「對不起，只能承教，不便承情。」飛猴陳海揚道：「好！既然如此，我們一定要獻醜了！」

這時候，玉幡桿楊華眼見這個瘦矮老人向柳老徐徐敘闊，似乎柳老也很尊重瘦老人似的，忙低低詢問愛妻：「這個傢伙是怎麼一個人物？」柳葉青說：「你聽著，先別問！」又道：「這傢伙是兩湖很有名的飛行獨腳大盜，跟我爹爹有過交道的，想不到他會是賀玉虎的師叔。」楊華道：「他是個勁敵嗎？」柳葉青道：「他的輕功非常高超，他的刀拐也很精熟，實在是個棘手人物。」

當下，陳海揚向柳老說：「既然要見真章，我們老弟兄稍稍靠後，先教他們小哥們上場……玉虎是你先上，還是你朋友先上？」淮西三巨盜的汪寶祥說道：「在下不才，受友情邀，前來獻拙，我們弟兄還有別的事，不能久等，我請先開頭陣。」

這淮西汪寶祥話剛講完，立刻回手拔刀，跳到鬥場當中，向鐵蓮子一躬到底道：「柳老英雄，在下慕名已久，今日幸會。

在下姓汪名寶祥，和你老素無恩怨，這不過是受友情托，前來捧場。請你老隨便派一位朋友前來賞招。好在話已表明，本無恩怨，以武會友，彼此點到而止，都是為了朋友。」說著話，抱刀側立，等候對手上招。

飛猴陳海揚聞言怫然，冷笑了幾聲，向賀玉虎發話道：「你還不謝謝你的好朋友！」賀玉虎瞪視著淮西二盜，厲聲說道：「我謝謝二位好朋友捧場。」

鐵蓮子柳兆鴻自然也聽出來了，淮西二盜分明是既幫拳，又怯敵。柳老也就笑了一聲道：「汪朋友意思，我明白了，我們本來是各不相擾的。還有這一位，意思怎麼樣？」袁士禎答道：「我們是一盟弟兄，汪大哥的話就是我肚裡要說的話。」

鐵蓮子道：「很好，既然二位還有別的事，我教他們趕快來領教！」向玉幡桿楊華、柳葉青一揚手，楊華夫婦雙雙跳過來。柳老說道：「你們聽明白了，這兩位可是朋友！」楊、柳齊應道：「曉得！」一個使鞭，一個使劍，立刻和汪寶祥、袁士禎捉對兒鬥起來。

汪寶祥使的是一口折鐵刀，功夫很純，和玉幡桿楊華相敵，彼此估量了對手，說一聲：「請！」汪寶祥虛晃一刀，照楊華砍來，招數穩而不快。玉幡桿楊華側身一讓，揚鞭還招，「摟頭蓋頂」，喝一聲：「打！」照汪寶祥打過去。汪寶祥霍地往旁一閃，就此還刀。兩個人一來一往，比鬥起來。玉幡桿楊華鞭沉力猛，但招數不甚精熟，全靠身長力大，占了先著。汪寶祥的刀不敢硬碰楊華的豹尾鞭。他一味展開迅快的刀法，乘虛搗瑕，眨眼間，打了十來個照面。

那一邊袁士禎是個身高力猛的漢子，使一對青銅鐧，恰好遇上了劍法輕靈的柳葉青。袁士禎雙鐧錯舉，說道：「女英雄請快發招！」柳葉青道：「你只管發招。」側身拔劍，亮出那碧瑩瑩、一汪水似的青鏑寒光寶劍來。袁士禎道：「有僭了！」跳上一步，雙鐧一擺，唰的橫掃過來。柳葉青往旁略閃，劍訣一領，唰的一劍，往敵人上盤一晃，突然一收，奔袁士禎軟肋點去。袁士禎一看，退後一步閃開，掄鐧又上，照柳葉青的劍刃砸去。

袁士禎大概不甚識貨，不知寒光劍的來歷，雖然久聞江東女俠的大名，只知她手疾招快，以劍法迅捷成名，並不知道她現在得著這口寶劍，心想：女俠的成名，必非幸致，女子的功夫定然是以巧降力，我現在應該跟她力戰。意念一起，身手並不稍緩，右手銅鐧砸劍，左手銅鐧「葉底偷桃」遞出去。柳葉青微微一笑，把劍一撤，未教敵人右手鐧砸著，換手一劍，緊貼著袁士禎左手鐧進招，疾如電火，猛來截斬敵人的左腕。袁士禎吃了一驚，「果然名不虛傳，果然女子招數緊快。」他忙往回抽腕，將左手鐧一轉，往外蕩去；右手鐧掄起來，照柳葉青持劍的手臂猛打下去。柳葉青不閃不退，並不救招，卻將劍訣一指，寒光劍突然冒險進攻，上刺敵人的咽喉。這一招既狠且疾，恍如拚命。袁士禎嚇了一跳，火速地往後一仰面，退出去一丈多遠，這才躲開了寒光劍致命的一刺，不由側身橫鐧，凝眸打量柳葉青。這個女子好狠的劍招啊！她膽敢以攻為守，真真了不得！

柳葉青見敵人驟退，嬌叱一聲道：「別走！」一個箭步趕去，身如飛鳥，劍如靈蛇，一躍丈餘，很快地突擊上來。袁士禎急急地叉鐧招架，往來六七回合，柳葉青施展開連環招，嗖嗖嗖，一連三劍；袁士禎揮鐧急擋，錚的一聲嘯響，激起火花。袁士禎慌忙往外一跳，柳葉青也慌忙往外一跳。袁士禎就月影下一看，左手銅鐧被削破很大的一個缺口。柳葉青驗看寒光劍，居然紋絲未動，果然是切金斷玉的好寶劍。於是柳葉青很得意地張眸一看敵人，喝道：「朋友，再來！」劍訣一指，奮身挺劍，迅捷如風，又撲上來。袁士禎忙叫道：「女英雄，力猛劍快，我自知不敵，甘拜下風！」柳葉青道：「哪裡的話，不要客氣，接招！」碧瑩瑩的寒光劍連肩帶臂，又斜削過來。袁士禎只得提鐧招架，已領略了寒光劍的鋒銳，小心在意應付，且鬥且看夥伴汪寶祥。柳葉青也是一面打，一面看丈夫楊華。

玉幡桿楊華和汪寶祥已鬥過二十餘回合。楊華的鞭法鬥不過汪寶祥的折鐵刀，一個敗勢，往外竄退，打算捨短用長，施展他的連珠彈法。汪寶祥釘得很緊，玉幡桿楊華似乎退不出來。

柳葉青偷眼瞥見，心中著急，不由又嬌叱一聲，運用青萍劍術跟袁士禎狠鬥起來。一快降十力，一招緊似一招，柳葉青突然地施展了一招「反臂刺扎」，照袁士禎攻去。袁士禎倉促不及退躲，又橫鐧一擋，錚的一聲響，又激起火花。袁士禎覺得自己的青銅鐧又被削壞了一處，趕快地往外撤身，已然來不及。柳葉青趁他心慌意亂，「撥草尋蛇」，緊追敵蹤，一劍掃下去。袁上禎回手發鐧，喝一聲：「打！」也想敗中取勝，冒險反攻。不料柳葉青有名的手快，喝聲：「呀，呔！」寒光劍已刺向袁士禎的左胯。袁士禎努力往外掙，嗤的一下，大腿被劃破一條，溼淋淋地流出血來。柳葉青又復一劍，袁士禎已然連竄出兩三丈以外，說道：「領教，領教！姓袁的認輸了，女英雄改日再會！喂，祥大哥，我掛綵了！賀仁兄，對不起，我弟兄不給你做臉！」急忙口打呼哨，很快地退下去了。柳葉青不曾追趕，袁士禎旋即止步，自己給自己裹傷。

這時候，汪寶祥力戰玉幡桿楊華，眼看搶了上風，那鐵蓮子柳兆鴻正捏著一把汗，不料愛女已先得勝。汪寶祥聽見盟弟的呼聲，便不肯戀戰，向楊華虛展一招，抽身便退，卻才退出三四丈遠，轉身叫道：「賀仁兄，我弟兄不能給好朋友拔闖，自覺丟人，我們再見吧。這位楊朋友，我們有機會再會，我自信我還沒有輸招，可是我不能不讓步了。柳老前輩，你是明白人，我們告辭了！」

鐵蓮子柳兆鴻呼了一聲道：「汪朋友，我這裡很承情。袁朋友，我也謝謝你相讓。」在柳老說這場面話時，淮西二盜袁士禎和汪寶祥已然合在一起，如飛地走了。

玉幡桿楊華未能用其所長，氣得直喘粗氣。柳葉青雖然勝了敵人，可也喘吁吁，自覺不支。鐵蓮子道：「你們退下來吧，還是我老頭子跟飛猴陳五爺比畫比畫，不過賀朋友，你可不要走掉。」又瞥了七手施耀宗一眼道：「這位朋友，我還沒有請教……」七手施耀宗身軀動了一動，正要答言，玉幡桿已然認出來了，大聲道：「這一位也是紅花埠打劫官眷的朋友，我還記得他。」七手施耀宗冷笑道：「不錯，我也認得閣下。」鐵蓮子道：「那很好了，索性我們一塊兒領教。」

飛猴陳海揚忙道：「不然，不然，這不能一概而論，還是在下先跟柳老英雄接招。」且說且邁步，緩緩走到鐵蓮子面前，側身抱拳而立。鐵蓮子抗聲發話：「青兒，仲英，你們看住了這兩位朋友，我先跟陳五爺過招。」轉面道：「陳五爺，我們是試拳腳，還是試兵刃？」飛猴陳海揚略一尋思道：「還是兵刃痛快。」一回手，便掣出背後插的兵刃來。鐵蓮子柳兆鴻也就拔出那把雁翎刀。

兩位年老的英雄抵面相對，各向自己人一揮手，命他們後退，閃開了場子。擎天玉虎賀錦濤抱著那一對鉤刀，和七手施耀宗並肩而立，緊盯著柳老翁婿父女；玉幡桿楊華、柳葉青夫婦，就緊盯著賀玉虎跟七手施耀宗。當下，陳海揚和鐵蓮子同時說了一聲：「請！」各往前探一步，利刃一揮，很迅速地開了招。陳海揚的潑風刀，照鐵蓮子面門虛點了一點，不等對手招架，唰的掣回來，刀鋒隨身勢猛進一步，喝道：「看招！」斜切藕式，照鐵蓮子肩頭劈下。鐵蓮子柳兆鴻長鬚飄飄，持刀凝立，雙眸閃閃發光，身軀紋絲不動，直等到敵人刀鋒砍到，距肩頭不及半尺，這才一側身軀，便將刀鋒一掉，照陳海揚的刀硬削上去。力猛招快，彷彿挾著一股寒風。

飛猴陳海揚似乎深知鐵蓮子的刀法，專好硬碰硬，便將潑風刀收回，微退半步，才待掄刀再攻。鐵蓮子卻身軀不動，猿臂一伸，刀花盤空一繞，陡照敵人右肩砍去。恰好陳海揚攻勢發動，潑風刀當心刺來，被鐵蓮子迎個正著，嗆啷的一聲嘯響，刀刃削著刀刃，激起火花。大概是鐵蓮子的雁翎刀刀尖削著飛刀陳海揚的刀吞口處，飛猴陳海揚霍地往外一躥，虎口險被震開，幾乎把握不住刀柄。

但是陳海揚夙知鐵蓮子武功造詣，雖然無形中輸了這一招，他的手眼身法步法未亂，料知敵手一招爭先，勢必趁機追擊。他立刻把精神一提，橫刀封閉門戶。不料鐵蓮子柳兆鴻並未追來，提著雁翎刀，巋然不動，反而微微一笑道：「陳五爺這一招不算，再來。」

賀玉虎和七手施耀宗在旁看得明白，全都替陳海揚暗捏一把汗。楊華和柳葉青連稱可惜，以為再追一刀，就好了。

飛猴陳海揚耳根覺得發燒，一聲不言語。見鐵蓮子不往上攻，他便一按刀背，趕上一步，說道：「柳老英雄果然高明，請看這一招！」霍地一躥，「力劈華山」，人和刀齊落，照鐵蓮子頂門猛劈下去。他以為鐵蓮子絕不敢硬架。鐵蓮子哼了一聲，將力氣一運，「橫上鐵門閂」，待得陳海揚刀到頂門不及一尺，舌綻春雷，喝一聲：「呔！」用十成力猛往上磕去。居然又是硬砍硬架，其快如風。

陳海揚吃了一驚，急急地抽刀收起，已然不及。只聽得又嗆啷的一聲嘯響，激起更大的火花，手中刀險些脫手而飛。鐵蓮子的雁翎刀中鋒，正迎上他的潑風刀刀尖。陳海揚又覺得虎口一麻，唯恐對手趕招，他就不管不顧地收轉刀，又發出刀，唰的照鐵蓮子右腕斬來。這一招是以攻為守。但在同時，鐵蓮子雁翎刀一擺，疾如電火，也照陳海揚右腕斬來。卻是鐵蓮子力足手快，竟早一步點到；陳海揚慌忙地掣腕救招，雙足一點地，唰的跳到圈外去。

這一回鐵蓮子一聲長笑，依然收刀未追。

飛猴陳海揚直躥出兩丈以外，方才借月光驗看自己的刀鋒，刀鋒上竟被鐵蓮子的雁翎刀削得捲了刃。

賀玉虎、七手施耀宗一齊出了聲：「你老人家還不捨短用長？」

玉幡桿楊華也在旁出了聲：「師父，手下不要留情了，你老看看天色！」

柳葉青也叫道：「爹爹，是朋友，讓三招就可以了；不是朋友，更不能老讓呀。你老還要小心人家的暗器呀！」

鐵蓮子不答，只向愛女、愛婿一揮手。

飛猴陳海揚這時自覺難堪，心知不敵；可是就這樣認輸，情仍不甘，於是，口中說道：「柳老英雄不愧是江湖上知名人物，刀法實在是又精熟，又堅強，我姓陳的十分心折。但是，我還要向你討臉，我們再走兩招。我還有一兩件暗器，一發請教。」

鐵蓮子柳兆鴻笑道：「請聽尊便，不過請你看看時候，我們還是點到為止的好。你一定要幹到底，那也說不得，我柳某可要認真獻拙了。」

兩人全都仰面看了看天色。飛猴陳海揚向賀玉虎說了幾句黑話，賀玉虎抖擻精神，拖刀等候決鬥的終局，卻已曉得前途不利了。七手施耀宗也暗暗備好了他的飛叉。柳葉青見狀，悄將楊華捏了一把。玉幡桿楊華點頭會意，也將自己的連珠彈預備好了。夫妻倆雙雙監視著賀、施二寇，恐怕他們逃跑，更怕他們潛施暗算。這時候白鶴鄭捷引著李映霞，遠遠地湊過來了。

飛猴陳海揚把手中潑風刀一揮，說：「柳老看招！」忽地拔身一躍，捷如飛鳥，照鐵蓮子猛撲過來，展開了他的六合刀法，翻翻滾滾，狠鬥鐵蓮子的雁翎刀。鐵蓮子依然凝立如山，一任對手倏前倏後，仍自以逸待勞，以力破巧。這一番決鬥，陳海揚施展出渾身解數，一口氣攻上二十多招；鐵蓮子不慌不忙，也攻也守，轉眼間，連破了陳海揚兩三次險招。陳海揚不由激怒，進招愈猛。鐵蓮子看出對手伎倆漸窮，行將發放飛錐，便將雁翎刀一提，先吆喝一句：「陳朋友，我可要獻拙了！」陡然將身法一變，改凝重為迅捷，雁翎刀頓時泛成一團銀光，反把飛猴陳海揚逼住。陳海揚連攻數次，全未遞進招去，咬牙切齒，又對付了十數個照面，便揮刀一個敗勢，往圈外跳去，鐵蓮子追了兩步。陳海揚果然將潑風刀交到左手，右手一探囊內，摸出三柄飛錐，騰的一翻身，就要往外打。

這時節，兩人一個疾退，一個緩追，相隔已有三丈多遠。

鐵蓮子深知敵人將發暗器，卻昂然不懼，故意地往前一躥。陳海揚頓時喝了一聲：「看飛錐！」唰的一道白光發出。不知他怎麼一束，三柄跟斗飛錐，只借這一舉手之勞，居然同時發出，卻分為左中右三面，錐與錐相隔不及半尺，平列成川字形，很凶猛地掠向鐵蓮子胸前。在場兩邊的人都直了眼盯著，月影朦朧中，只聽錚錚的一聲響，鐵蓮子柳兆鴻微微一挫身，雁翎刀一轉，三柄飛錐唰的全打飛回去。兩邊的人竟全沒看清飛錐如何的打出，又如何的打回。直等到三柄飛錐全落下來，兩柄直插到草地上，一柄斜打到大路邊，眾人方才看清。賀玉虎直了眼，倒吸一口涼氣。七手施耀宗也是使暗器的，不禁失聲喝彩。

可是就在這喝彩聲搖曳裡，飛猴陳海揚早又身軀一撲一翻，往前迫近數尺，左手握刀護住面門，右手緊貼左肋，往外一抖。唰唰的一聲輕響，月影裡又有三柄跟斗飛錐打出來，分為品字形，三柄飛錐一柄奔面門，兩柄奔兩肋，同時照鐵蓮子打到。

這一回距離得更近，出手更快，情勢當然更險。陳海揚咬牙喝一聲：「著！」叮噹的連聲三響，耳聽鐵蓮子一聲長笑，眼看鐵蓮子橫提雁翎刀，迎著刀錐一躥，突然的一斜身，刀光一掠而過，三柄飛錐直被反擊向天空，弧形似的高高的、遠遠的拋落在鬥場之外。就在這陳海揚探身揚手、連發暗器，鐵蓮子單臂揮刀、格打暗器的一剎那，兩人已然愈迫愈近，抵面不足一丈了。飛猴陳海揚怪吼一聲，俯身扭腰，把手往下一挺，立刻又有三柄飛錐，「柳條貫魚」式，唰的照鐵蓮子下盤打來。

不等飛錐抵及敵身，陳海揚如電光石火一般，早將左手刀換交右手，右手掄刀，隨飛錐猱進，撩陰，斷股，惡狠狠地猛攻過來。

鐵蓮子柳兆鴻久經大敵，沉機應變，當敵手第三次飛錐才待出手，便以迅雷不及掩耳的快手法，長嘯一聲，「一鶴衝天」，掠空一躍。手中雁翎刀不等雙足落地，早已「泰山壓頂」，照陳海揚劈去。陳海揚的第七、第八、第九柄飛錐貼地捲來，全都落空。陳的潑風刀剛剛發出，忽見鐵蓮子騰身掄刀而起，已有一股銳風撲到自己頭頂。陳海揚大吃一驚，再也顧不得進刀斜砍敵股，且先護頭保命。無如敵人這一刀飛躍下擊，力量過大，既不好招架；相迫過近，又不易躲閃。這時候兩個人相距更不及三尺，鐵蓮子的威勢震懾了陳海揚。陳海揚遇此險招，頓然氣懾勢餒，慌不迭地回刀上架，橫身往外一跳。咕噔一聲大響，鐵蓮子似已料到他這一逃，把雁翎刀一掃一封，鎮住了陳每揚的潑風刀。身形急進，只一腿，踢中了陳海揚的大胯，陳海揚猝然栽倒。

楊、柳夫妻譁然大笑。

賀玉虎、施耀宗駭然驚擾。

陡然聽鐵蓮子喝一聲：「呔，好賊！」

飛猴陳海揚人雖倒地，手中刀未失，暗器囊中還有三柄飛錐。他就陡然滾身，「燕青十八翻」「鯉魚打挺」，身形跳起來，回頭望月，把刀交在左手一掃，伸右手囊中取物，把最後第十、第十一、第十二柄飛錐以三點水形，照鐵蓮子狠打出去，一柄錐奔上盤，一柄錐奔下盤，末後一柄錐奔中盤，直打敵人心窩。這三錐捱得近，對得準，打得狠而穩，飛猴陳海揚無論如何要挽回自己的體面。

哪知鐵蓮子一世威名，煞非易與，一面牽住力絀技窮之敵，一面旁防觀陣伺隙之賊。一雙眸子炯炯地盯定陳海揚的手和眼。只見陳的手往豹皮囊中又一摸，倏往外一揚，頓時發出了寒光銳風。鐵蓮子霍的一閃身，揮手往外一蕩。

就在這一剎那，三柄飛錐剛剛盪開了一柄；那一邊，擎天玉虎賀錦濤氣急敗壞，七手施耀宗目瞪心驚，兩個人不約而同，飛身來救，各將暗器偷偷取出，快快地打出去。

擎天玉虎兩次揚手，打出兩支鏢。

七手施耀宗只一揮手，連打出兩支飛叉。

兩鏢兩叉全奔鐵蓮子要害打去。頓時聽見兩聲銳呼，玉幡桿楊華早已摘弓取彈，展開了連珠彈法，吧吧吧，亂打賀玉虎和施耀宗。柳葉青父女情切，更是先揚手，發出數粒鐵蓮子，然後青鏑寒光劍碧瑩瑩的光華映月一閃，早已右臂揮起，飛身一掠，直奔飛猴陳海揚，又折奔賀玉虎，大罵著砍去。

雙方眼看要激成混戰。

這時候淮西三盜的兩盜一戰而敗，怯敵先走。白鶴鄭捷持刀依林，佑護著李映霞姑娘，遙觀鬥場，躍躍欲動。他終於掩護著李映霞，犯險尋聲，一步步找了過來。

鐵蓮子柳兆鴻以一口刀鬥敗了飛猴陳海揚的錐刀，又遭陳海揚、賀玉虎、施耀宗三個劇賊的飛錐、飛鏢、飛叉的攢擊，卻一下也沒有打著，全被他展開迅疾的身法、刀法，磕、打、閃、接，一一破開。在狂笑聲裡，鐵蓮子橫刀逼住了陳海揚，一手捏著接來的一支鏢，一口飛叉，向飛猴陳發話道：「陳朋友，承讓，承讓，你們這師姪可不大漂亮！」飛猴陳海揚十二柄飛錐未能取勝，反挨了柳老一腳，愧憤已極。他閃身跳出圈外，頓足認輸，向鐵蓮子遞話：「柳老英雄實在高明，在下……」

陳海揚的場面交代話沒有說完，賀玉虎、施耀宗先發過一陣暗器，後又一齊撲上來拚命。鐵蓮子指揮若定，早有一婿一女抵住了賀、施二人。他自己恍若退身局外，一手橫刀，一手捋鬚，雙目瞪著陳海揚，看他怎樣下場。

鐵蓮子道：「陳朋友，怎麼樣？還有什麼招數賜教？」

飛猴陳海揚道：「柳老英雄空手入白刃的功夫果然名不虛傳，在下甘拜下風……我說喂，玉虎，你……」他的意思是要教賀玉虎認敗。他也以為賀、施的驟施暗算有損他的威名。可是若叫賀玉虎認敗，便是投降，投降便是納命受死。自己堂堂的一個人物，不能援救師姪於危，反而助陣慘敗，催逼師姪獻頭於仇家，也太覺難以為人。飛猴陳海揚喘吁吁心亂如麻，束手無措，有意勸賀玉虎橫刀自刎，只是張口結舌，吞吐說不出。賀玉虎此時正與楊柳夫婦亂罵亂打，分明是耍無賴，智窮力絀，寧肯鬥死，也不甘心慷慨認敗，授命自戕。

陳海揚正自著急，恐說出見危授命的話來，橫遭師姪的峻拒，彼此更形丟醜，且為門戶之羞。他又要向柳老求情，此刻服輸，請再改期決鬥，可又分明料到話一說出，勢必見拒，反招來柳老的奚落。飛猴陳頓時窘得面紅氣沮，眼看著賀、施二人和楊、柳苦鬥，不能阻撓，不能參加，對面又站著鐵蓮子柳兆鴻提刀凝眸，監視自己，一剎時雖然沉默無聲，月影下，似乎柳老面透訕笑之意。

飛猴陳徬徨四顧，厲聲叫了一聲：「玉虎！我們已然落敗，你這師叔自恨無能，不能掩護你。你這師叔也不能恬不知恥，再幫你發賴。你的事，你自己『了』好了，我去也！鐵蓮子柳老英雄，我飛猴陳久涉江湖，不意今日敗在名家之手，我若不死，再圖後報！再見了，再見了！」把手中兵刃往地上一投，長嘆一聲，轉身就走。

飛猴陳海揚這番結局大出賀玉虎的意外，卻落在鐵蓮子意料之中。鐵蓮子立刻抗聲說道：「陳朋友請留步，陳朋友請留步！」

飛猴陳海揚微微回頭，倏然變色道：「柳老英雄莫非還要趕盡殺絕？」

鐵蓮子也投刀於地，攔住了飛猴陳海揚，說道：「陳朋友，請不要如此。陳朋友的英雄氣概，在下不勝欽佩，你的兵刃請你帶走。青山綠林，相見有日。」陳飛猴煞難為情，眼看著鐵蓮子，苦笑了一聲，拾起了兵刃。雙方各一拱手，「再見，再見！」聲中，二仇訣別。飛猴陳海揚臨行時，偷看了賀玉虎一眼，搖一搖頭，如飛的退入荒郊右邊的叢林中了。

這時節，七手施耀宗、玉虎賀錦濤，被玉幡桿楊華、江東女俠柳葉青，一個飛彈遠攻，一個利劍近取，打得不可開交。

兩人很費力地支持了一陣，很快地閃身要跑，卻又很快地被楊、柳二人釘住。賀玉虎已瞥見師叔陳海揚棄刀欲逃，並已聽出師叔飛猴陳向柳老交代的話。賀玉虎方寸大亂，向楊、柳夫婦狠罵一句，向施耀宗低喊一聲，立即躲著楊華的連珠彈，專向柳葉青雙雙撲去。兩個人猛搏柳葉青一個人，準備以攻為退。

柳葉青只憑那口寒光寶劍便可以打敗二盜，無奈她自己懷孕，體氣已難持久。寶劍縱然能削敵刃，卻被敵人看破。賀、施二人全都躲著她的劍，只乘虛疾攻，設法纏繞柳葉青，不肯硬碰硬架。只鬥了幾個回合，柳葉青便即大怒，喝一聲，展開了青萍劍法，認準賀玉虎，連下辣手，把七手施耀宗稍稍放鬆。她一面向丈夫楊華招呼，催他飛彈助陣，先打倒施耀宗。

玉幡桿楊華握彈開弓，覷準敵人下三路，上三路，乒乒乓乓，不時急襲。只是賀玉虎、施耀宗全都領略過他的彈法，一面和柳葉青搏鬥，一面身形繞轉，只圍著柳葉青亂竄，教楊華投鼠忌器，不敢放手開弓。賀、施二人跳來跳去，東攻一下，西攻一下，既躲避飛彈，又躲避寶劍，不大工夫，連逢險招，深感吃力。兩個人情知不利，潛相關照，且鬥且退，似要撲奔樹林邊。

他們是要穿林而逃。可是這時候，白鶴鄭捷保著李映霞，恰已來到鬥場之旁。

鐵蓮子柳兆鴻逼走了飛猴陳，眼看一婿一女激鬥賀、施，竟連戰二三十回合未能取勝，不禁憤怒。

他有心過去動手，又覺自己是成名英雄，不便以眾欺寡，正自猶疑，忽聽柳葉青一聲嬌叱道：「好賊！」七手施耀宗被柳葉青一劍削去，閃身急敗，回手發出一口飛叉。柳葉青橫劍一磕，不料叉來太猛，劍削又急，竟將飛叉劈為兩片。斷叉一爆之力，幾乎傷了柳葉青的臉。柳葉青大怒，厲聲叫：「仲英，還不把那賊撂倒下，這個賊交給我。爹爹，快快攔住這賊，不要讓他跑了。」柳葉青的意思是教楊華速用連珠彈把禍首賀玉虎釘住打倒。楊華錯會了意，見二賊攢攻自己的愛妻，岳父偏又保持身分，不肯助戰，他便不由心中焦灼。柳葉青一呼，他竟叫應了一聲，收弓掄鞭上前，扼住了賀玉虎的退路，兩個人立刻又交起了手。

這一來，玉幡桿楊華又是舍長用短。賀玉虎擺動一對鉤刀，奔玉幡桿楊華猛撲。楊華揮豹尾鞭急打；賀玉虎左手刀虛晃。賀玉虎唰的往外一封，右手刀劈空一蓋，似照豹尾鞭磕下去，卻一收一發，突然照楊華肩頭搠來。玉幡桿楊華的豹尾鞭被賀玉虎左手刀封在懷外，右手刀竟被攻入。玉幡桿楊華趕緊地往後一退，抽出鞭來，照賀玉虎的右手刀狠砸。賀玉虎猝然間往圈外一跳，口發呼哨，箭似的搶奔荒林。他居然做到「以攻為退」。

鐵蓮子旁觀大怒，厲聲喝道：「好賊，還不受死！」唰的一揚手，一粒鐵蓮子掠空打去。賀玉虎頓覺銳風破空而響，慌忙側身橫閃，雙刀往外一掄。鐵蓮子柳兆鴻騰身飛躍，剪住了賀玉虎的逃路。就在同時，白鶴鄭捷也大叫一聲：「師叔不要慌！」丟下李映霞，挺劍飛身前來援應。

那一邊，七手施耀宗連續發了兩口飛叉，全被柳葉青讓開，立刻激起柳葉青的憤怒。柳葉青一鼓作氣，揮劍急上，唰唰唰，連環招一連三劍，把個七手施耀宗砍得手忙腳亂。一招閃失，柳葉青的寒光劍，碧瑩瑩青光閃動，對準施耀宗，一抹地刺到胸前。施耀宗急閃不及，百忙中，揮刀往外一架。嗆啷一聲響，柳葉青叱道：「教你跑！」跟手又一劍，奔下盤截來。

七手施耀宗拚命封刀後竄，直竄出二三丈外，僥倖逃出劍下，卻是手中的鋼刀竟被寒光劍削去一段，失聲驚叫：「不好！」翻身急逃。柳葉青揮劍急追。

鐵蓮子又一眼瞥見，冷笑道：「哈哈，你也別跑了！」把手一揚，又一粒鐵蓮子，遠遠打到施耀宗面門。施耀宗扭臉急躲，不料這鐵蓮子也是連珠打法，一揚手便是三粒，施耀宗躲開兩粒，有一粒打在耳輪上，竟穿耳而過，一陣劇痛，血流及肩。施耀宗伸手一摸，撥頭又跑。柳葉青的寒光劍跟蹤趕到，唰的向七手施耀宗砍下來。

鐵蓮子喝道：「留活口！」喊晚了一步，七手施耀宗撲地栽倒。柳葉青這第一劍首先刺中敵肩，第二劍一抽一送，剛剛下砍，聞呼略停。七手施耀宗忽地滾身跳起來，揚手一叉，照柳葉青打去。相隔太近，來勢急驟，柳葉青險些失招，忙施「鐵板橋」的功夫，單足著地，將身一仰，僅得躲開，飛叉掠身而過，柳葉青吃了一驚。七手施耀宗趁此一緩，不敢進攻，抽冷轉身，忍痛奪路，拚命逃走，恰從玉幡桿楊華背後竄過。鐵蓮子又喊了一聲，玉幡桿轉身一彈打去，沒有打中。施耀宗肩背後血淋淋的，落荒狂奔，玉幡桿楊華大呼追去。柳葉青叫道：「你別追！」已然追下去了。柳葉青忙轉身叫道：「爹爹，你瞧他！」鐵蓮子道：「我瞧著呢，不要緊，我把狗賊拾回來，你在這裡盯著這一個正點子。」說時如飛的去了。

這裡只剩下賀玉虎，如被困負隅的野獸，楊華剛退去，柳葉青已堵上來，白鶴鄭捷更先一步攔路掄劍，邀截過來。賀玉虎雙目如燈，一腔急火，自知勢危，掄雙刀張牙舞爪地亂闖。

白鶴鄭捷劍訣一指，喝道：「姓賀的，認輸吧，你的報應到了！」賀玉虎怪吼道：「放狗屁，太爺臨死，也不能教你們好好地受用！」話未畢，鄭捷一劍劈到。賀玉虎將鉤刀一封一展，猛向鄭捷的劍鋒上砸去。鄭捷慌忙抽劍微退，罵道：「好賊，拚命也不成！」賀玉虎狺狺地罵道：「就是拚命！」刀隨身進，猛衝鄭捷。鄭捷急急招架，賀玉虎抹轉身，突又往旁逃竄。柳葉青喝道：「不許你走！」跨步一擋，寒光劍青光一掠，照賀玉虎的右手鉤刀削去。賀玉虎已認清這把寶劍，急忙往回撤招；柳葉青翻手一劍，青光閃繞，順勢追上，斜向賀玉虎頭項抹去。

賀玉虎滿頭大汗，慌忙封刀退後一步，情不自禁，雙刀往外鉤掛。柳葉青順手又一翻，劍刃一找刀鋒，用力猛切。嗆啷一聲，賀玉虎的一口刀被削去了一個倒鉤。賀玉虎失聲一哼，柳葉青跟招趕招，唰的又一劍，奔賀玉虎臂腕上點去。賀玉虎看看這口寶劍，再不敢招架。他急急的一閃，厲聲怪叫：「呀，呔！」雙刀錯舉，猛然往前急衝。柳葉青罵道：「好小子！」這一招只可欺迫別人，卻不能向持有寶劍的江東女俠施展。柳葉青微退半步，左手劍訣一領，右腕用十成力，將碧瑩瑩的寒光劍，唰的往敵刃上狠狠削來。賀玉虎仍是以進為退，以拚命掩飾奔逃，趁這寒光劍招架之勢，突然撥轉身，張眸一尋，看見了路邊一馬，馬旁站立一人：正是為殲仇觀鬥，心驚氣悸的李映霞。賀玉虎頓時叫道：「你在這裡了！」倏然一躥，嗖嗖嗖，驚蛇急躥，奔李映霞撲來。

李映霞驀地驚叫，白鶴鄭捷失聲道：「不好！」他不顧一切，慌忙截堵過去，柳葉青也慌忙追趕。不想這賀玉虎起初自知無幸，欲逃無路，忽然見夥伴施耀宗負傷逃走，楊華和鐵蓮子雙雙追去。這鐵蓮子既已暫離，大敵不在，正好是自己逃命的好機會。他立刻假裝著要侵犯李映霞，用聲東擊西以進為退之策，把柳葉青和白鶴鄭捷全牽制過來，他就猝然一轉，改投荒崗疏林，逃命而去。

李映霞已然嚇倒在路邊。白鶴鄭捷飛奔過來救援，柳葉青氣怒道：「爹爹偏教她到場，光圖報仇痛快，倒多了一層累贅。

你看那姓賀的跑了不是？我也不管，我也不追！」

這怨言才出口，突然聽叢林那邊吶喊道：「跑不了，我在這裡等著呢！」立刻聽到林那邊浮起奔呼之聲。柳葉青瞥了李映霞一眼，對鄭捷說：「你看李小姐嚇成這樣，還是你在這裡看著她，我去追那個玉虎。」

鄭捷忙道：「不行，不行！」柳葉青早已如飛地跑下去了。

鄭捷無可奈何，扶起了李映霞小姐。李映霞捫心含愧說：「鄭少爺休管我，我不要緊，我不怕。」口說不怕，渾身哆哆嗦嗦，甚為可憐。白鶴鄭捷不忍他去，只得提劍守護。

那一邊鐵蓮子和玉幡桿楊華，翁婿兩人同追七手施耀宗。

施耀宗拚命地越崗奔林，無如身負重傷，腳步不快，不一時便被鐵蓮子柳兆鴻追上。鐵蓮子立刻展雁翎刀，逼令賊人授首。

緊跟著玉幡桿也趕到，忙展開連珠彈，在後夾攻。七手施耀宗到此智絀力窮，還有數口飛叉，咬牙發出來抵敵。鐵蓮子側身閃開，揮刀砍去。施耀宗勉強躲刀，飛彈又到，撲噔一聲栽倒，還要滾身強逃，鐵蓮子說道：「惡賊決饒不得！」一刀刺去，拔刀血出，施耀宗立即殞命。鐵蓮子便要梟取賊人的首級，消滅賊人認屍尋仇的蹤跡，陡然聽林崗那邊，柳葉青發出警號呼援。鐵蓮子道：「不好！仲英快來！」丟下血泊中的施耀宗，慌忙繞崗尋聲奔回。

翁婿二人剛剛趕到荒崗，往北一看，望見了白鶴鄭捷和李映霞安然立在路邊，二人稍稍放心；望南一看，又一帶荒林濃影，正隱隱透出殺聲，柳葉青正在那邊呼援。鐵蓮子既驚且怒，說：「青兒被圍了！」如飛地趕過去，楊華曳弓急隨。

就在這南面疏落落一帶荒林後，江東女俠柳葉青竟被四個幕面人物包圍環攻。這四個幕面人物武功精強，展開了空手入白刃的身法，硬來奪取柳葉青掌中的青鏑寒光寶劍。柳葉青有孕的身子竟支持不住，且戰且退，情勢異常危迫。

鐵蓮子柳兆鴻老眼無花，只一瞥便已看得清清楚楚。那個罪魁禍首擎天玉虎賀錦濤已然乘機漏網，逃得沒了影，自己的女兒陷入了賊人的埋伏。鐵蓮子振臂喊一聲，聲如洪鐘，伏身一躍，捷如飛鳥，倏然間撲到垓心，越過了柳葉青，向那四個幕面人猛攻。

也就是稍稍落後一點，玉幡桿楊華如飛奔來，人未到，彈弓先發，乒乒乓乓，一陣暴打。四個幕面人一聲不響，霍地分開，兩人仍攻柳葉青，一人迎鬥鐵蓮子，另一人手發甩箭，遠遠阻著玉幡桿楊華。

鐵蓮子奮刀力戰，起初還當這四個幕面人是賀玉虎的同黨，只鬥了五六回合，陡覺幕面敵人無心跟自己苦戰，卻很加緊地圍攻自己女兒柳葉青，又不是一味跟自己女兒拚命廝殺，其實是故意啞鬥，一心來纏繞她，要奪取她手中的寒光劍。

鐵蓮子頓時省悟，舌綻春雷，一聲斷喝：「好，你們獅林群鳥！你們太不夠人物，我鐵蓮子再不客氣了！」雁翎刀唰的一揮，施展開絕招，嗖嗖嗖，劈風銳嘯，一路猛剁，把那個牽制他的幕面人砍得招抵不上，抽身便退。鐵蓮子抗聲叫道：

「孩子，這是獅林觀的朋友，你們要小心。仲英！好好地向他們領教。」便不追敗退的敵人，一轉身，揮刀來援應女兒柳葉青。

柳葉青以一口寒光劍乍敵四個高手，早已不支。她父親一到，敵人分兵迎敵，她立刻鬆開了手腳，提高了勇氣。柳順青嬌叱著，向前後二敵奮劍猛掃，頓時破了敵人空手入白刃的鬥法。而且她百忙中揮劍狠削，縱沒有削斷敵刃，卻已逼退了纏繞自己的強敵，於是一招得手，越發轉守為攻。鐵蓮子突又跳過來，父女聯合疾鬥；又有玉幡桿的連珠彈助攻，眨眼間，四人被鐵蓮子又刺傷一人，撤退下來。這四個幕面人先後已有兩個敗退，其餘的還想戀戰，忽然那最先敗退的人撮口發出暗號，立刻四人合在一起，猛然一攻，倏然疾退，竟一句話不說，紛如鳥散，投入林中，一眨眼間不見了。可是那個擎天玉虎賀錦濤也早不見了。

柳葉青累得吁吁喘氣，鐵蓮子氣得鬚眉皆張，意思之間，還要窮追。那一邊白鶴鄭捷連發口號，鐵蓮子斂怒為笑，衝著林中，連說了幾句：「朋友，你們太不夠朋友！獅林三鳥，你不要丟失了一塵道長的威名！」林中寂無反響，鐵蓮子氣沖沖地率領婿女，返回路邊，略為歇息一回，幾人先到崗後，把施耀宗的屍身埋了，遂扶李映霞上馬，返轉店房。

鄉居有客來饋蟹

這時天已破曉。柳葉青一到房間，便酥了似的，往床上一倒，十分支持不住。李映霞小姐驚恐過甚，也坐在一邊喘息，臉上氣色比柳葉青還蒼白。

鐵蓮子和玉幡桿楊華、白鶴鄭捷等議論那幕面的人一定是獅林觀群鳥，不甘心失劍，心懷叵測，暗追下來搗亂。竟由他們這一搗亂，才把賀玉虎放走了。楊華道：「這賀玉虎實是死有餘辜，可惜我們沒有工夫；若有閒暇，真該搜尋他一下，把這東西殺了，也替人間除了一害。」

鐵蓮子莞爾說道：「我們先趕路，將來再講，反正這賊我不教他逃出手心去。」

柳葉青忽然一骨碌坐起來，抱怨道：「還說逃不出手心呢，都是你老打錯了主意，偏要叫李姑娘到場親看戕仇，多了一個沒本領的累贅，才把仇人放跑了。那時若把李姑娘留在店裡，只我們爺幾個，手腳何等鬆動，賀賊一定跑不掉。」說著嘮叨不已，竟翻來覆去地講。李映霞窘得臉紅起來，她還是說個不了。

楊華明知柳葉青仍有點厭惡李映霞，怕她吃醋，也不便插言，只和鄭捷搭訕閒話。鄭捷抿嘴微笑，眼睛瞅著這位師姑，也不敢接聲。李映霞半晌方說道：「我一點能耐沒有，遇上事情，更是累贅。將來到了姐夫府上，我還要求姐姐教給我一點防身擊技呢！」柳葉青哼了一聲道：「遠水不救近火，那是後話；反正今兒個，造化了那個賀玉虎了。」她還是說。

鐵蓮子柳兆鴻起初只笑，末後耐不住了，長眉一皺道：「青兒，我不曉得你多會兒學會了嘮叨。你以為你爹爹力保霞姑娘到場觀鬥，是只為教她目睹戕仇，盡圖快意嗎？丫頭，你想出的主意，全是棋勝不顧家。我若是只圖俐落，把霞姑娘一個人留在店裡，我們大夥專心去鬥玉虎，萬一玉虎的同黨分出人來，乘虛襲店，把霞姑娘再架走呢？」

柳葉青說：「這個……那也不吃緊，你老不會把鄭捷留在店房，保護著她。豈不比一塊兒跑到荒郊野外，喝西北風去強得多嗎？」

鐵蓮子嗤道：「丫頭還要嘴強，倘或襲店的賊人多過赴鬥的呢？倘或鄭捷不是人家的對手呢？總而言之，你爹爹一切事都要防患未然，你爹爹到底多吃幾年飯，比你見識穩點、高點。不要窮吵了，你乖乖給我躺下睡覺。霞姑娘也倒下息歇，我們還要趕路呢。我們吃虧的地方，還是人少，又憑空跳出了四個幕面人，所以沒有得手。姑奶奶不要挑我的毛病了。」

柳葉青道：「你老真就不管那個逃走的賀玉虎了嗎？」

鐵蓮子道：「我先要把霞姑娘安置在妥當地方，別的話以後再說。還有你，懷著個重身子，我真格的還由著你的性子，滿處尋賊去不成？我是送你回婆婆家來的，我不能丟下正事，萬一你傷了胎氣，仲英不埋怨我，親家母也要不答應的。」說著笑了。

李映霞也微微一笑，偷眼看了柳葉青一眼，把顏色一正，很感激地說道：「義父的話很對，義父、姐姐和姐夫為了我一個人的事受這大累，我實在過意不去。好在毀害我的仇人，已被義父殺死一個，我的私仇總算報過了，我已經很感激，很覺僥倖了。現在還是送姐姐回姐夫家要緊，倘或為了我一個人的私事，再勞動姐姐，姐姐又這麼不方便，我實在於心不安，也不敢當。」

柳葉青道：「什麼不敢當！」

鐵蓮子道：「丫頭，少廢話吧，趁早給我睡下。霞姑娘跟我來，我送你回屋。你們沒有吃過大辛苦，鬧了這半夜，總得再睡一覺，然後再上船。」把眾人都催著分別安歇，鐵蓮子本人轉搬到李映霞歇息的外間睡下。鐵蓮子暗中加了一份小心，在無形中戒備森嚴，怕的是賊人糾眾再尋來。

可是，擎天玉虎賀錦濤當夜吃了大虧，幸遇幕面人橫來打岔，才得逃脫性命。他的師叔飛猴陳海揚又不能替他作勁，他在驚懼恨怒之下，早已如飛地逃開了。

鐵蓮子柳兆鴻和女俠柳葉青的威名，賀玉虎是耳熟已久的，可是李映霞的芳姿豔容，賀玉虎又是迷戀不捨的。於是掙命逃開了，經過了許多日子，終不甘心，他又潛尋回來，而且勾結來夥伴。他不是為復仇，他還是想算著李映霞，同時又覬覦著柳葉青手中那把青鏑寒光劍。

那四個幕面人卻另有作風，當時敗退，其實沒有走遠。他們暗中派了一二人，悄悄綴下來，認準了鐵蓮子柳兆鴻父女投止的所在就是玉幡桿楊華的家鄉，他們便即折回。

於是在楊華的河南永城縣的故鄉中，不久，便又掀起糾紛。

河南省永城縣北郊趙望莊只有二三百戶人家，卻多富戶，擁有數頃十數頃良田的地主足有六七家，其餘也都是自耕農，最儉素的也有三幾十畝地。莊中佃戶寥寥無幾，多住在鄰村李旺莊。

趙望莊和李旺莊倒形成貧富對比的兩個村莊，昔年趕上荒年，兩村貧富相形，由吃大戶幾乎激成搶大戶。鄉間土財主越是豪富，越是守財奴，見死不救，這期間多虧趙望莊三五家有見識的富戶看出鄰村終歲勞苦，小遇凶年，便免不了挨餓，實在潛伏著苦樂不勻的隱患。便由幾家大戶公議，打開倉囤，趕放急賑，又舉辦糧貸，才把饑民暴動的禍患消滅於無形。

這放賑救災的大戶中間便有玉幡桿楊華的祖父楊莊主。楊莊主以此在鄉間頗得首善之名，可是這一來，又打動了當地土豪的嫉妒。這些人既認定楊府是首善沽名，當然也就是堵著門口，形容他們的吝嗇。楊莊主的先輩又是從外郡遷來的落戶宦家，有的人就議論楊家倚官殖產，挾財兼併，縱不是為富不仁，也總是繞圈子榨取了當地平民的產業。當地土豪們拿著欺生的心，暗想法子思索財主。誰知楊莊主生來財主脾氣，不吃這一套。本是縉紳之家，跟地方官多少有些聯絡，這些土豪們畢竟鬥不過，吃了光棍鬥富不鬥勢的虧。從此又生出枝節，土豪們竟買囑了毛賊，不斷來偷竊楊莊主。

楊莊主大怒，捉住了小偷，狠狠地吊打，然後又送官治罪。這一來，怨更深了。於是土豪暗中作祟，有一年，小偷勾結了土寇，乘冬寒潛來趙望莊，踩探富戶，要恣行焚掠。楊莊主偏偏為人很機警，竟被他看破，趕緊地布置起來。楊莊主從首府鏢行雇了幾個鏢客，給自己護院守宅；更挑選了精壯家丁，夜夜值更。這樣防備著，到底老虎還有打盹時，結果楊宅被賊偷了一下，臨走放下一把火，丟失不少浮財。楊莊主恨極，又跟別家磋商，開始團練鄉勇，並將莊院築成堡壘格式。

這樣一辦，沒有土匪敢來滋事了。

楊莊主所聘請的鏢客內中有一兩個能手，馬上步下都很來得。楊莊主便命自己的兒子一面讀書應試，一面習武健身。後來這位少莊主屢試文場不利，改應武舉，居然入彀，做了武官。這就是玉幡桿的父親楊游擊了。

楊游擊生有二子，全都好武，次子是楊華。長子楊芳，專研氣功，未遇明師，練出了毛病，年方二十四歲，便嘔血而亡，遺下孀妻，又無子嗣。玉幡桿楊華從師習武，偏又早早斷弦，現在他續娶了柳葉青，竟邀著岳父鐵蓮子一同回鄉下，這就立刻轟動了鄰右。

楊華先期已給家中來信，母親楊老奶奶和寡嫂楊大娘子趕緊安排起來。楊府上閒房很多，深宅廣院，又築著高堡似的長牆，砌石壘磚，氣象巍峨，真有趙望莊大戶的格局。楊老奶奶特將寡長媳遷到上房，跟自己住連間；把三間西廂房給新兒媳收拾出來。她又曉得親家鐵蓮子柳兆鴻除了嫡女，還有一個乾女兒李映霞，便在東跨院收拾了三間精舍。這精舍原是楊游擊習靜之所，家中人都把這地方叫做東書房。另有家塾和習武場，也在東跨院內。此外還有後院，還有西小花園，全是楊游擊和他的祖父積年拓築的。

這一天，楊華、柳葉青、鐵蓮子、李映霞、鄭捷，坐船入豫，換馱轎、太平車子，來到趙望莊前一站，鐵蓮子等留在店房稍候。楊華、柳葉青夫婦倆一個騎馬，一個坐小轎，先到趙望莊；柳葉青以新婦之禮，拜見了孀姑寡嫂。楊老奶奶、楊大娘子見柳葉青姿容爽美，很是歡喜。使女、僕婦圍了一群，便都眉開眼笑地打量新人，向新郎、新人道喜，一面張羅茶水。

柳葉青規規矩矩低著頭，立在婆母身邊，婆母問一句，柳葉青低聲回答一句。寡嫂立在對面，看了看新人，又看了看新郎，笑說道：「二叔好福氣，娶了這位二弟媳婦，臉龐兒夠多麼俊，身子骨長得夠多麼健。」又道：「二叔一路辛苦，且先息歇，再行廟見大禮。」遂引柳葉青到西廂房去了。這西廂房，本來有著楊華前室的許多嫁妝，柳葉青舉目一看，皮箱立櫃，擺滿了四壁，屋中一塵不染，只稍微有些森冷，原是久未住人的緣故。妯娌兩人息歇一回，閒話一回，復又回轉上房；新郎官楊華又忙著到楊二老爺敬慈院內請安。

在家中周旋了一陣，楊華稟告母親：岳父鐵蓮子柳兆鴻現在前站店中，楊老奶奶忙煩二老爺楊敬慈和楊華前往恭迎。

鐵蓮子柳兆鴻攜義女李映霞、徒孫白鶴鄭捷，押著柳葉青的妝奩，來到趙望莊楊府，會見了親家母，說了些叨擾的話，旋即來到前院客廳，由楊敬慈做主人，設筵接風。李映霞小姐拜見楊老奶奶之後，另有楊大娘子招待，也在內宅擺設家筵。

當日由楊府大少奶奶，督飭女僕使婢，把新親鐵蓮子安置在精舍。因有白鶴鄭捷，楊大娘子把李映霞暫先安置在東廂房，撥了一個丫鬟作伴。

歇了一天，楊華和柳葉青又補行了廟見禮，拜過祖先，重向長親行禮，鄰近親朋紛來祝賀。一直酢了好幾天，柳葉青便在家中做起新娘子來。

柳葉青嬌憨慣了，此日乍返夫家，說不出的憋悶難過。楊太夫人又是官娘子，禮法很大，柳葉青很有些受不來。幸而楊太夫人不久便知次媳已經懷孕，她盼孫心切，這才把家規收攏起來，柳葉青這才不受拘束。可是楊太夫人又拿出胎教來，有種種禁條限制孕婦，柳葉青暗暗叫苦不迭。

倒是李映霞小姐，一到楊府，頓承楊太夫人青睞，把她禮如上賓似的，時常邀到上房閒坐談話。李映霞溫婉知禮，雖不健談，卻有妙舌，只不多幾日，便在楊府內眷間紅了起來。

那柳葉青抗爽的性格，疏忽不知家範，縱然婆母矜愛，見到嫂嫂那種侍立承觀的樣兒，自覺受不來；又不甘落後，只得強作排場，勉為少媳。楊大娘子又往往指揮奴僕，烹調縫紉，照應整個家，柳葉青卻一竅不通。教她支派人，她簡直無從置喙；反不如李映霞以客位而談言微中，邀得婆母欣許。柳葉青不禁暗生悶氣，又沒法子挽回頹勢來。楊華看出她自從歸家，鬱鬱不樂，時加哄慰，仍不能減削她對待李映霞的妒意。倒是楊太夫人深知這個次媳乃綠林女俠，處處優容她，況她又在懷孕，從不教她侍候晨夕。可是楊太夫人乃一家之主，若對次媳過度縱容，又恐刺激了守孀的長媳，所以有時候也得蓋過大面去。楊大娘子又頗賢惠，愛弟婦如妹，事事搶在前頭，替柳葉青掩飾了不少的漏場。饒是這樣，柳葉青還是無形中受著委屈，而最大的委屈，便是李映霞在楊太夫人眼前的地位。

然而這樣子過了不久，李映霞陡然覺察出來。她自知依人籬下，豈肯越過人家二少奶奶的地位？太夫人縱然抬舉自己，也無非憐惜自己是個落難的宦裔，無論如何，她認為必須化除柳葉青的敵意。不久，白鶴鄭捷奉命回轉鎮江去了。李映霞便要求搬到跨院精舍，一來服侍義父，二來學習武技，三來退讓出楊府上房，免得自己陪著太夫人坐談，反令柳葉青以次媳的地位侍立一旁，給自己斟茶。楊太夫人起初還不肯教李映霞遷出正宅，老太太還希望李小姐給她說書散悶，漫談消閒，可以騰出工夫來，教長媳多息歇，多料理家務。後來李映霞暗向楊大娘子陳情，楊大娘子這才稟明婆母，說李小姐身負重仇，還要跟義父學習技功，以備日後之用。親家翁柳老的身邊也有些瑣事，必須這位義女照料。又說李映霞總算是二嬸的義妹，婆母和李小姐對坐，二嬸妹過來服侍，李小姐未免不安。復經李映霞一再婉言，楊老奶奶方才答應了。

從此，李映霞遷到跨院，和一個小丫鬟住在一處。鐵蓮子寄居婿家，按照他舊日性格，斷不肯伏處精舍，扃戶不出。況又新到永城縣，他又好游，正可以縱情遊覽。他卻只在黎明時出去踏青，把趙望莊附近地方，都像履勘似的逛了一圈。永城縣的武林同道，倒也訪問了幾家。等到白鶴鄭捷回轉鎮江，鐵蓮子便不肯遠遊了，只在女婿撥給他住的跨院精舍中，凝神靜坐，有時也看些閒書；有時太覺無聊，便跟楊二太爺楊敬慈攀談。楊敬慈脾氣和鐵蓮子間隔太遠，兩人說話格格不入。鐵蓮子便找附近野老閒談，一面采風問俗，一面打聽地方情形，有時也尋幽訪勝，到寺觀燒香。可是他無論去多遠，當日必須轉回，從不在外過夜，倒比在鎮江魯鎮雄家拘束了似的。

玉幡桿楊華感覺不安，每要陪伴岳父出遊，鐵蓮子總設辭婉拒。等到李映霞遷入跨院，和柳老對屋而居，鐵蓮子忽然高興起來，說要傳授李映霞武藝。李映霞自然大喜過望，楊華竊以為不可能，李小姐身子太嬌柔，況又裙下纖纖蓮鉤，人已及笄，怎麼能練武呢？柳葉青也嗤笑說：「爹爹大概是悶得慌，也許是拿李姑娘開心，我倒要看看他老人家傳授她什麼？」

鐵蓮子居然傳授李映霞小姐打拳，可是只耍胳臂，不肯教她固下盤的法子，更免去了踢腿、蹲襠等一切功架。總而言之，只教李映霞活動身子罷了。但柳老卻將袖箭、甩手箭，這些遠攻之器拿出來，按部就班，教李映霞打暗器，便連鴛馬也給她預備下。

李映霞沒有腕力，打暗器打不遠，又沒有準頭，相隔二丈的靶子，五寸大小的鵠的，她只能用袖箭打中，用甩手箭時，常常甩出靶子之外。李小姐習拳學射之時，楊府上的女眷們免不了聚觀，李映霞往往被看得臉紅害羞。鐵蓮子哈哈大笑，說道：「姑娘學本事，不要怕人見笑。」以後便不教人瞧了。可是楊大娘子和柳葉青來看，總不能禁止；小丫們偷看，也還難免。後來李映霞老著臉皮，苦苦學習。兩三月後，漸漸覺得有了準頭，可惜腕力依然不濟。

現在李映霞會打袖箭了，也會瞄弩弓了。只有甩手箭和飛鏢、蝗石之類，她仍然不成。而且她學的這種瞄準法，乃是立定了，對準了，卯著勁頭兒發放；若是走著放，或者瞄打活靶子，迎擊走動之物，仍然不能取準。李映霞不過學了兩三個月，何況她儘管學，鐵蓮子不能經常教。並且柳葉青也常來打岔，說話似諷似嘲的，總有那麼一股子酸味；更兼楊太夫人那裡，李映霞有時還須應酬。李映霞畢竟是寄居的客，她又是劫後餘生，又是聰明女孩兒，她不能一味忙著自己的私事，還要隨時敷衍宅主上下，買得她們的歡心。

但就這樣，她的苦心已然深深感動了義父鐵蓮子柳兆鴻。

她差不多白天沒甚工夫，清早要服侍柳老洗漱和喫茶用點，隨後到正院上房給楊太夫人問安。有什麼刺繡紉工，她還要上趕著要來替做。早點後午飯前，覺得沒有什麼事了，看著柳老的高興，她這才請教拳招、射術。然後在大家不甚理會的時候，自己悄悄跑到練武場，學習打拳射暗器，直練到頭上汗出，櫻口微喘，還不肯稍息。一到過午，她又到正房，陪著楊老奶奶解悶，或給楊大娘子幫忙。楊華不在內宅，她有時便到柳葉青閨房中替二奶奶收拾屋子，或代做二少奶奶做不了的活計。楊宅中上上下下都照顧到了，這才抽空再去練拳。

對於練拳，她感覺到心有餘，而力不足。柳老教給她的拳法，只是「半拉架」，說叫什麼「八段錦」，還有「太極拳」。

她對於八段錦很下了功夫，只要沒人，她就在屋中也練。只不知何故，這拳法練得她很疲勞，似乎毫無進益。

倒是打暗器的功夫，她苦苦地瞄準頭，苦苦地打，不但白天，就到夜間，有月亮的時候，她一個人也去到練武場，站在靶子前，一消磨便是一兩個更次。便在漆黑的天，實在沒法打了，她還在摸著黑，對著靶子，瞄打飛蝗石子。直等到百天後，漸有準頭了，她索性一到夜間，便在自己住的屋子內掛了畫著圓心的布簾，悄悄地在燈下瞄準。她有著這樣的苦心，有人時儘管賠笑服勞，做著寄居客人的殷勤態度。隻眼前沒人，她便櫻口咬著朱唇，雙眸深凝，志無旁騖地習技。又似乎拿這打暗器、練太極拳的事，做為消愁之具。儘管在人眼前，她臉上毫無戚容，卻是冷眼人總覺得她楚楚可憐，似乎對人過於婉順了，對練武過於專精了。

鐵蓮子頭一個嘆息道：「霞姑娘，你太教人看著心疼了。好孩子，你不要太這樣用心，你只隨緣度日好了。你把心放寬一點，只等到你青姐姐分娩了，我一定設法了卻你的心願。」

「了卻心願」這一句話有幾等幾樣的說法，至少在李映霞一方面，既可解為「終身大事」，又可解為「畢生的深仇大恨」。起初鐵蓮子這樣勸慰她時，她忍不住眼圈一紅，心口頓覺刺疼。隨後她自加檢點，柳老再說這樣的話，她便咯咯地笑了起來，很輕倩地說：「義父，您老人家不要誇我了，我就是一心羨慕青姐姐的本領。我沒有能耐學到她那份本領，我只想也跟你老練練，裝您的假女兒。青姐姐不是您一手教出來的嗎？青姐姐可成了江東女俠，您這乾女兒只好做個豫東女俠吧。」這話又似乎自己嘲笑起自己來，然後說：「義父別笑話我，我是解悶兒……不，是閒招笑兒。」

李映霞很想把自己的習拳學射解釋為打鞦韆、踢毽子一類的深閨雅趣。可是她身負重仇，似這等凝志勤學，誰不知道她有深意呢？只可惜她本質過弱，雙翹太小，而她又是十七八歲的姑娘了，這樣的強吞乾嗑地練武技，是只能招得人看著可憐，一時難奏顯效。

她的打暗器本領漸漸很有進步了，她的學拳卻被鐵蓮子一再警告：「你不要過於自苦，似這等疾求速成，怕妨害了身體的發育。」鐵蓮子診她的脈息，驗她的容色，斷定她如此沒晝沒夜，苦熬苦練，弄不好，要釀成大病。

她自然不肯信，鐵蓮子叫她自己照鏡子：「你的臉色發白透青，你的身體見瘦，你是不是覺到氣短肋疼？」李映霞微微錯愕，手摸雙肋道：「我倒是有點氣短，不過還沒有肋疼。義父，你老說，這是練出毛病來了嗎？」

鐵蓮子微喟道：「孩子，我起初教你八段錦，後來不再教你了，改教你練太極拳，我就看出你求藝太亟，心志太猛，料到你必要練出毛病來。我告訴你吧，念書太勤苦，能夠累得吐血，這練武也是一樣啊！你本是被難宦裔，志切深仇，自憾無力，你恨不得馬上學會了武藝，好去報仇。你卻是不知凡事不能拔苗助長，躐等強進。況且你本是深閨弱質，腳底下又太沒根，年歲又稍為大了一點，你怎能比你青姐姐呢？她從小便像野小子般，自由自在養活這麼大；你卻幼秉閨訓，從來大門不出，二門不邁，身子骨已然拘得太軟弱了。好孩子，你要聽我勸，你不要求藝太猛。你要先求健身，次求巧技，你不能夠再那樣傻幹了。」

鐵蓮子說著，見李映霞雙眸含淚、爽然若失的樣子，便又安慰她說：「我不是說你一定不能練，我是勸你不要太心急。你從此不妨多練暗器，練太極拳，要有一定的時候，不可太久了，不要覺得累了，還拗著勁兒強撐。倒是八段錦的功夫，跟你不相宜，你再不要練了。」

李映霞喏喏地聽了這些話，俯視雙鉤，心中淒然。母親愛己過甚，很早地給自己纏足，只求弓彎纖小，哪知今日為累過甚？鐵蓮子的好意，她是接受了，從此專注意袖箭暗器。自以為學會了百發百中的鏢箭也可以防身，也可以復仇，殊不知這等暗器如要發放，必須身手矯健，和仇敵對手交戰，面面相當，才能乘隙驟退，潛發一鏢。若是自己寸步難移，雙拳不足以毆敵，刀劍不足以禦侮，空空會兩手暗器，不能欺敵近身，又怎能暗算人呢？

這是很淺明的道理，李映霞竟料想不到。膂力既沒有，下盤又不固，便孜孜專精地學打箭、發鏢。有一天在後園，拋箭打鳥，一隻小麻雀應手而落，把她喜歡得眼淚直流。到後來居然能在黑夜瞄打香頭，十發九中，自己十分寬慰。卻被鐵蓮子、玉幡桿這些行家看了，陡增感喟，替她身世惆惜；又不願打消她的高興，沒人向她說破。若武功不精，箭法縱準也無用，柳葉青明明看透，又妒情在心，目笑存之，不但不說破，反而盛讚不已。李映霞不明真相，也就竊竊地沾沾自喜了。這「沾沾自喜」，其實仍是楚楚可憐罷了。

光陰過得很快，眨眼便是三個月。在柳氏父女乍來到永城縣趙望莊的時候，當地既有鄉勇守望相助，曉得連珠彈楊二爺娶來了江東女俠，伉儷二人全是武林名家。這些鄉鄰們便敦請楊二爺和二少奶奶一試身手，給本地聯莊會觀摩增光。他們只管這樣奢望，不過楊府上楊太夫人健在。書香門第自矜閥閱，斷不容許新少奶奶在村夫面前演拳試箭。頭一個玉幡桿楊華便替新娘子婉辭了。有的好事的姑娘、媳婦們當柳葉青廟見伊始，便紛紛來申賀，仔細思索新娘子江東女俠的氣派。江東女俠也是個人，也是個新嫁娘，在村姑農婦眼中，只看出江東女俠打扮漂亮時髦，滿頭珠翠，粉面凝脂，斂眉含笑，獻茶敬客，一點兒也不像她們心目中想像的女俠模樣。她們看過年畫，年畫上頗有綠牡丹英雌花碧蓮拿猴的畫景，那畫兒上的英雄是這麼苗條俊俏，尤其是蓮鉤纖小不盈一握。這柳葉青卻是體格健實，個兒不高，肩圓而不削，腰粗而不細，拖著長裙，裙下紅繡鞋似乎並不像畫兒上那麼波峭可愛。「呀，楊家二少奶奶是大腳片！」「蘋果似的小圓臉蛋，杏子似的小圓眼，倒很甜淨，個子很矮，很文雅，怎麼著，還是女俠客，太不像呀！」

她們老娘兒們又想起了跑馬賣解的女子，臉黑、發黃、臀大、腳小。這江東女俠既與畫上的花碧蓮懸殊，又跟賣解的女子不類。村姑們嚷嚷議論，也曾面求新娘子當面一試武藝。新娘子微笑搖頭，拿眼看著婆母楊太夫人，低聲說：「我不會，真的，我真不會。」

村婦們從楊太夫人那裡明面地求；從柳葉青那裡偷偷地嬲。結果，這楊二少奶奶堅決地謝絕了，不肯練武藝給她們開眼。而且楊府上的禮法太嚴，鄉鄰們不能隨便自由地串門子。

你只一進門，立刻僕婦、丫鬟們稟報，女主人立刻出來招待，而且並不是新娘子自己，也不是寡婦大少奶奶，動不動就驚動了楊太夫人。楊太夫人很客氣地拄拐杖，遠接高迎，命兒媳獻茶敬煙，老人家親自陪著，把這些老娘們拘束得沒法子辦，便想邀新娘子出來串串門子，跟大姐姐二姨玩玩，也都不能開口，因為楊府上根本沒有開這個例。

村婦們無計可施，村夫們更是挨不上前，連向楊二爺請教，都輕易得不著機會。楊二爺雖是趙望莊的人，遊藝出外，總不常在家，跟這些鄉鄰們一來不熟，二來興趣也隔閡。後來他們這些聯莊會的人聽說楊府上新來寄居的親戚——柳老太爺，乃是兩湖大俠，也常出來，在莊前莊後閒逛。聯莊會的教頭們內中也有一兩個有門道的人，便搭訕著跟鐵蓮子柳老攀談。

柳老素性高抗，不喜世俗往來，原來是不想搭理這些人們的。但是教頭中的一個是位老鏢客，姓徐叫徐立庸，已是五十多歲的人了，武藝雖不知高低，江湖經驗很深，而且年老健談，似乎久已仰慕鐵蓮子的威名，儘管年歲跟柳老差不多，卻以晚輩自居，不時向柳老致敬。柳老閒居無聊，就不斷向野老采風問俗，也就和這徐老教頭閒談起來，但只閒游遇上，便立談些時，從不曾邀他到楊宅。

這徐立庸一開頭也曾向柳老討教技擊之學，柳老迴避著不說，只扯開來，講些江湖異聞，祕幫禁忌。徐立庸飽經世故，曉得交淺言深，諸多不便，也就丟下不多問了。鐵蓮子卻每每向他打聽永城縣以至豫東的江湖名家和趙望莊一帶的人物，更訪問趙望莊附近有什麼土豪，有什麼草寇，以及寺觀古蹟等等。徐立庸倒是知無不談，談無不盡。漸漸地柳老曉得徐教頭是個胸無城府的直筒子，漸漸地拿他當談伴了，可是談話總留分寸，過著邊際的話，柳老仍是緘默不言。

這徐立庸總還是抱著一腔熱望，要看看這名震湘湖的大俠的真才實學。於是他想了一法，每逢鄉團練武，便邀柳老觀光，盼望柳老一時技癢，露兩手給他開眼。不料柳老年高頗有涵養，明明看出民團中的鄉下把式頗多可笑，他卻含笑而觀，臉上從不流露卑薄之色，更不用說興發下場了。如此，柳、徐二老只作泛泛的交遊，轉眼過了許多天。

忽有一日，正當秋濃，徐立庸教頭派一個壯丁來邀柳老到他住所小酌，說是新得大蟹，又有名酒，要請柳老持螯一醉。

柳老意正無聊，聞邀欣然前往。徐立庸教頭就在鄉團公所後院自己住的小屋內，擺好了座席，竟備置了四五個人的位子，還有許多菜餚。一見柳老，歡然讓座，大笑著說：「在下要請老前輩痛快喝幾杯。」柳老看了看座次，問道：「還有外人嗎？」

徐立庸沉吟道：「也沒有外人，只有我們的夥伴蔡孝先蔡老弟，和他的一位過路同鄉，打北京來的。」說時便請柳老入座。

鐵蓮子柳兆鴻聽了，又見如此盛設，心中不悅道：「對不住，我最怕應酬，更怕武林同道架弄我。」徐立庸忙說：「不是武林同道，人家是個正經商人。」遂命壯丁快去催請蔡教頭和他的同鄉：「告訴二位，人家柳老前輩已然到了，怎麼他二位反倒落後？」

壯丁去不多時，蔡孝先教頭匆匆地來了，一見柳老，深深一揖，轉對徐立庸說道：「徐老哥你瞧，真真豈有此理！我們這位貴同鄉，本說久慕鐵蓮子柳老英雄的大名，要教我引見引見。我們剛剛替他預備好了，你猜想怎麼樣？他又有急事，教他的同伴活捉活拿地催走了。他走了也好，算是他遠道來納貢，給我們預備好大螃蟹，我們就借這個，孝敬孝敬老前輩吧。」說著，呵呵笑了。

柳老這才聽出來，這回請酒食蟹，乃是蔡教頭的遠道同鄉出錢備辦的，原本是慕名求見柳老，可是酒備好了，螃蟹蒸得了，他那同鄉反而又走了。像這情形，原沒什麼，但是柳老驀地心一動，忙說道：「你這貴同鄉姓什麼，叫什麼？多大年紀？

打哪裡來？他為什麼要見我？他怎麼曉得我在這裡住？」一口氣問下來，蔡教頭說：「我這位同鄉姓方，我跟他不熟，他大約三十來歲吧……」柳老忙截斷道：「他也會武吧？」蔡教頭道：「這倒說不清……」徐立庸道：「看外表，聽談吐，倒是個會家子。」

柳老愕然道：「不對，蔡老兄，到底你跟你這位同鄉從前認識不認識？從前有過交情沒有？」

蔡孝先還是懵懵懂懂地說道：「從前倒不認識，我們這回是初會，不過提起來，誰都知道誰。不瞞你老說，不怕你老見笑，我蔡孝先在我們鄉親裡倒也薄有虛名。我雖然不認識這姓方的，這姓方的倒居然很曉得我。這一回承他看得起，大遠地繞道找了我來，還給我帶了這許多螃蟹……」

蔡孝先還在洋洋得意，誇他那「有朋自遠方來」。鐵蓮子驟然軒眉，厲聲道：「不對！」搖了搖頭，立刻站起來，面向徐立庸教頭道：「這裡面大有蹊蹺，對不起，你二位先坐著。」又指螃蟹說：「這東西不要吃，務必先試一試！」說罷，立刻往外走。

蔡孝先還是攔阻，徐立庸到底是老江湖，頓時變了色道：「我明白了，哎，我說這螃蟹可吃不得。我說，柳老前輩，你老可要找這姓方的。蔡老兄，這姓方的走了多大工夫了？」

蔡孝先道：「剛走……也有一兩個時辰了，是他同伴催走的。怎麼著，這裡面還有毛病嗎？」

鐵蓮子一聲不響，往外緊走，徐、蔡二人很錯了愕地跟出去。鐵蓮子轉臉對徐立庸教頭說：「徐兄大概猜出來了，蔡兄大概還不明白，你要曉得，我柳某久闖江湖，頗多恩怨。徐兄請你費心，快同蔡兄找找這姓方的去，現在我要先回家看看。

是的，我要先回舍親楊宅看看，看看他們那裡有動靜沒有。」

說著，奮步急走，一直去了。

徐立庸、蔡孝先兩個教頭大眼瞪小眼，痴立無措，要追那姓方的同鄉，姓方的同鄉早走了。徐立庸很張皇地說：「快找銀筷子，我們看看這螃蟹到底有毒沒有？」蔡孝先把熟螃蟹取了一隻，又嗅又看，搖著頭：「我看柳老是虛驚虛詐，這東西不像有毒。那位方爺分明是我的同鄉，無緣無故，他要毒死誰？」徐立庸道：「嘻，你太不明白。鐵蓮子乃是兩湖大俠，綠林人物栽在他手心的很多，他是有仇家的，跟咱們不一樣。咱們看不出來，快試試吧。」

二人找了銀筷子，忙去試驗這蒸熟的螃蟹。

鐵蓮子柳兆鴻急急回到楊宅，四顧附近無人，稍稍放心，急問門房：「可有人來，可有人找？」看門的長工發愣道：「沒有人找，也沒有人來啊。」柳老忙問：「可有眼生的人在附近徘徊，打聽過我的嗎？」

看門的想了想，似乎有兩個生人在宅門前徘徊，並且似乎正向鄰童打聽人。但等到看門長工湊過去問話，這兩人便匆匆走了。柳老聽了，搖搖頭，命長工找著那個鄰童，掏出數十文錢，先給了這個小孩子，然後問他話，這村童果然說：「有兩個生人打聽過楊二爺，又打聽楊二爺府上親戚叫什麼鐵彈子，鐵蓮子的。」

打聽至此，鐵蓮子柳老撫髯一笑，這真是一塊石頭落地了。這必然是仇人尋到，或者是獅林三鳥尋到，便問村童，那兩個人什麼穿章長短，是僧道還是俗家？回答說：「是兩個很闊的文墨先生，長袍馬褂穿著。」問多大年歲？小孩子說不利落：「二三十歲吧，三四十歲吧。」更問哪裡的口音？像哪裡人？小孩子們越發說不出來了。

鐵蓮子皺著眉，不再細問了，急走進楊宅，暗暗囑咐門房長工：「以後如有生人打聽，不管打聽楊二爺，或柳老太爺，或二少奶奶，或李小姐，千萬說剛剛沒在家，一會兒就回來，把客留在門房，趕緊報我知道；我若剛不在，趕緊回報楊二爺。」囑罷，遂入內找到楊華，又找到柳葉青，只淡淡地說，有生人打聽我們來了，卻囑他夫婦不必告訴楊太夫人，也不必對李映霞說。

這時鄉團兩位武師已經用銀匙試了螃蟹，蟹並無毒。蔡孝先越發笑鐵蓮子多疑。徐立庸比較持重，忙找了柳老來，細說試蟹無毒的話，問柳老意見如何？柳老微笑道：「無毒很好，你們吃了沒有？」答說：「沒有，不過已用銀匙試過無毒，柳老前輩，你覺得這事還有陰謀嗎？」柳老說道：「也許是我過慮，不過我是在江湖上很有恩怨的，我處事未免太小心。既然沒有毒，那很好，二位只管吃了它，只當是我鬧笑話罷了。」

鐵蓮子口內這樣說，暗中依然戒備起來，又祕密地出去蹚了一蹚。然後白晝睡覺，夜晚溜出去等著。

就在吃螃蟹的數日後，趙望莊的村犬忽起夜吠。楊宅跨院附近，陡然出現兩三個人影，很輕悄地由鄰家房上掠過。這人影便是擎天玉虎賀錦濤和七手施耀宗的族弟八叉施耀先，此外還有一個巡風的綠林朋友，名叫程清。

奪寶殺身乘虛襲宅

這夜，正趕上月黑天，天空明星被雲遮沒，趙望莊內外昏暗無光。八叉施耀先、玉虎賀錦濤在事先，乘夜連到趙望莊蹚了兩次，並將楊宅內外出入路線，從鄰舍登高俯察，大致勘定。自以為對頭是大行家，舉動十分謹慎，沒敢打草驚蛇。然後在這月暗星稀的時光乘虛而入，第一次闖入楊府。

楊府上滿院漆黑，全宅已入睡鄉，只有跨院精舍紙窗上透露燈光。施耀先為給族兄復仇，賀玉虎為探尋李映霞，悄悄地躍登鄰家短垣，躥上房脊，伏身在房脊後，窺伺良久，然後投下石子，試探虛實。楊府上竟沒有家犬，施耀先、賀玉虎繞房頂兜了一圈，竟沒聽見下面有動靜，便放大了膽，從鄰舍躥到楊宅房頂，輕輕地移動，先到有燈光處窺看。

有燈光處正是外老太爺鐵蓮子柳兆鴻的養靜精舍，院中又有練武場，擺著箭靶子和練武器械。賀玉虎、施耀先便認定楊府如有扎手處，必在此處。兩個人認準了出入口，便一先一後，從高處躥到平地，貼壁循牆，一步一試，徑到鐵蓮子精舍前，那個下手程清就留在牆外巡風。

八叉施耀先雖據賀玉虎說他的族兄施耀宗已經為鐵蓮子所誅，但因施耀宗屍體已被埋沒，他心上半疑半信。他又沒跟鐵蓮子對過盤，此時縱來尋仇，意思之間，還要跟柳老覿面過話，問清楚才肯動手。

賀玉虎卻一再切囑他，鐵蓮子不是好惹的，只能暗算行刺，絕不能覿面動手，又懇切地告訴他：「我敢以性命賭誓，令兄確是毀在柳老之手。」又對他說：「柳老最近得了獅林觀鎮觀之寶青鏑寒光劍，我賀玉虎顧念令兄施耀宗生前的友誼，情願幫你復仇，並願助你盜奪寶劍。我自己只願得到李映霞。」

玉虎還說，李映霞跟自己有割不斷的恩情，硬被鐵蓮子翁婿破壞了，自己只圖重圓破鏡，情願以寶劍贈給亡友的令弟。施耀先聽了這些話，方跟賀玉虎結伴而來，卻仍不相信鐵蓮子的聲威，一望見燈光，便要撲過去隔窗查看。賀玉虎急急阻住他，叫他小心。兩個人躡手躡腳來到窗前，先側耳傾聽，聽不出一點聲息。八叉施耀先性急，到底用口津溼破了紙窗，往內張望，陡望見精舍內間紗帳低垂，對面牆上掛著一柄綠鯊鞘銅什件的寶劍，彷彿十分珍重，用錚亮的銅鏈子繫在板壁上。

賀玉虎此刻已轉奔廂房，正立在李映霞宿處窗畔，傾耳察聽，忽見施耀先立在精舍前，毫無顧忌，隔窗內窺，屋內居然沒有反響。施耀先先向賀玉虎連連點手。賀玉虎就情不自禁湊了過來，也破窗側目內看，頓時看見了紗帳，又看見了壁上寶劍。他心中一動，回頭看了看，忙又閉一眼，睜一眼，重往內窺。屋中桌上雖有燈，苦不甚亮，紗帳前地板上黑幽幽看不清，但已約略看出腳榻上並沒有靴鞋，想見帳中沒有睡人，卻又帳幕下垂，這可就怪了。

賀玉虎心中還在踟躕，八叉施耀先已然迫不及待湊過來，一指壁上，低問：「可是寶劍嗎？」賀玉虎遲疑低答：「很像！」

施耀先竟將身軀一長，膽氣一正，往四外一瞥，立即提叉奔向精舍門前，輕輕推門。賀玉虎剛要警告，忽然心頭一轉念，悄然噤住了要說的話，竟提刀在旁，暫替施耀先巡風，施耀先推門不開，很快地抽出匕首，插入門縫，上下輕輕一劃，居然劃開了栓，回頭向賀玉虎低呼道：「入窯。」

賀玉虎心中還惦記著廂房，他已聽出廂房似乎有人熟睡，他有點不放心。他並不知李映霞就住在廂房，只有一個丫鬟相伴。他聽出了小丫鬟的鼾聲，還想辨一辨是男還是女，是一人還是兩人。施耀先催得很緊，賀玉虎再度離開了廂房。八叉施耀先已然推開精舍的門，很快地鑽進屋內。

賀玉虎不能再攔，依理應該替友巡風。可是他說的盡好，到底他也貪著那把寒光劍，於是他也火速地撲入精舍以內。

八叉施耀先又從精舍明間襲入臥室，手中匕首很快地一挑，把紗帳挑起，帳內果然沒有臥人。施耀先不管不顧，霍地一轉身，撲奔對面板壁，伸手就去摘劍。

這劍掛得很蹊蹺，使你剛剛欠著腳搆不著。八叉施耀先便微微一長身，往上略躥，探手抓住了劍，往下一摘，劍繫銅鏈，鏈掛在壁釘上，劍到手，銅鏈沒有離開釘。施耀先便很快地一抖，仍然抖不下來，卻突然叮零零的一陣響。擎天玉虎剛剛探進頭來，見狀大驚，說：「小心！」八叉施耀先早狠狠用力，往下猛扯，銅鏈一直拖下來，原來是表面像掛在釘上，實際是穿通著板壁，這邊一強揪，那邊板壁後響聲愈震。賀玉虎急喝：「不好，快退！」說完便頭一個跳出來。

八叉施耀先頓時省悟，這也是一種消息機關。他一切齒，絕不輕舍。銅鏈這頭繫著板壁，那頭繫著劍鞘，猛扯也扯不斷，他就電光石火般貼壁抽劍，換左手持劍鞘，用右手握劍柄，按崩簧，猛然拔劍出鞘。不料這劍身竟像鑄在劍鞘內一般，狠命地拔，一點也拔不出來。

陡然聽得陰森森的一聲冷笑，賀玉虎在外疾呼：「風緊，扯活！」精舍前起了一片鬥聲。八叉施耀先仍不捨劍，拔不出鞘，便拚命猛扯銅鏈，把銅鏈嘩啦一響扯斷，連劍帶鞘奪取到手，立刻換交左手，右手收匕首，提鋼叉，搶出精舍。不料聽外面哎呀的一聲怪叫，施耀先剛奔到門口，便見一條人影如飛逃走，另一條人影如飛追過去。八叉施耀先心知不好，慌忙回手插劍，將掌中飛叉一掄，往外猛打，跟著一個箭步，緊逐飛叉闖出來。

門外果然還有一個人影，正在門旁埋伏，只側身微微一讓，躲過了飛叉，便立刻當門一堵，把施耀先截住，喝道：

「好大膽的東西，把東西丟下，把腦袋也丟下！」刀光一閃，猛攻過來。八叉施耀先大怒，順手又發出一飛叉，被對面人影揚刃一蕩，突然撞回來，險些傷了自己。施耀先慌忙往旁一跳，雖已搶出精舍，卻已失去退路，又失去同伴。

施耀先到此只有拚命。那對面人影身法靈快，並不是女俠柳葉青，也不是使弓鞭的玉幡桿，猜想他長髯飄飄，是鐵蓮子柳兆鴻。施耀先厲聲喝問：「你可是柳兆鴻？」那人影笑罵道：「偷劍的賊，你不要問！問也是把腦袋留下，不問也得留下。莫若不問，倒省事。」

八叉施耀先忿極，仍喝道：「你可是殺害我家兄七手施耀宗的鐵蓮子嗎？我家兄施耀宗可是死在你手？」

對面人影不答，刀光犀利，狠狠攻來。八叉施耀先頓覺不能敵，又恐對頭呼喚闔宅，致遭圍攻，況且賀玉虎、程清已然不見，自己更不宜戀戰，心中一慌，便揮鋼叉，奪路欲走。對面人影左攔右攔，施耀先竟被截住，闖不出去了。八叉施耀先正在焦灼，忽然對面人影笑道：「偷劍賊，這裡打，不大對，還是讓你死在外頭的好。」刀法忽一鬆動，留出了空。八叉施耀先這才奮力一衝，搶出一步，順牆根急走，然後一躍上房，背後人影緊迫而上。

這時候，浮雲遮月，忽透半輪。八叉施耀先逃出楊宅，背後人影窮追不捨。施耀先已知對手太強，功夫不敵，但已脫出重地，依然不甘心，他還要施展他的飛叉。於是奔到曠野古道，略一停頓，探手掏飛叉，轉身等待追者。眨眼間，人影趕到，施耀先凝眸一看，微淡月影中，辨出來人長髯飄飄，一定是那個兩湖大俠鐵蓮子了。施耀光先嘯了一聲賀玉虎，賀玉虎逃得沒了影，又嘯巡風的程清，程清也已無蹤。施耀先不覺痛恨，向鐵蓮子連聲喝問殺兄之仇，鐵蓮子一聲不答。

施耀先轉身又看了看，那邊有樹林，有莊稼地，便罵一句，抖手一叉，照鐵蓮子打去。鐵蓮子身軀不動，揮刀一掃，錚的一聲，把叉磕飛。八叉施耀先連發出飛叉，全被鐵蓮子的雁翎刀打掉。鐵蓮子這才冷笑道：「朋友，飛叉打完了沒有？把腦袋留下吧！」霍地一躥上前，雁翎刀一擺，上下揮砍，快到無以復加。施耀先一點抵擋不住，只有閃退的份兒，情勢緊張，比在楊宅院中大有不同。施耀先預備要跑，鐵蓮子冷冷說道：「朋友，趁早認輸，快死給我看，我的劍豈是你蟊賊能盜的？」不等施耀先翻身逃竄，迅如馳電，倏然跳過來，阻住逃路。

八叉施耀先大驚大詫，手中還有飛叉，切齒罵道：「老兒趕盡殺絕，看叉！」展兵刃猛往上一攻，卻是一個虛招，倏然打出了飛叉卻是以攻為退，趨勢撥轉頭，如飛投奔莊稼地。那樹林已被鐵蓮子攔住，故此施耀先另覓逃路。

不料鐵蓮子身法太快，施耀先剛剛奔出數步，鐵蓮子便叫道：「那裡死，不行，樹林子裡頭是你的葬身處。」身形一動，箭似的趕到，斜抄著一擋，運刀便剁。施耀先無可奈何，急忙招架，一打兩打，一退兩退，真個的被迫逃向林邊。

施耀先剛剛逃到林邊，鐵蓮子如貓戲鼠，又追到林邊，說道：「天不早了，算了吧。」唰的一刀，照施耀先的後心刺來。

施耀先奮力轉身一格，當的一震，兵器脫手而飛，嚇得他頓地一跳，回手忙拔那剛盜來的劍，仍然是帶鞘的劍，綠鯊鞘好像死釘在劍鋒上一般。施耀先到死不悟，盜來的寶劍是塊頑鐵，總認為崩簧緊，大敵當前，心慌，拔不出來。施耀先就揮動這帶鞘的劍，格拒鐵蓮子，並且友去仇來，他心知受騙，一面打，一面沒忘了逃竄。他抓得機會一跳，身子剛剛撲入林中，鐵蓮子就勢將刀一送，八叉施耀先怪吼一聲，頭向下栽倒在林中，頓時血流遍地，手腳蠕動。鐵蓮子又加一刀，施耀先頓時氣絕身死。

鐵蓮子先把施耀先盜去的劍拿開，火速地割下施耀先的頭顱，掘坑埋在一邊，然後奔回楊宅，提刀往各處查勘了一遍。

柳葉青依然安睡，玉幡桿楊華梭巡未回，乾女兒李映霞雖然睡著，不知怎的，她倒靈醒了。披衣坐起來，西廂房點了燈，她一手拿袖箭，一手拿寶劍，很驚懼的，強自支持，藏在西廂房門後邊，點破紙窗，喘吁吁往外偷看。

鐵蓮子柳兆鴻剛到跨院，便發現西廂房燈光，心中不由微笑，知是李映霞已醒，又憐惜又覺她機警得幼稚，忙過來叫了一聲：「霞姑娘，你起來做什麼？」李映霞怔柯柯地說：「是義父嗎？義父，剛才我聽見，我聽見……許是有人進來吧，我聽見喊罵動刀的聲音……」說話時，李映霞開了門，抖抖地挨了過來，鐵蓮子笑道：「沒有沒有，不是不是。」又笑道：「真要是進來人，你不要點燈呀，你更不該開門，你看你嚇的這樣，快進屋吧，關上門，吹燈睡覺去。我還要出去一道。」

說時，玉幡桿楊華已從內宅跑來，倚仗著他的連珠彈，一路擊賊，把賀玉虎追跑了，他然後繞著莊院，登高查勘了一圈，現在剛剛回來。翁婿見面，李映霞剛要回屋，聞聲止步，倚門立著，叫一聲：「姐夫！」要聽聽怎麼回事。鐵蓮子笑了笑，攔住玉幡桿，不教他說話，催促李映霞快快歸寢，然後把玉幡桿叫到精舍，低聲問道：「你把賊追上了沒有？」回答說：

「沒有，這賊跑得很快。」問道：「可是那個賀玉虎嗎？」玉幡桿道：「大概是他。」

鐵蓮子暗暗不悅，據他推測，一共來了兩三個賊，逃走了一兩個賊，猶有後患。而且殺死的那賊，還沒有處理。趁天色未明，忙叫著玉幡桿，拿了鐵器，一同奔到樹林中，把八叉施耀先大卸八塊，分別掩埋了。

鐵蓮子回轉精舍，催玉幡桿回去安歇，又囑咐他，可以不必告訴柳葉青。她正有重身子，如果知道了，必不肯袖手，還是瞞住她的好。至於楊華的寡母和孀嫂，更不能教她們知道，恐怕嚇壞她們。玉幡桿連聲應諾，自回內宅。鐵蓮子就燈下驗看那把失而復得的帶鞘寶劍，上面微有血跡，趕緊拭淨。鐵蓮子看著這劍，不由笑了。這乃是一個贗鼎，外面裝潢雖然跟真的寒光劍一樣，鞘裡面卻是一塊生鐵片，拔不出來；那銅鏈更是一個機關，只一拉，隔壁的銅鈴便響。鐵蓮子看銅鏈已被扯斷，忙給接好，繫上銅鈴，仍掛在牆壁上，就全身拂塵拭露，驗看血跡，都收拾好了，便和衣就枕。

未到天明，李映霞姑娘便已起床，悄悄走到柳老精舍門前，用手推門，門沒有推開，便又蓮步姗姍，溜到柳老窗畔，側耳聽一聽，恰有賊人撕破的窗孔，便湊過去，側目往裡窺看。鐵蓮子陡然驚醒，一躍下地，忙抬頭尋看，微聽得李映霞在外的聲息，便叫道：「誰在外頭？可是霞姑娘嗎？」

李映霞忙應道：「是我，義父。」

柳老衝窗格笑道：「好姑娘，你真成，快進來吧。」他忙開了房門，把李映霞喚進來，說道：「姑娘，你這是幹什麼，老早的起來，不好生睡覺？」

李映霞往床上瞥了一眼，一面掠鬢，一面賠笑說：「義父昨晚也沒睡好。昨晚上我聽見進來人了，好像是外來賊？還是獅林群鳥不甘心，又來盜劍？還是那個紅花埠的賊人不死心，又來算計我呢？義父，您不要瞞我，我不害怕。我昨夜全個看見了，也聽清楚了。只不知我妍青姐姐也起來沒有？我聽見你老跟賊動手，還把賊追跑。還有楊姐夫，我也聽見他喊了一聲，也追出去了。」

柳老大笑說道：「姑娘真聰明，我不是瞞你，因為事情過去了，怕你擔心，所以不願教你知道。姑娘真是個有心人，我今後更要好好地把功夫傳授給你了。但是一節，你妍青姐身子不方便，昨晚的事，我一點沒有知會她，你也不要告訴她。」

遂又指叫李映霞，「你的功夫還沒入門，以後倘再遇上事，千萬不要出頭。昨晚上你聽見鬧賊，不該點燈。你若一點功夫不會，倒也罷了；最怕的是，你還會打暗器。像這樣伸頭探腦一鬧，不但不能禦侮，反倒招來賊人的毒手暗算。往後聽見動靜，最好悄悄的，不要發出響動，更不要點亮燈，教賊看出虛實。」鐵蓮子把全身遠離的法子，仔細向她剖說。李映霞紅著臉答應了。

過了幾天，趙望莊忽然傳說出新聞來，在那叢林中，被野狗扒出半截死人大腿，竟是新死的人，肉還不曾腐爛。村中紛紛議論，發出好些謠言。鐵蓮子心中明白，衝楊華直笑。楊華說：「這怎麼辦，只怕驚動了官府！」鐵蓮子道：「你們這裡究竟是村莊，距離縣城遠，我想老百姓怕官，未必敢多事。地保知道了沒有？」答道：「大概還不知道。」

鐵蓮子低頭思索了一回，密囑楊華，去到鄉團探聽口氣，設法彌縫。耗到夜間，鐵蓮子一個人也沒告訴，偷偷換上夜行衣，蒙上面孔，掩起長髯，悄悄跑到林中，尋了那條大腿，用刀割去殘肉，只剩白骨，重新移到別處，深深挖坑，妥慎掩埋。等到第二天，地保聞信往驗，片骨無存了。可是謠言依然傳播，那徐、蔡兩位鄉團武師多少有點疑心，但也不肯多口。

這事歷久沒人究問，到底隱祕下去了。鐵蓮子卻起了另一種戒心，自以為此事辦得粗疏一點，怕累及婿家，又想謠言既出，那個賀玉虎又已放走，官人既不究，還怕賊黨尋仇再來。他想起了當年自己與岳陽十兄弟結仇，致令族弟夫婦慘死，他忐忑不寧起來。他既手刃七手施耀宗、八叉施耀先兄弟，又用鐵蓮子打傷賀玉虎。施氏弟兄還有同門同夥，賀玉虎這傢伙也不善，他一天不死，一天也對李映霞不死心，那麼今後防患之計，不可不特加謹慎。

鐵蓮子柳兆鴻為人剛決，既已慮到，立即趕辦。他發了幾封密信，一封給掌門大弟子鎮江魯鎮雄，略述此事，教他從徒孫白鶴鄭捷、羅善林、柴本棟、嚴天祿數人中，酌擇一兩人，遣來永城，明為替師祖效勞，兼修技藝，暗中代為跑腿防盜。

其餘的密信，便是分致武林朋友，打聽已死的七手施耀宗兄弟的根底、門戶，尤其要根訊擎天玉虎賀錦濤逃亡的去向，和他近年常在哪裡活動，有什麼黨羽。總而言之，為防賊黨續來擾害，柳老一面要設防，一面要追緝賊蹤。

未到半月，大弟子魯鎮雄親率兩個門人白鶴鄭捷、羅善林來了。師徒見面，只說是販貨路過，當日在楊宅開筵，至晚師徒密談。魯鎮雄自告奮勇，要替師尋訪玉虎。柳老笑說：「你本是鎮江紳商，你哪有工夫幹這個？還是留下鄭捷、羅善林兩個孩子吧！」

鐵蓮子堅辭大弟子，師徒在趙望莊盤桓旬日，大弟子魯鎮雄到底回去了。鄭捷和羅善林兩個少年便在楊府做了閒居的清客，暗中實替楊府護院。鐵蓮子仍自不斷託人，打聽賀玉虎的下落。

轉瞬過了兩個多月，趙望莊附近非常安靜，狗啃死人大腿的話也沒人提起來了。莊內外再沒有眼生的人出現，鐵蓮子心中只剩下淡淡的掛慮。可是夜間戒備仍嚴，晝間也很留意。二少奶奶柳葉青的產期將近，鐵蓮子原打算等女兒生產之後，再行出遊，現在只是各處聽信罷了。柳老前後很託了些人，至今還沒有打聽到賀玉虎蹤跡，猜想著他已吃了大虧，遠遁他鄉了，但是柳老仍不放鬆。

又過了好些天，淮陰名武師解長楓派急足送來密信說，那個擎天玉虎賀錦濤的師叔——飛猴陳海揚，要邀人替師姪賀玉虎找場，跟鐵蓮子決鬥。陳海揚竟找到解長楓的盟兄，這盟兄無意中閒談，講到此事，問解長楓：這兩湖大俠鐵蓮子怎麼跑到河南去了？又怎麼跟飛猴陳結了怨？他卻不知道解長楓跟鐵蓮子的友誼很深。恰好有別位武林朋友替柳老尋訪玉虎，也找到解長楓。兩下里的消息一湊，解長楓便把此事寫了書信，趕快地報知鐵蓮子。

鐵蓮子披書大怒：「這飛猴陳海揚竟這麼不是人物！我刀下留情，饒了他狗命一條；他反而不要面子，不識趣。哈哈，做飛賊的沒有一個好東西，我不要等他，我先找他去。」

柳老這樣說了，要出門，又遲疑，當下又發了幾封信。這時候鬧賊的事終於瞞不住，已被柳葉青知道了。她向楊華盤詰，楊華不肯告訴她，先加否認，後又勸解：「你正在懷著孕，打聽這些事做什麼？你又是新婦，你難道真曉得鬧賊，還要讓你親自追究去不成？」柳葉青又去詢問她父親鐵蓮子，鐵蓮子倒申斥她一頓說：「決計沒有這事，就鬧賊，我怎能不告訴你？

你要守住少奶奶的規矩，不要管鬧賊不鬧賊。」然而她到底把李映霞邀到一旁，像逼口供似的，一而再、再而三，誘問出真情來。李映霞是寧願得罪別人，也不肯違拗了這個義姐的意思的。

於是乎柳葉青轉向夫婿磨煩，又向父親抱怨，說：「賊來了，你們全瞞著我。倘或我三不知，疏於防備，教賊害了呢？」

柳老說道：「你不要胡說，有這些人在這裡，怎能教你受人暗算？你別忘了你現在的身分，你更要注意胎教，你再不要過問這些事吧。」楊華也說：「我們不是瞞你，實在因為你是重身子，知道了這些事，乾著急，又不能管，心裡頭豈不更憋得慌？」柳葉青嘟嘟囔囔，在背後吵了一陣，好在賊人死的死，逃的逃，到底丟開了。

不料過不了幾天，鐵蓮子忽又在夜間拿住了一個年輕飛賊。當時不肯殺戮，經恩威並用，嚴加拷問，才知道這賊是在江湖上聽人傳說，有一把寒光寶劍落在趙望莊楊宅，他是特來盜寶竊劍。鐵蓮子根據這話的來源，飛賊說是聽江北綠林同道某某人傳說的。鐵蓮子大為驚訝，推想這話既已傳遍江北，一定暗中有人散播流言。那麼造謠的人是誰呢？是賀玉虎？還是獅林三鳥？還是旁人？柳老前經煩人祕訪獅林群鳥的去向，據說群鳥仍在尋找峨眉七雄復仇，已然聯翩入川。那麼這話一定是賀玉虎之流傳播出來的了。

鐵蓮子對這飛賊很使了一點手腕，又說出自己的名頭來，然後將他放走。賊人千恩萬謝，自承冒昧，立即鼠竄而去。

賊走關門，鐵蓮子心中打了鼓，說道：「不成，我還得找這陳海揚、賀玉虎去，像這種鬧法，姑爺有擔待，親家豈不害怕？這件事必須趕緊做個了斷。」柳老想定主意，立即打點動身尋賊。玉幡桿楊華忙勸說挽留：「你老人家何必忙在一時？

等過些日子，也還不遲。」鐵蓮子連連搖頭道：「不然，不然，我不願招引了許多江湖飛賊到你們趙望莊來。上次鬧事，我就過意不去，怕嚇著親家母；親家母關礙著親戚的面子，不肯說一個不字，我心上到底不安。」楊華便說：「青妹產期在即，岳父不拘如何，也等她產後滿了月再走。」柳老笑道：「我正是為了這一點，更是心急，恨不得立刻把病除治了。在這裡傻等，未免不上算，我還是迎上了去，不要教賊找我，我還是先找賊。要不然，我也就不成其為賊魔了。」

鐵蓮子說走就走，他還不放心家裡，此行只帶徒孫羅善林，做個跑腿踩盤子小夥計。白鶴鄭捷手下比較有兩招，心路也快，便仍留在楊宅上，替他護院。柳老叮嚀了楊、柳夫婦許多話，說：「你們仍要留心別個盜劍的賊！」把李映霞也交派了一番，教她：「自己練習袖箭、飛鏢之外，弩弓和弓箭都可以練。雖然臂上無力，開弓不成，弩弓是可以打得的，而且你已經打得不壞了。你在拳腳刀劍上太不行，袖箭、飛鏢都使不上，倒是弩弓可以及遠。」安排了一陣，跨上征鞍，和徒孫羅善林徑訪淮南。

智者千慮，必有一失。鐵蓮子這一回上當了，正中了賊人調虎離山之計。

他這裡剛剛沿路尋訪，打聽到淮南；那擎天玉虎賀錦濤便捲土重來，從夾縫裡又襲到趙望莊楊宅。

這時候，柳葉青跟李映霞感情漸趨融洽。一者是李映霞會哄，二者是處在楊家，上有婆母，旁有長嫂的環境中，受大家閨範的感格，柳葉青漸漸斂去野性，變成尋常少婦。楊華又能小心避嫌，李映霞更處處檢點，柳葉青自然沒有醋意了，感情當然好轉。

柳老走後，精舍只剩李映霞一人，楊大娘子代向婆母稟告，把李映霞仍遷到上房與楊太夫人同住。這時柳葉青每覺身體不甚愉快，又嫌煩悶；李映霞習箭之暇，偷空到上房陪楊太夫人閒談，無形中常常減輕柳葉青做兒媳的重負。李映霞更曲意承歡，若楊華不在內宅，便偷來給柳葉青解悶，或幫忙做活。兩個人居然日久天長，有說有笑了。等到產期迫近，柳葉青的雙腿有些浮腫，尤其是氣息濁重，很覺憋得難受。李映霞見她這樣，竟像婢女似的，天天偷空來服侍她。宅中有事，她又搶在頭裡，替柳葉青代辦。人心總是肉長的，柳葉青胸中自然有數，倒有些憐惜李映霞了。

這一日，柳葉青忽然「覺病」，楊太夫人立刻親自過來問長問短，請好收生婆，趕緊預備起來。侍候了兩天，在第二夜子正二刻，楊家二少奶奶——江東女俠柳葉青，頭胎生了個小女孩。雖然是女娃，楊府上很久很久沒有小孩了，楊太夫人盼孫盼紅了眼，便是弄瓦不及弄璋，所幸產婦母女安全。既然開花，不難結果，楊府上下仍然很喜歡，道喜，互賀，笑成一片。倒是柳葉青本人有點不痛快。

楊太夫人親莅產房，慰問產婦，審視胎兒，笑得老眼瞇成一線，以為這孩子面龐很像她娘，眉眼很像她爹，也就是很像她爺爺。楊太夫人立刻往親友家送紅蛋，「洗三」這天，大治家筵，懸燈結綵熱鬧起來。玉幡桿楊華躲到外書房，也自欣然。

柳葉青是玩刀劍的手，如今乳育嬰孩，當然不在行。楊太夫人嘴碎得很，再三叮嚀小心，尿布要清潔常換，襁褓要暖，做娘的睡覺要靈醒，不要壓了小孩。尤其是母親的手臂，摟著孩子睡，千萬不要按著小孩的胸口。寡嫂對這弟婦也發出許多媽媽論。柳葉青耐心地聽，只有喏喏地答應著。

產婦須過十二天，方許下地。楊府過於謹慎，要柳葉青過了滿月，才許下床，仍不能出屋。柳葉青被拘得很難過，也無法。這小女孩又好哭，人抱著才好。太夫人雖給雇了乳娘，仍願柳葉青親自哺乳。因為討厭哭，眾人不知不覺把小孩慣得身不能沾床，總得抱著拍著，一放下就醒，醒了就哭。

柳葉青在產房也和尋常婦女一般，擁被坐在床頭，飲食起居全不准腳落地。凡產婦臨褥，下體骨縫齊開，渾身無力。柳葉青身體強健，三天後體氣未復，精神已覺清爽，像這樣囚居床頭，除了坐，就是臥，覺得肢體麻痺難過。她勉強對付到四五天頭上，白天不敢下地，怕婆婆、嫂嫂嘮叨；一入夜，便悄悄下地，走動起來。柳葉青果然覺得下體無力，軟弱得厲害，腳像踩了棉花。

這一來，婆母楊太夫人立刻發覺。那個乳娘攔阻不住，偷偷報告了。這乳娘原是楊府的使女，嫁給佃戶的。楊太夫人聽了很不放心，怕產婦受了風，竟到產房，把柳葉青數說一頓：「你再不聽話，我要過來陪你睡覺了，我要自己來看著你。」說得柳葉青只笑，矢口不認曾經下地。

楊太夫人倒也喜歡柳葉青的嬌憨，直拿她當女兒看。可是夫婦還家以來，她很快地看出柳葉青好自作聰明，不聽人勸。

現在，她便命奶娘、使女多加小心，決計不許產婦下地，又命寡媳楊大娘子常來查看，又命李映霞也常過來。楊太夫人對柳葉青說：「我知道你是生龍活虎的一個人，把你拘在床上，你悶得慌。我常教她們來，給你解悶。」又說：「你女婿也不必老在書房躲著，我教他白天常來著點。我不放心的就是晚上，小孩胎骨骼太嫩，你要悠著點勁，好孩子你聽點話吧！」

李映霞不時過來，忙前忙後，照應義姐。她似乎比誰都喜歡小孩，小孩臥在襁褓中，她偎在一邊，愛不忍釋地看小孩的小臉蛋，而且讚不絕口地說：「青姐，你看，小姪女的小眼睛怎的這樣清澈？她好像認出人來似的，真是小寶寶！」她這樣盛讚小孩，人們以為她不脫女孩兒氣；她卻是頗有深心，無非是哄得這初為人母的柳葉青的歡心罷了。柳葉青愛聽這個，她就說這個；柳葉青盼望男孩，對這女孩感覺美中不足，她就做出極端的愛撫來，期使柳葉青忘掉這美中的不足。

女眷們在內宅是這樣撫弄女嬰，玉幡桿楊華在外書房和師姪白鶴鄭捷閒扯，也不斷講究這個小女孩。鄭捷向師叔楊華說笑話：「師叔，師姑今天喜獲愛女，可以由你們老兩口子老早老早地把家傳武學教給我這個小師妹。再請映霞姑姑和大嬸娘老早老早地教給她讀書寫字，針黹活計。將來在十幾年後，出現一個小小柳葉青，再有映霞姑姑的蘊藉風流，那時候師叔就變成第二個鐵蓮子了。」

這些話無非是逗笑，玉幡桿楊華也只笑著聽聽罷了。卻在柳葉青還未過十二天的時候，忽有永城縣的一家紳士派專人持柬帖，來找二老爺楊敬慈赴筵。乃是當地兩家地主，為了地畝的事起了訟爭，由本城紳士出頭調停息訟，因這塊土地恰與楊府的田地為鄰，調解人便邀楊二爺出面。這種事已經麻煩許多天了，楊敬慈不願管，又不能謝絕。這天實在情不可卻，他又有點小不舒服，便把楊華教了去，意思要楊華替他到場。

楊華不過是替叔父出席面，吃講茶，做個四鄰見證罷了。

他自然答應下了，於是回宅稟報母親，囑咐了妻子，又關照了白鶴鄭捷，換了衣服，帶一個家僕，騎馬進城。大約須在城中住一夜，第二天便可以回來了。

這是很尋常的事，也是鄉間常有的事。楊華袍套靴帽地騎上了馬，循大路走到城廟，忽遇見熟人，叫了一聲：「楊二爺，進城辦事嗎？」這是個商人，還是楊府的舊夥友，現在領了東，當了掌櫃。楊華趕緊下馬，在街頭對談。商人一定要邀楊華先到他櫃上坐坐，楊華不肯，被這人生扯硬拖給揪了去。

就在這撕撕擄擄的時候，楊華看見兩個行路人迎面走來，驀地對了臉，其中一人把頭扭過去，把帽子往下扯了扯。這舉動未免離奇。

楊華心中一動，連忙側首凝眸，正待細看，不料那商人扯住了楊華的手，一個勁兒地強拖，拖到鋪內後櫃去了。楊華僅僅的一瞥，看出這兩個人氣度赳赳，不似常人。

那商人把楊華邀進去，先給楊華道賀生女，又說了許多恭維話，隨後談到生意上，說是近來銀根吃緊，本錢單薄，盼望楊二爺加入一股。說完了話，又堅留楊華便飯，好不容易楊華才掙脫出來，去到那紳士家喫茶。

可是楊華上馬下馬，竟發覺自己身後似乎有人暗綴。稍一留神，那暗綴的人又落後了，躲開了，到底難以斷定：是無意踵隨，還是有心潛綴。

玉幡桿心上很不寧貼，搖頭默想：自從寒光劍奪回來，自從愛妻與岳父同歸到家，好似燒香引鬼，把綠林人物招來了兩撥，也有仇家，也有覬覦寶劍之賊。這真是太那個了！玉幡桿心中便很懊悔。若是在平時遇見這種事，他未必遽起戒心；現在可不然了，隱患已萌，如妖魔附影隨形，他張目四顧，哼了一聲，趕緊下馬，密囑侍僕數語，自己一徑進入紳士宅。侍僕把馬交給紳士家的司閽，立刻反綴下去了。

紳士把楊華迎入客廳，客廳中已聚了許多人。楊華跟他們周旋了一會兒。那侍僕翻回來密報，楊華點點頭，命侍僕再出去留神。宅主人見狀問故，楊華用別的話掩飾了。當時客廳很熱鬧，這些紳士們早已將這打官司的兩邊開解好了。現在不過是杯酒言歡，給雙方拉和見面。在座的人都拋卻地畝之爭的話不提，扯開了講些歌樓風月，宦場風波，以及某紳的豪賭，某紳的納妾，某某官的升遷，某某商的賠賺。總而言之，言不及義，義在其中，勸架息訟也算是義舉啊！可是吃虧的當然還是那無門無勢的人。

長袍馬褂，短鬚蒼髯，七言八語，客廳紛呶成一片。把這息訟的事結束完了，然後就開筵，賓主同歡，吃酒吃飯，圓桌面一共擺了四張，猜拳行令，鬧起酒來，直到起更未散。其中有人提倡做長夜飲，又有幾個賭鬼要湊著耍錢。玉幡桿楊華仍派那侍僕在外面留神，雖未能盯準，卻又覺出可疑，那兩個人，其中的一個竟到那個與楊華熟識的店鋪打聽櫃上：「剛才那個騎馬的先生是不是趙望莊的楊大爺？」玉幡桿心中越發不舒服起來，在這酒筵間本來嫌吵，坐立不寧，現在簡直耐不住了，便起身告辭，立刻被宅主人和別的紳士紛紛挽留，要他在城中多盤桓幾天。楊華峻拒再三，又麻煩了半個時辰，方得脫身，及至出門上馬，攜僕出城，城門都關上了，只是還沒上鎖。

玉幡桿叫開城門，馳出城廂，往趙望莊緊走。趙望莊距縣城足有二十四五里的路程。宵行不及晝行穩，來時按轡款段而行，走了一個時辰；回時緊趕，也耗費了一個多時辰。直等到將近子夜，方抵家門，可就家中鬧出大亂來了！

賊黨已然乘虛大舉，襲入楊宅！

鐵蓮子柳兆鴻既已親訪淮南，玉幡杆楊華又臨時截在趙望莊以外，楊府上只剩了代師門護院的白鶴鄭捷一人，柳葉青又當產後不足十二天，這就授賊以隙。賊人伺機要來暗算楊、柳，第一奪劍，第二奪人，賀玉虎始終不能忘情於李映霞小姐；第三便是要戕害產婦柳葉青，用以打擊鐵蓮子和玉幡杆。

他們已知鐵蓮子南下了，他們已然沒有什麼顧忌，只顧忌著玉幡杆楊華的連珠彈，他們已然備了抵禦連珠彈的器械。如今天賜其便，柳老不在，玉幡杆楊華出去有應酬，他們繞莊院三匝，勘清了路線，聽了聽動靜，於是乎一擁而入，登高上房，撲入楊宅。

他們曉得楊宅有行家，他們在白天未敢來窺探，好在由賀玉虎領頭，他前次已訪查清楚了，現在不過給同黨指點指點。

他們來了六個人，擎天玉虎賀錦濤以下，有著巨賊羅永安、銀蝶陳源、費晉榮、穿雲箭遲明友、遲明倫。

這其間銀蝶陳源武功甚高，正當壯年，此行是志在獲得青鏑寒光劍。穿雲箭遲明友、遲明倫弟兄，跟七手施耀宗、八叉施耀先，乃是中表之親，為了報仇而來。那個費晉榮是擎天玉虎的好朋友，為了給朋友找場才出頭的，卻有點不知利害。其中獨有巨賊羅永安跟鐵蓮子柳葉青父女有著十年的舊怨。他乃是岳陽十兄弟的黨羽，曾被鐵蓮子打了一暗器，當時嚇跑了。

嗣後狹路相逢，又和初闖江湖的柳葉青動手，被柳葉青刺了一劍。他負痛遁去，矢志復仇，曾經摒除他事，專心若練五六年，自覺手中雙鐧，囊中甩手箭，已然可操必勝之境，正在祕訪柳葉青的下落，要報復那一劍之仇。可是他還復自念，論膂力，論技功，足可戰勝江東女俠，江東女俠畢竟是個女人。

他卻顧慮到鐵蓮子的難惹，當日鐵蓮子以一口刀縱殺岳陽十兄弟時，他曾經目睹，實在手法快得驚人。如今已隔十多年，到底鐵蓮子是衰老不堪了，抑或武功並未退板，這必須訪問明白，方好下手。他自恃人在中年，要多耗過幾載，再一舉發動復仇，把柳氏父女全殺了，方吐積年之忿。他一切打算十分謹慎，不料他就遇上了賀玉虎，給賀玉虎一再慫恿：「現在復仇正是機會，柳葉青生了小孩，鐵蓮子出了遠門，千載難逢的機會，簡直是老天保佑大哥報仇解恨！」再三地促勸，羅永安不禁動念。他是抱著不發則已，一發必勝的信念而來的。

當下，先由擎天玉虎賀錦濤指示了進路，銀蝶陳源和遲明友、遲明倫三人做一路，從後院襲入；賀玉虎和羅永安做一路，繞從跨院襲入。賀玉虎的好友費晉榮持刀巡風，也上了房，一面注視院裡，一面關顧院外。

賀玉虎路途熟，很快地撲到跨院，跨院好像空虛無人。賀玉虎從房頂下望，全院漆黑；試投石問路，也寂然無聲。他便向羅永安一招手，輕輕跳下平地，如飛撲奔西廂房。西廂房是李映霞的舊住處，賀玉虎竟會探出來了。可是他沒料到鐵蓮子剛走，李映霞便遷到正院上房。他還是小心戒備，各處尋看。

羅永安此刻猴似的伏在房脊上，見賀玉虎繞院尋視，本宅宅主沒有出來人，便也騰身下躥，來到平地。

兩個人心意不一樣，賀玉虎是找李映霞，羅永安是找柳葉青。羅永安剛剛跳了下來，忽聽正院有狗吠之聲，才一嚎叫，旋即聲沉。他便愕然卻步，嗖地躥到暗影中，賀玉虎忍不住回頭一瞥，一狠心，奮勇撥開西廂房的門，很快地衝入屋內。他把火摺一晃，照清四壁，知道撲了空，李小姐不在屋內。他立刻撤身出來，向羅永安一點手，兩人雙雙撲奔精舍。二人也把精舍門弄開，匆匆鑽進去，又匆匆地退出來。這裡面也是空空無人。

忽聽見正院內有大響動，二人火速地循牆貼壁，走角門，往正院窺探。

這時候，賀羅是由跨院，奔正院，銀蝶陳源和遲氏弟兄正勘完正院奔後院，投下來一個饅頭，止住了狗叫。銀蝶陳源一個人如箭似的，首從房頂現身，似看清跨院空場擺著的刀槍架，便伏身一躍下地，搶到精舍。精舍門已開，銀蝶陳源挺刀搶進精舍。他不知同伴已然來過，也把火摺一晃，照見四壁。

桌上恰有一盞燈，公然點亮了燈，他就張目四顧，各處一搜，突然看見了板壁幔帳掛得稀奇，便撩開幔帳，發現壁上的掛劍。他咦了一聲：「尋劍這麼容易嗎？」轉身一看，遲明友、遲明倫沒有跟來。他就凝眸驗看，一探身，把劍扯下來，立刻銅鏈曳銅鈴，嘩啷啷一陣響。銀蝶陳源不禁吃驚，正要取鞘抽劍，驗看是否為寒光寶劍，忽然唰的一聲，木壁後突然發出一支暗箭。銀蝶陳源功夫精熟，立刻一側身，讓過了暗箭，這才知道有埋伏。他就百忙中把手中刀狠狠一削，切斷了劍上的銅鏈，獲得了壁上的掛劍，霍然倒退，闖出精舍，如飛地跳到院隅，如飛的躥上牆頭，恰瞥見房脊那邊的二遲。他就低哨一聲，通知二遲：「得手了，宅中人靈了！」如飛的翻牆而去。

銀蝶陳源得寶變心，拋下了同伴，隻身出離楊宅。

遲明友、遲明倫正在房脊上蛇行而進，見狀大疑。遲明倫眼尖，突然猜出銀蝶陳源的舉動，向胞兄說：「不好，銀蝶兒得手了，他拿著寒光劍獨自個走了！」遲明友搖頭不信道：「哪有那事？」遲明倫要追問，遲明友攔住他，再三示意：「我們是來報仇的，寒光劍是一寶，哪有那麼容易得？我不信人才到，劍就到手。」兩人立起身來，往外窺看究竟，驟見巡風的費晉榮現身出來，似乎阻攔銀蝶陳源。不知怎麼一來，聽見一聲喊，銀蝶陳源像一條蛇似的往趙望莊飛躥；費晉榮竟跳下去，連打哨，也像蛇似的跟了下去，又像追了下去。二遲遙望莊外，懷疑同伴得寶忘義，稍加遲徊，回頭又瞥見精舍後，有一條人影，伏身繞內院。內院中傳出了人聲驚喊，犬聲亂吠，賀玉虎、羅永安似正與本宅的人交上手；遲氏弟兄為了復仇，便奮身而下，也奔了內院。

楊宅中，首先聽到動靜的是產婦柳葉青，首先迎出來的是護院白鶴鄭捷。

當門一箭回天療妒

產婦柳葉青正因為產後氣血虧，白晝睡得多，夜間便靈醒；而且乳嬰夜啼，做母親的自然睡得不沉。她剛剛地給乳嬰吃過奶，忽聽村犬夜吠，漸來漸近；忽又聽什麼地方啪嗒一下，很像投石問路，她不覺欠身擁被坐起；忽又聽見家犬一叫便住，屋頂上簌簌墜塵。她霍然聳動，屋中本來點著燈，她趕緊一口吹滅。幸而身上穿著小衣，她悄悄摸黑下地，取腰巾束緊了腰，在地上一走，覺得骨軟筋酥，氣力單虛。她慌忙扯起被單，撕成兩片，兜襠繫緊，又抓了一塊布，把亂發包好，來不及換鞋，就穿著睡鞋，摸摸索索，潛開箱櫃，找出那把珍藏的青鏑寒光劍。

她又找，黑影中東抓一把，西抓一把，要找暗器囊，竟沒有尋著。她分明聽出外面來了強人，她胸中結計著上房的婆母，既恐怕嚇著了婆母，又擔心落埋怨：「新娘子進家，招來了強盜。」偏偏丈夫楊華又沒在家，白鶴鄭捷又住在跨院裡。歹人不知來了多少，多半是來尋仇，她居然喘吁吁，有些失措。

但她立刻想到一個辦法，她應該往上房走，她應該把嬰孩交給婆母，然後自己出去仗劍殺賊。

她又怕看走了眼，弄個虛驚虛詐，婆母豈不要看不起自己和自己的父親？「真是女俠客，無緣無故，半夜鬧賊！」

事實上竟用不著她過慮，此時賊人已然降落平地，先後有兩個。她又不禁著急，遲了一步，不能攔女奔往上房。她隔窗外窺，看清賊蹤：「哦，這邊一個，那邊一個！」她亟欲仗劍出外迎敵，又怕賊人分開來，戕害她的小孩，戕害她的婆母。

她不禁著急，不知怎麼一來，床上的小孩哭起來了。她頓足道：「糟！」忙轉身奔床。突然聽見院中有人大喊：「好賊，看箭！」同時破窗打進來一物，乃是白鶴鄭捷示警的一粒鐵蓮子。由上扇窗直打進來，擊碎了屋中陳設。

「哦，白鶴鄭捷驚動起來了，好了。」

柳葉青急急地又不管小孩，再隔窗外窺。兩個賊和鄭捷交了手。她暗怨鄭捷不該出來迎敵，應該潛伏，施放暗箭。柳葉青再不曉得鄭捷未嘗不想潛攻，無奈形勢已非，有點辦不到，鄭捷竟被賊人搜尋出來，迫近動手了。

柳葉青一咬牙，就床頭抱起小孩，用襁褓一包，連頭臉都蒙上，左手挾兒，右手提劍，火速地開了屋門，走穿廊，奔上房。

走的正是時候，也正不是時候。兩個賊夾攻鄭捷，團團亂轉。鄭捷要呼警，又不敢呼，揮動兵刃，啞聲拚命。他還不知賊人來了究有多少，只知道不算少。柳葉青趁此夾縫，貼遊廊伏腰，很快地撲到了正房門口，努力用肩一扛。咔嚓一聲，門已離槽。賊人口哨哧哧怪響，黑影中倏又撲來兩個賊。賀玉虎、羅永安、遲明友、遲明倫，先後已有四個賊現身。人未到，暗器先發；暗器已發未到，人又揮刃撲來，奔柳葉青背後猛剁。

柳葉青剛撞開門縫，暗器掠風直達上盤，她就一閃身，僅僅躲過，情不由己，失聲驚叫：「娘，開門，接孩子！」下邊「賊來了」三個字沒有喊出，隔門縫探出來兩隻手，將孩子一把抓抱進去，卻咕咚一聲，孩子大號，人似跌倒。就在跌倒聲中，屋內依然喘吁吁低聲疾呼：「青姐姐快進來！」進卻來不及了，又一陣銳風撲到，柳葉青驚慌萬狀。當年的英風鬥志全無，當年的武功劍術僅在——喘不成聲，百忙中耳聽八方，趕緊地一扭腰，翻手掄劍，往後唰的一掃。

這卻是寶劍救命，力大招猛，嗆得一聲嘯響，背後遞過來的敵人刀驟被削折一截。柳葉青就手轉身一送，抵面迎敵，這劍青瑩瑩閃出寒光，直刺敵人胸膛。賊人很了得，招很快，並不慌張，哼一聲，霍地退步，把半截刀往下一磕，又噌地一響，斷刀又斷了一截，命卻保住。賊人倒跳出一兩丈，已然躥下正房臺階，連呼：「風緊，青子扎手，快圍上！寒光劍在這裡，這就是柳葉青！」

柳葉青剛剛出了一口氣，可是第二賊又到。剛才折斷兵器的乃是遲明倫，第二賊乃是遲明友。遲明友有了防備，猱身繼上，避實就虛地和柳葉青動手。柳葉青無法退避，也不能退躲，就據住正房臺階，運用寒光劍不使賊人往上搶。臺階也有二三尺高，居高臨下，十分得勢。遲明友猛搶兩三次，刀法迅捷，疾如電火，若不是寒光劍，柳葉青已然扼不住。就這樣，產後的柳葉青已覺夜風砭骨，汗毛孔發扎，牙齒錯錯打戰，影響到心神，便覺氣餒勢絀。

尤其糟的乃是白鶴鄭捷，他一二十歲未成學的少年，在那邊驟敵賀玉虎、羅永安兩個巨盜，好比乳虎鬥雙狼。本來可以潛伏暗隅，發冷箭護宅，他竟被羅永安擠出來。賀玉虎的武功本已勝過白鶴，羅永安更是有名的辣手、好手。兩個人圍攻一個，白鶴鄭捷連逢險招。

當此時，楊宅雞鳴犬吠，孩子哭，亂成一團，可是四鄰一點也不知道。

羅、賀二人攻打白鶴，遲明友攻打柳葉青。遲明倫失去了刀，退到院中。他關心胞兄，拔出匕首來，用以防身，將暗器一件件打出來，遠攻柳葉青。這被賀玉虎聽到，看見，立刻退下來，把一雙鉤刀分出一柄，叫道：「接著！」拋給了遲明倫。

遲明倫立刻接刀揮刀，上前幫助胞兄，夾鬥柳葉青。

柳葉青渾身打寒戰，頭上冒虛汗，想不到來了這些賊。起初存心還不敢驚動婆母，可是她無心中早已喊出聲來，可是她現在還是啞打，她方寸大亂，亂了章法。寒光劍霍霍生風，竟不能再傷敵人的兵刃，敵人有了戒備，不跟她對刃。遲明倫鉤刀一到，兩個人攻打她；她奮力應戰，劍招足可應付，心氣竟頹敗到無以復加。她實在害怕，父親不在家，丈夫也不在家，賊來了許多，自覺立於必敗之地。這一定是仇家乘隙而來，一定是看準了虛實，估量了力量，才肯捲土重來。賊人一定有恃無恐，她心生恐怖，影響了奮擊無前的氣概。她連忙喊：「鄭捷，鄭捷，快過來，護住這邊！」她平素動手，必挑戰罵賊，現在是新媳婦，有許多忌諱，然而忍不住，終於又喊：「好賊，你們是幹什麼的？我叫鄉團全殺死你們！」

此時賊人已然看出本宅空虛，已然叫明來意：「柳葉青，快獻出寒光劍來，饒你性命！獅林觀的寶劍，你們不配！」「玉幡桿，鐵蓮子，拿首級來！」「李映霞快出來，賀玉虎找你來了！李映霞，還不快跟我走！」

賊人叫，柳葉青忍不住喊：「快拿賊！大嫂子，快敲響器！楊升、楊保柱，還不快出來，快請二爺，快快去叫鄉團拿賊！」

連聲叱吒，寶劍不住手揮動，恨不得鄭捷立刻躥過來，兩人合力，較易禦敵。白鶴鄭捷被兩個強賊圍住，拚命往外挪，也恨不得撲到正房，與柳葉青背對背互相掩護，扼住上房門，便可耗時待援。

賊人不容他們得手，四個賊把他們圈在兩處。柳葉青自知難以持久，提一口氣，咬牙把劍路一領，急三招，連連猛攻，唰的一劍，遲明友驟然後退，惡罵了一聲，似乎負傷，但只停一停，重掩上來，似乎傷不重，很快地裹好傷再上。借這一緩，柳葉青又狠命一衝，衝退了遲明倫，奮身而下，呼喊鄭捷快來。

白鶴鄭捷的動作竟未能跟女俠呼應，賀玉虎、羅永安武功太強。鄭捷且鬥且留神，見柳葉青得手，便也猛力一衝，奮身撲湊過來。卻不知這敵人太辣，故意給他一松，等到他挺劍開路，伏身往外猛掙，羅永安、賀玉虎雙雙地襲擊他的後背。一個跳起來掄刀，一個揚起手來甩箭。鄭捷提神防備，才覺出後面銳風，便回手打出一暗器，喝道：「看彈！」掌中劍往外一掃。到底雙拳不敵四手，上了賊人的當，賊人遠攻近取一齊到。虧他身法快，躲開了一刀，仍沒躲開兩箭，「嗤」的一下，一支甩手箭釘在右腿上，正是勉強衝出了重圍，終不免負了重傷。羅永安刀風迅猛，狠狠再撲來。白鶴鄭捷志在奪路，不敢強架，夾縫裡奮力連躍，幸得搶上正房迴廊，又中了一石子，慌忙跳過回欄，已到檐下。為防身子撞到窗壁上，鄭捷將身極力一橫，頓時搖搖欲倒；為怕中箭的右腿碰著地，急將身一歪，於是一個收不住，整個地栽倒地上，恰跌在迴廊欄杆以內，在房窗根下，到底觸著傷處，甩手箭陷入腿胯很深。

二賊唰的追來，情勢危迫，柳葉青大驚，猛一聲叱：「呔！」女俠雌威陡然發動，奮不顧身，翻轉來如飛搶救；寒光劍閃閃吐寒光，唰的一下，賀玉虎的鉤刀恰正趕到，往下猛扎，磕得火星亂冒，劍刃磕刀鋒，刀被砍傷一大缺口。賀玉虎大駭，柳葉青就手一挑，劍往玉虎嗉喉橫抹過去。賀玉虎百忙中，一個鐵板橋的功夫，讓開劍鋒，只一扭一躥，整個身子如箭般橫射出去。賀玉虎躲開了急襲，群賊攢至，柳葉青哪有工夫追擊，急忙旋身將劍一掠。賊人一齊驚喊：「留神寶劍，留神寶劍！」果然遲明友、遲明倫先後攻到。柳葉青急忙招架，這一劍到得正好，逼得二遲倏然凝身收刀。最厲害的羅永安卻又遞上來一刀，猛刺女俠後背。柳葉青看出賊人丁字形，要把自己圈住。她很快地防到這一步，猛還劍收招，轉照羅永安一削，羅永安霍地收刀。柳葉青又急急旋身，衝二遲一撲，偷空要重新跳上臺階，居高臨下，可以拒賊，可救鄭捷。賊人早分兩側追搶臺階，要截柳葉青的退路。受驚後的賀玉虎大罵著，第一個跳上來。

一搶一救，一退一兜，間不容髮。白鶴鄭捷幸脫性命，已然坐起，右腿濺血，疼不可忍，箭仍插在肉內，未遑往外拔。

柳葉青教四個賊攢攻，十分危殆。白鶴鄭捷喊了一聲，想站起來助護師姑已不能夠，一陣焦急遽痛，靠在明柱後，失聲怪叫：「你們快來救。柳師姑吃緊了！」

柳葉青果然心慌意亂，東擋西殺，身似旋風亂轉，盡有天大本領，也不能隻身抗拒四賊。盡持寒光劍亂削敵刃，也明明無法退敵，賊人並不跟你碰刀。越纏戰，越危敗，勢將活活累死。白鶴鄭捷背倚明柱，一手持劍，厲聲急叫道：「快叫鄉團！師姑快上來，師叔還不快來！」盼望柳葉青搶上臺階，還希望自己縱難舉步，猶可以雙雙負隅，緊堵正房門硬拚。殊不知這一叫，提醒了賊人，叫來了賊人。

擎天玉虎賀錦濤忽然跳出去，還以為他受了傷，退出鬥場。他卻是恍惚聽見廂房有動靜，要往廂房搜尋李映霞。他念念不忘的就是李映霞。他跳回欄，奔廂房。柳葉青、鄭捷剛剛一松心，羅永安猛來一撲，掄刀狠劈柳葉青。遲明倫突然斜身強進，驟砍柳葉青，卻又將身子一轉，猝然斜撲，刀鋒一繞，照白鶴鄭捷疾剁。鄭捷貼柱急急一避，刀砍著明柱。柳葉青揮劍擋了羅永安一下，趕忙往旁一跨，轉劍來救鄭捷。遲明友跟蹤又到，挺刃連削，夾擊柳葉青。一個湊手不及，柳葉青躲開遲明友，沒躲開二次揮刀的羅永安，哎呀一聲，負傷躥到鄭捷這一邊，立刻搖搖欲倒，一隻手扶住窗臺。於是羅永安大喜，賀玉虎又如飛從廂房奔出來，他踢門入西廂，沒有尋著心目中人，見狀大叫：「快搶正房！」

羅永安、賀玉虎雙雙上了臺階。柳葉青大駭，急忙趕一步喊道：「惡賊，看劍！」卻是禁不住打一個踉蹌，羅永安立刻就勢揮刃下剁。賀玉虎也早趕過來，奮力奪門，地踹了一腳。

突然正房門縫咯噔的一聲響，發出一支暗箭來。賀玉虎猝不及防，乘虛正往門口搶，全副精神旁註，已然側睨柳葉青，提防她的寶劍。他探頭剛窺門，聞聲急一閃，哎呀的怪叫，突然往後一退，肩頭上貼著脖頸中了深深的一箭。

「有埋伏！」

這一聲喊晚了，咯噔的又一下，羅永安的刀眼看斬到柳葉青的肩項上，相隔不及一尺。柳葉青一隻膝蓋跪在地上，掙命提劍往上一掠，叮噹一響，反把不得力，寒光寶劍脫手。羅永安反倒怪吼了一聲，驀地一栽，一隻暗箭直貫他的左腮，射掉一隻牙齒。柳葉青百忙中一挺身，跳起來搶劍。鄭捷忙掄劍斜砍羅永安，羅永安騰地跳出回欄，踉蹌撲到庭院。

遲明友、遲明倫又已雙雙乘危攻到，一齊來搶劍，不料咯噔的又一響，正房中女子嬌叱：「好賊，看箭！」一個人頭探出正房門縫，把手一比，二遲回頭急閃。柳葉青居然借此一阻，火速拾起了寒光劍，而且也嬌叱一聲：「好賊，看劍！」唰的連發數劍，錚地冒火星。遲明倫、遲明友霍然後退。

柳、鄭兩個負傷的人驟出意外，忽得暗箭急援，精神一振，連呼：「快發箭！」立刻緩開了手。鄭捷傷過重，下身不能動，咬牙提劍靠牆，在左邊扼住房門。柳葉青傷較輕，氣力不支，提劍靠牆，在右邊扼住房門。四個賊，三個負傷，大罵著不依不饒。這兩個仍來疾攻，那兩個趕緊裹傷，裹完傷，替換著仍來攻門，力不從心，攻勢頓緩。

攻勢盡緩，柳、鄭兩人傷痛力疲，也自抵擋不住，於是越鬥越危。柳、鄭很驚慌，賊人也驚慌，久不得手，誠恐來了救援。有心退走，又不甘心，巡風人並未示警。正在游移，救援終於來到。

從縣城跨馬如飛地奔回來玉幡桿楊華。

從鄉團又傳集來二三十名壯丁，兩個武師率領，鳴鑼吶喊，趕來捉賊。

鄉團壯丁圍繞楊府上鼓噪，是楊宅健僕楊保柱跳牆出去送信，把他們糾合來，未免一步來遲了。

玉幡桿楊華攜僕飛奔回家，潛伏村內的健僕楊升忙迎上去報警。玉幡桿楊華大驚，氣急敗壞，翻身下馬，甩掉了長袍，卻沒有兵刃，又沒有得意的彈弓，忙與鄉團打招呼，借了一把刀，又借了一把彈弓。

玉幡桿楊華與二武師率領鄉團，一方面由正面衝入楊宅大門，一方面由跨院抄入內宅。壯丁們有的搬梯上房，在房上大呼。玉幡桿楊華一股急怒，瘋鷹般的越牆而入，走壁飛櫓，在房上一眼瞥見了群賊聚攻正房，大罵惡賊，人未到，彈弓突發。

內外人聲鼎沸，聲勢大震，呼噪如雷。

群賊不禁擾動，還想刺殺柳葉青，擋不住玉幡桿的神彈，連珠彈如蝗如雹。賀玉虎大吼一聲，首先思退：「喂，風緊，扯活！」架住了羅永安，後退奪路。二暹兄弟也都負傷，互相掩護，也忙退竄。正門已然湧來壯丁，不知有多少。二暹忙叫：「往這邊出籠！」四個賊分兩股，火速地往前院街門撲，卻是虛一晃，唰的翻身，改趨後院，如飛翻牆逃走。

玉幡桿楊華以一手連珠彈，又得二武師眾多鄉勇之助，嚇退了賊人。玉幡桿顧不得追賊，跳到正房前一看，師姪浴血，愛妻喘不成聲。玉幡桿忙問：「怎麼樣？還有誰受傷？娘呢？」

匆匆一問一答，幸無他故，只受虛驚。玉幡桿頓足發狠，提弓忙去捉賊。柳葉青喘吁吁連聲招呼，他已奔出。

卻不料這彈弓不是他那彈弓，拉力太小，楊華奮力追賊，猛曳猛彈，竟呱的一聲響，被他曳斷了弓弦。賊已去遠，鄉團尚在鳴鑼挑燈追尋，二武師連喊：「楊二爺，快進宅看看去吧！」

玉幡桿楊華這才慌慌張張又往家中走。

這一番尋仇在玉幡桿河南故鄉謂之「打孽」。楊府上吃虧的是鐵蓮子已南下，而玉幡桿沒在家。

然而賊人也吃著虧。他們吃虧的是乘虛而入，本操勝算，殊不料銀蝶陳源忽然心貪寶劍，得了一個贗鼎，半途棄伴而走。又把個巡風的費晉榮也引得起疑心，跟蹤綴去。於是尋仇的賊少了一個能手，更失去巡風的人，以致本宅外面來了強援，他們還不知道。

雖然如此，雙方受傷。白鶴鄭捷失血太多，柳葉青產後力竭，賊退以後，兩個人全都動彈不得。尤其是柳葉青，產後氣虧，不比少壯的男子，她一望見丈夫發彈奔來援救，心一松，便呻吟一聲，頹然栽倒，再不能起來。直等到楊華抵面相問，她強自支持，回答了幾句話，便一陣陣暈眩，越發壓不住氣，終於昏厥過去了，倒臥在迴廊之後。

玉幡桿楊華揮汗如雨，繞宅一巡，二番撲奔正房。正房門已開，面無人色的李映霞提著一把匕首，袖著一筒神箭，搖搖曳曳地出來，已跪到柳葉青面前，抱著她的頭叫喚，一見楊華，不禁淚下，忙叫：「楊姐夫，快看看青姐姐，她不好了！」

「可是重傷了？」

「不曉得，準許是。好幾個賊毀她。」李映霞這樣回答。

「不是重傷，是累壞了。」鄭捷在迴廊後，靠左邊倚柱坐著回答，又說道：「師叔，我失血太多，恐怕一隻腿不中用了，你教人把我抬進屋吧。」

玉幡桿心神大亂，看一看愛妻，看一看李映霞，又看一看鄭捷，一跺腳道：「我這就搭。」先舉步進正房，看看老母。老母抱著嬰孩，抖做一團，在耳房藏著。他便放了心，忙加安慰，抽身出來，喚僕從，先把鄭捷抬到正房堂屋，然後又與李映霞把昏迷不醒的柳葉青抬到正房側寶床上。天色依然昏暗，點亮了燈，敷藥裹傷，趕緊救人。匆匆辦完了，才發現寡嫂和一個丫鬟藏在東廂房箱籠後面，已然軟癱在地上，幸而未被敵人發現。西廂房柳葉青的住處已被賊踢壞門扉，別處的門窗也有毀壞，幸而全宅沒有另外傷人，也沒丟失什麼要緊的東西，只在庭院發現了許多攤血。

鄉團直亂到天亮，把賊趕沒了影，一個賊也沒有追上。

玉幡桿楊華忙到鄉團道謝，既無人命，便以紳士的地位把這場事按壓下去。河南地方本來流行著仇殺打孽的風氣，鄉民們也就恬不為怪，所以落到最後，竟沒驚動當地官府。

卻把楊府上太夫人、孀居大少奶奶嚇病了好幾天。

外書房還躺著一個病人，便是白鶴鄭捷。大腿上失血雖多，幸未傷筋動骨，況又未甚苦戰，人又在壯年，經竭力調治，外皮的傷到底易治，不久就好了。

病得尤其危重的還是產後拒賊的二少奶奶柳葉青，當時雖然救醒，久經苦鬥，傷了元氣。產後只有十二天，骨縫未合，突擊力竭，下體竟淋血不止，一病累月未癒，而且哮喘，肋疼，一虛百虛，人似黃花瘦了。太夫人非常懊心，也沒有法，只得雇乳母，代哺女孩，延名醫加緊調治。仍因柳葉青抱慚自恨，覺得賊是衝她父女來的，心中害怕婆母嗔怪，精神上尤其不寧。多虧了寡嫂再三慰藉，李映霞巧言勸解，柳葉青方才安心，一意養病了，可是她心上又急躁得很。

楊太夫人賢明，頗識大體，深知這二兒媳的心理，也曾再三勸她。然而一家子最感激不過的還是寄居籬下的李映霞。

是李映霞冒險下地，隔門縫把小女孩接到正房，交給了楊太夫人。是李映霞隔窗窺敵，拿她那試習武技的袖箭、甩箭，比了又比，瞄了又瞄，在戰戰兢兢、十分害怕的心情下，冒險發箭，第一下射傷了賀玉虎的肩，第二下射傷了羅永安的腮。

把羅永安貫腮折齒，才救了柳葉青失劍跌倒的危難。並且她第一箭射中玉虎，又保護了正房，不致被賊衝入。以後她又發了幾箭，也有射中，也有不中，然而射中的全是時候，又很是地方。她乃是驟出不意，於相隔不及數尺的距離下，連傷二賊。

她自己冒著死，拼著命，所保全者這樣的大。就這樣感動了楊府全家。便是單劍護院的白鶴鄭捷在養傷榻上也感激不盡，他說道：「若不是霞姑娘這兩箭，我的性命早死在賊人刀下了。我們青師姑也是，人已然栽倒，劍也脫了手，霞姑娘竟敢從門隙探頭發箭，一下，兩下，把我們全救了。真是有膽量！有氣魄！師叔，您還沒見她嚇的那樣，她居然真行！真是膽小的救了膽大的，難為她才幾個月就學會了這一手好箭法。」

別個僕婦也有知道的，都人人稱奇。既誇二少奶奶的勇敢，是這樣產後揮劍，拒賊護院；又誇李映霞小姐的機智，人這麼嬌柔，膽這麼大：「你看比比畫畫，只一下，兩下，把賊傷了，救了我們二少奶奶，還救了鄭少爺。」這些下人們未必全看清剛才鬧賊，多半嚇得蒙頭憋氣，可是談起來，似乎人人全在場似的。於是大家歸美，眾口一詞，柳葉青心中自然也有了數。

柳葉青當然比他們下人們的傳說更看得清。她是身臨其境，很曉得李映霞接救了她的小女孩，又哆嗦嗦，乍膽發箭，救了她自己一命。柳葉青生本多情，怎能不感動？李映霞更做得好，絕口不自誇功，反而殷殷勤勤，來給柳葉青侍疾，並且悄聲說：「若不是青姐姐犯難出來，我們都要受害。頭一個受害的就是我，簡直這賊專是為害我來的。」不但不肯居功，反引以自疚。天天在柳葉青病榻前盤旋，斟茶倒水，低心下氣地照應。柳葉青口頭上不說半句感謝話，心中沸沸騰騰，反反覆覆，又慚愧，又很不好受。

她產後用過了力，大病了這一場，既深受李映霞的晝夜慰侍，並且人的心都是肉長的，人若有個病病痛痛，越發心懦喜感，願意偎著人。日子一長，終於她拉著李映霞的手，掉下了眼淚。她淒淒涼涼地說：「妹妹，我……」她又懇懇切切地說：「妹妹，你……」竟忍不住嗚咽起來，有千言萬語，迭次沒法說出。弄得李映霞也感愴心酸，陪著掉起眼淚來了。

柳葉青病了許多的日子，多虧她一向是勞力不勞心的人，況又是練武的身子，後來終於慢慢好轉。她就摒人向李映霞私語：「妹妹，從前我有時候很愛你，你生得模樣太好，我越發愛你，就不免暗暗嫉妒你。很有些時候，我一言半語鬧小性，傷觸著了你，倒蒙你大量，從不計較我。起初我還疑惑你心重心深，總覺那樣容讓我，乃是假的，是有心機的。現在日子長了，我才明白你，你真拿我當親骨肉看。我以前錯看了你，就免不了有錯疑你，錯待你的地方。現在我們經過了患難，我才了解妹妹你，實是個熱心腸的人。你的心腸比我還熱，你並不是耍假招子。那天你隔門縫放箭，我情知你害怕，你居然舍了性命來救應我，我不願感謝你，我實在是欽服你。你的度量竟這麼大，你包涵我，容讓我，不止一天了。從今後，我願意對妹妹起誓，我要拿出真格的來，我要拿你當親胞妹一樣看待。妹妹有什麼苦處，就是我的苦處！妹妹有什麼難處，就是我的難處！咱們兩個人從此合成一個心，我就是你，你就是我。我若有片言半語對你說假話，咱們對著日頭說，皇天后土眼看著我呢，我若口不應心，不拿妹妹當心肝骨肉般看待，那就是我姓柳的姑娘沒有人味！」

柳葉青很感動地拉著李映霞的手，作了這番刳心吐膽的密談，再三表示「換心」。以為她這樣做，必然也能換出李映霞的剖心話。李映霞臉兒紅紅的聽著，眼睛低望到地下，溫溫然賠笑說：「姐姐快不要這樣說了，說得人心裡頭怪難過的。我是由打早先就拿姐姐當親人看待，況且我又是老爺子的義女，說真的，我老早就把我這個孤鬼交給了義父和姐姐了。義父、姐姐對我有恩，我一生一世也不會忘記的。姐姐現在這麼說，倒教我心裡頭不安。那天晚上，我胡亂放了幾箭，不過乍著膽子碰巧勁兒，射傷了兩三個賊，其實一點不中用，拒住賊人的還是姐姐，趕跑賊人的還是姐夫。義父好心好意成全我，教我練拳練箭。我笨得出奇，又不專心，一點真本領也沒得著，遇上事了，絲毫使不上。趕多早晚，我能跟上姐姐，我就好了。姐姐是女俠，自來做過許多扶危濟難的事，我這可算得了什麼？」

又解說從此兩人同心的話，李映霞把聲音放得十分平淡，藹藹說道：「我跟姐姐共處，也一年多了，我的為人太滯，太呆氣，姐姐還看不出來嗎？想不到我還有點傻人緣，在鎮江時多承義父、魯伯母恩待；來到這裡，又承上房太夫人、大嫂憐恤我，姐姐更隨時隨事照應我。我一個難女，倒成了貴客。可是我知情知義，嘴上說不出，心裡頭總打轉。從打義父起，姐姐、姐夫，您那爺兒三位，個個都恩待我，教我粉身碎骨難報。您幾位不但保全了我，還收留我，還教我本領，將來還要替我復仇，不怕姐姐過意，我早就跟姐姐一個心了。姐姐說的對，你就是我，我就是你，不用姐姐講，我老老早早就這樣想了。姐姐如今肯拿我當親妹妹看待，這可是我的造化，也是我早就盼望著的。只要姐姐高興，真不嫌棄……」

忽然覺得這樣措辭不妥，連忙噤住，笑嘻嘻掩口道：「姐姐，我不會說話，姐姐不要笑我。乾脆講吧，我是一片真心，好早好早就撲到姐姐身上了。姐姐這樣愛惜我，我一定處處爭氣，給您做一個好妹妹，做一個聽說聽道的好妹妹。姐姐喜歡我怎樣，我一定努力去怎樣做。」

李映霞說著，忽然覺得柳葉青不言語了，抬頭一看，看出柳葉青爽然若失的神氣。「壞了，這話倒落得不好，至少是不得體！」柳葉青熱赤赤一片真心，被李映霞這一番字斟句酌的過度謙辭給潑了一盆冷水。柳葉青恨不得用一片「換心話」換得李映霞過來把住自己，並肩偎臉，親親熱熱教她一聲親姐姐，然後說：「好姐姐，你是個熱心腸的人，你從前犯小性，很傷我的心。現在咱們姐妹好了，話都講開了，你的心就是我的心。我以後有什麼心腹話，瞞別人，絕不瞞姐姐。」頂要緊的是，柳葉青願意李映霞明白說出來對於楊華舊恩情的現在態度、現在想法。哪知李映霞的謙遜似乎含著冷風寒氣。她沒有把柳葉青看成姐妹，還是把她看成居停主人，居高臨下，壓著自己頭頂。既然暗存著戒心，便脫不了過分買好，撰辭乞憐。

柳葉青實在有廉頗負荊之意，可惜李映霞不是藺相如，當年妒情爭婚的芥蒂沒有釋然。柳葉青從來不好紅臉，現在驀地紅了臉，嗒然若喪了。

李映霞是有著玲瓏剔透的心的，雖然口齒柔和，不甚健談，可是察言觀色，頓然曉得自己失言了，頓然感覺侷促不寧起來。

李映霞連忙一提神，做出十分親熱樣，說出親熱話。然而她憂患餘生，依人籬下，她儘管要親親熱熱與柳共處，無如形格勢禁，她不得不退一步想。柳葉青正當久病，渴望柔情；李映霞卻是畏猜畏譏，又自知處在嫌疑之地，昔日既跟楊華有過情緣，眼下又以客鄉地位，大邀太夫人寵待，她唯恐招得柳葉青不快。柳葉青雖以一時的感情激動向自己要好，誰敢保將來呢？柳葉青的口風恨不得立刻叫李映霞剖示衷曲，卻是李映霞自己的隱衷，哪能隨隨便便坦白掬告？

照這樣，柳葉青把話拉近，李映霞依然把話宕遠。柳葉青也太孩子氣，因感李映霞這一箭之恩，她把她多日揣著的一樁心事，恨不得立刻吐露出來。尤其關切的，她要洞見情敵李映霞今日的真心。她沒有別法，只有明探明問。以為今日剖心共語，李映霞當不會再有隱飾了。她原曉得丈夫楊華很愛李映霞，更曉得李映霞感激丈夫楊華全貞之德，曾經心許獻身，只為了自己橫隔在當中，才把兩人分拆開了。她本來拿這事當作心病，迄難釋然。如今她既跟李映霞化除了敵意，又生了愛心，她可就忍不住要試探，要詢問李映霞：「妹妹，你的心到底怎麼樣，可還願意跟我同事一夫嗎？」

她這幾天在病榻上翻來覆去，便是思索這一件事。她的心情又很矛盾，肚子裡的話既然憋不住，幾次往外冒話，卻又話到舌邊，終於忍住噤住。她自己的心跟自己的心打架，最複雜，最支離。她對李可說是愛與妒並，既感激，又害怕。怕的是當真自己吐露了口風，而楊、李全願意了，真格的一床聯三好。而自己又拙笨，實在害怕丈夫偏愛，映霞占上風，而自己被擠入冷宮。

她又受不了感情上的支使，既甚愧對，便想酬恩，欲效英皇，偏多掛慮。若索性丟開此念，豈不是好？可是她為了報答李映霞，為了彌補這份救命的恩情，她又恨不得說出來，辦下去，才覺寧貼。自己說出來，再看看丈夫的意思怎樣？再看看李映霞的意思怎樣？當然，她希望一提此議，楊和李都該五體投地地感激自己才對。自己做了賢惠大婦，使李映霞做小星，使丈夫仍要更加愛戀自己，使楊和李都拿自己當心肝般看待，那是多麼美妙呢？

然而，萬一丈夫竟拿李映霞當心肝，把自己高高供起，如同觀世音救命菩薩，他們兩個「得其所哉」！真格的把自己擠出圈外，那自己的一股酸氣，如何受得？

好勝的心，「俯仰乾坤不受恩」的傲氣，支使得柳葉青心緒紛亂，刻無寧晷。柳葉青這個人是想到就要做到的，肚子裡一點閒事也不能擱。可惜她父還沒回來，沒人替她決策代籌。

如今她感恩，恨不得對她父一講，然後對丈夫講，再對李映霞講：「妹妹呀，你不知我多麼愛你呢！你姐夫固然愛你，可惜我不是男子，我更是愛你。咱們從前鬧過小彆扭，那全是事情擠的，若不然，我早就對你說開了，請你下嫁我們仲英，咱們姐妹倆共事一夫。說老實話，我當時是怕你，我知道我是笨蟲，我怕有了你，便沒了我。現在我跟妹妹共處一年多，才曉得妹妹真是個溫柔和婉、能吃虧、能容人的人，不管對誰，都掏真心。妹妹你太好了，怨不得人人都喜愛你，欽服你。我便暗暗地安了一個心，打算親口求你共效娥皇女英，只苦好磨打眼，沒機會提起。你如今一箭救了我一命，又不啻保全了我一家。好了，妹妹，咱們姐妹可算是換過命，換過了心。我想我願意，仲英自然願意，婆母、大嫂他們也必願意，妹妹你一定也願意……」

許多「願意」可以換成一個「皆大歡喜」，柳葉青如此設想，話在肚中打轉，在舌頭上翻跟斗，可是到底也沒捨得說出口外。尤其是李映霞之隱衷難測，幾次繞著圈摸索試探，李的口風不溢不漏，柳葉青漸感自己口拙了。其實這不是她口拙，乃是她頭腦太幼，慣打如意算盤，慣從自己這一面設想，未免太「一廂情願」了。

替夫爲媒

過了幾天，得了一個機會，柳葉青和楊華在閨房弄嬰，屏人祕語。她便對楊華誇李映霞的怯中之勇，弱中之強，以及李在楊府上種種得人歡心的好處。然後她雙眸盯著楊華，暗窺他的神色，要舔出來丈夫埋在心底的真情。殊不知她上年吃醋大鬧，又經一度含嗔出走，楊華為了避嫌，為了踐舊盟，早對李映霞那段情緣鉗心諱避，不敢多贊一詞，甚至連李映霞的名字也極力躲避不說。柳葉青扯開了，這麼一繞，那麼一繞，閒篇講了一車，玉幡桿楊華僅僅地微然一笑，說了一句：「我真想不到，李姑娘的箭法練得這麼好，這麼快。才幾個月，便能隔窗射賊，足見在岳父這樣名師傳授之下，學藝易於速成。只可惜我跟從岳父不為不久，始終沒有獲得薪傳。等著岳父回來，我真該用點苦功了。」環顧左右而言他，話路子竟這麼跳脫，距離柳葉青所希冀的詞鋒很遠很差。

柳葉青是個直心腸的人，對李映霞談心，李映霞把心扉這樣扣緊；跟丈夫抒懷，丈夫又滑躲不能合拍。她可就急上來了，索性不繞彎，直叩心源，脫然發話：「喂，我說華哥，我問你一句話。」

楊華道：「什麼話？」

柳葉青道：「我問你，你看霞妹妹自從跟我父寄居到咱們家來，你瞧她處處小心翼翼，對誰都謙虛，都誠心實意地討好，教人看著怪可憐的。頭一個，婆婆就很喜愛她，還有大嫂，也直誇她脾氣隨和，待人不亢不卑。她簡直處處討人歡喜，若教她長遠留在咱們家，替咱們當家主饋，我看準比我強。你說是不是？」

玉幡桿楊華臉色變了，說道：「這是什麼話？她是外人，她怎能替我們當家？」

柳葉青說：「我講的是真格的，比方說，乾脆講吧，她是外人，比如我們不教她做外人，我們把她變成內人，把她變成自己家裡的人，你看她可願意嗎？」

楊華明白了，從這幾天，柳葉青總不住口講究李映霞，他已體會愛妻的心情正在變化。可是他娶柳葉青已逾一年多，他已然情定於一，早已不復妄存奢望。他知道柳葉青話中有話，便仰視屋梁，淡然說道：「我怎能知道她願意不願意呢？她在廂房，有時雖到上房，我不覺見著她，更少談話。你們倒常見面，我怎會知道。」

柳葉青笑道：「你不要胡想，我不是敲打你，我問的是真心話。據你看，她這人可肯長久留在咱們家裡嗎？她這人實在柔和到可憐的地步，婆婆、大嫂和我全都喜歡她。況且我本來料理家務不成，霞妹常常替我做不少事；她又怕我不願意，暗中幫了我，還不讓我知道。我很明白她的苦心，她在咱們家，總算是客中客，想買好，又不敢太買好，她心上很不落實。她又太小心，比如說吧，她自然記念著她的家門之仇，她自從來到這裡，就絕口不談，只加緊學武。憑她那身子骨，學武簡直是笑話。」

楊華目視他處道：「她可是很快地練會了袖箭，而且很快地露了這一手。」

柳葉青笑道：「那是她有心胸，有志氣。可是，她練武乃是為了自身報仇的事，光練會暗器，又有什麼用？我正因為她露了一手，才想到她的身世可憐。從前我確是因為她跟你有過那檔子糾葛，我免不了顧忌著她，也提防著你。現在我回過味來了，越想她越可憐。我就替她盤算到將來，她實在前途茫茫，淒涼可嘆。只有一條道最好走，這條道就是永遠留在咱們家。她若永遠留在咱們家，你看她是否趁了心願？你看她可肯嗎？你看這麼辦，好嗎？」

柳葉青口敞性子急，簡直死釘上來。玉幡桿楊華曉得她的衝脾氣，他畢竟歲數大，常在外面，有閱歷，深識人情，他當然不肯脫然剖示自己的心情。雖然柳葉青是他的娘了，同床同夢的人，可是他也不能漫無顧忌，信口談心。若是信口談心，一個不釘對，就自尋苦惱了，也給李映霞添上罪孽。

他默想著，也是字斟句酌，拿閒話盪開了這個難題，心中也自不免暗暗盤算。柳葉青恨不得一針見血，楊華一味木木然左躲右閃。兩口子一夕密談，柳葉青終於再被嘔急，氣得臉通紅說道：「你太可惡了，人家這樣開誠布公。你盡跟人家打官話，耍滑頭。」

兩口子暗中叮叮噹噹，日子一久，到底柳葉青的真心漸漸獲得楊華的信賴。然後楊華淒然長嘆道：「你不要再跟我商量了，霞姑娘的身世固然可憐，可是你我夫婦相處甚好，何必橫生枝節，自尋苦惱？我說一句不怕你難過的話吧，從來二女一夫，不是東風壓西風，就是西風壓東風，你何苦自找不痛快？又何苦給我找罪孽？我們現在很好，你千萬慎重一些，不要信口亂講了，若教母親知道了，或者反要責備你多事。」

這樣說，楊華總算透出了口氣，雖不願由自己促成，至少表示他不反對。

柳葉青笑道：「得！你這一面的意思，行了，你簡直是怕我吃醋罷了。你可不曉得我柳葉青也吃醋，也有不吃醋的時候，只看你們的良心就是了。你若不背著我弄詭，我絕不肯做妒婦，妨礙你納寵娶妾。你心裡頭不用婉婉轉轉的，我越瞧映霞越不離，我要給自己找個好幫手，我首先問好了你，回頭我就問她去。」

於是柳葉青再翻回頭向李映霞細下說辭，再三磨煩，一連多日，把李映霞擠兌得背人痛哭了好多次。最後實在搪不開，竟對著柳葉青流淚說道：「好姐姐，你不要逼我了。我早就自誓，不再嫁人。我只是偷活在人間罷了，我的親仇未報，我的父母遺棕沒葬，家兄失蹤，存亡莫卜。姐姐再跟我談這些話，就是逼我削髮出家。我多承義父見憐，跟他老人家來到姐夫家裡寄住，又多承楊伯母、楊大嫂和姐姐你憐恤我，不拿我當客，我就模模糊糊活下去了。姐姐你一死兒問我這話，不怕姐姐過意，起初我在遇救時，不知姐夫續弦，為了女孩兒自留身分，又加著窮無所歸，我倒是說過那樣的話。可是現在事境已變，跟那時候大不相同了。我已然有了安身之處，我再那麼想，便是我太無恥，況且就是姐姐願意，還有姐夫呢？」

柳葉青忙道：「你姐夫早就願意，我這不是問好了他，才再問你嗎？」

如聞疾雷，不及掩耳，李映霞頓時震動失措，好半晌無言，雙靨布滿紅潮，十分難堪，俯下頭，訥訥地說：「姐姐這是怎麼說的！好好的這幾天老擠對我！我不管姐姐，也不管姐夫，我只說我自己。我若再有婚姻的念頭，我就不是李家門的女孩子了。你們好好的姻緣，何必橫生枝節逼迫我，我算哪一套呢？不瞞姐姐，從那天在淮安府李宅，我就起了誓，我這一輩子再不嫁人了。」

柳葉青忙道：「我知道，我明白，妹妹是不再嫁別人。因為你姐夫救了你，又跟你共過患難，一路同行好幾個月。你本著烈女不嫁二夫的志氣，所以不肯再嫁別人。但是，我現在為了成全你的終身，為了安慰我的良心，我自己正正經經請求妹妹下嫁。妹妹放心，我柳葉青絕不敢自居嫡室，把你當妾。你姐夫本來是一支兩不絕，你若肯點頭，你嫁過來，咱們便是兩頭大，姐妹相稱。」

李映霞窘極，臉都紫了，又由紫變成蒼白，恨不得跟柳葉青惡聲相抵，然而她如何能夠？強忍憤激，微聲緩答道：「姐姐，你饒了我吧。咱們不談這一段，行不行？我絕不是說假話，我這一輩子誓以老處女苟延餘生。姐姐再跟我提這個，就是罵我了，就是逼我削髮出家。」

柳葉青臉上很下不來，想了想又說：「恐怕妹妹還是不放心我吧？我願意同你對天盟誓。妹妹如肯答應了我，我若有絲毫薄待妹妹的意思，或者日後有兩樣心腸，教我永遠不得好死。這是最好的事，你何必固執呢？」

李映霞道：「唶，姐姐，你你你不要瘋鬧了，我的心都讓你揉碎了。我有種種難處，我永遠不能嫁人，尤其永遠不能這麼樣跟姐姐同嫁一人。」她心緒如麻亂，倉促不能以辭達意。

她既要峻拒這個情敵，又要不傷情敵的面子，她的為難簡直沒法描摹。柳葉青一個勁兒地逼迫，恨不得立刻擠出李映霞肯定的允諾，她簡直有點不近人情了。

這個依人籬下的小鳥，點點淚痕溼透襟袖，萬般無奈，把身子一倒，把頭埋在柳葉青的懷中，嗚嗚咽咽，吞聲哭泣起來。她什麼也不再多說，只說：「不，不，那不行，決計不行。可憐我父一世為官，清正愛民，我母親那麼慈心，可憐她的女兒落到今天，可憐我，這不行，死了也不行的啊！」抽抽噎噎，斷斷續續，越哭越痛切。

柳葉青束手無策，不得下臺，李映霞的心曲，她一點不了解。終鬧得楊太夫人覺察出來，說道：「霞姑娘這些日子，有什麼心事呀？我看她眼睛通紅，眼圈發青，莫非失眠了。背人傷心了？是哪個招惹她了？還是丫鬟僕婦不聽支使，暗中跟霞姑娘頂嘴了？這些下人們最可惡，一定是欺負霞姑娘柔和，背地裡有得罪她的地方。她又留著身分，不肯對咱們訴說。」遂叫過楊大娘子和柳葉青細細地打聽。這妯娌二人都說：「大概沒有吧，在咱們家的僕婦都是舊人，很有規矩的。」楊太夫人又問：「你們沒看出來嗎？由打那回事以後，由打二嬸病好以來，霞姑娘這些天總是這麼強顏強笑的，臉上神氣很憔悴。她可是有什麼病痛，不肯說麼？你們年輕人彼此處得很好，可以背地問問她。」

其實柳葉青心裡像明鏡似的，楊大娘子此時也曉得了，可是迭次之間，全不敢對婆婆明言，都拿別話岔開。楊太夫人又點頭自語地說道：「霞姑娘身世實在可憐，想她本來是個知府千金，如今人亡家敗，寄居在咱們家，想必是心上總不安頓。我們千萬要客客氣氣待承她，既不要惜外，也不要疏遠，應該把她看成親戚家姐妹似的。那孩子心太細，你們說話也要留神。」又嘆息道：「一個聰明女孩兒，舉目無親，四鄰不靠，一定想到前途渺茫，就免不了對月傷情，感時落淚。像她這個人，心路還比較算寬。我曾經對你丈夫說……」說這話時，面對著柳葉青道：「霞姑娘也十八九了，她的終身我們必須替她操持。等你父親回來的時候，可以請他跟你丈夫合計合計，有相當的人家可以給霞姑娘相看相看。她乃是宦門閨秀，我們對外可以說她是我們親戚家的孤女，索性說是我的外甥女，叫華兒隨時多多留神。我記得城裡竇家的三少爺訂了婚，沒過門，新娘子就夭折了。華兒可以打聽打聽，竇家又訂了沒有？如果合適，也倒不錯。本來一個女孩子，十四五以前，就該把親事說定，一到十七八，就算遲了。她的父親李知府，怎的不給兒女們操慮終身呢？」

老太太不勝咨嗟似的，以為死去的李知府把女兒的終身耽誤了。現在李映霞既於本宅有恩，自然更近一層，楊太夫人認為替映霞擇婿，已是義不容辭了。於是她且贊且嘆地對兩個兒媳講了一番話，終把這個重擔交給了柳葉青：「回頭你務必對你丈夫說，等你父親回來，趕緊替她物色。」

楊大娘子和柳葉青四目相對，做了一個心心相照的微笑，諾諾答應著，相率退下來。柳葉青正要找李映霞，提到這一節；楊太夫人又已傳呼使女，把李映霞徑行請到上房。

柳葉青暗命使女偷聽，隨即來到長嫂房中坐談，嘀嘀咕咕，議論了一陣。楊大娘子以長媳的地位，警告弟婦：「二嬸千萬小心，那件事如果沒有問好了霞姑娘，千萬不要在婆婆面前透露。你來得晚，不曉得咱們家的門風，由上輩起，就禁止家中人納妾。祖老太爺親留遺訓：男子年過四十無子，不得藉口納寵；唯媳婦年過四十，從不生育，情願替夫為媒，方準稟明雙親，納娶良家女子為姬妾。像二叔這般年歲，依祖訓絕不能納妾的，更不要說娶兩妻並嫡了，便是一支兩不絕，也不行。又告誡做媳婦的，不要貪圖賢惠不妒的美名，代丈夫娶妾；既娶之後，又妒寵爭夕，多留醜態，更是犯了家法。二嬸你若不信，試對婆婆一說，必是請出家譜家訓，把你申斥一頓。還是你前天的打算不錯，先問好了霞姑娘；我們拿成全霞姑的名節，來向老太太陳情，倒許一說一個準。再說這件事情，不能只顧一面，這必得三面弄圓，連他二叔全願意了，再向婆婆請示，方才看成。」

柳葉青笑說：「你兄弟這面，我想絕沒有什麼不願意的；倒是霞妹妹，我跟霞妹妹描說了這幾天，她總不吐口舌。嫂嫂你說，她是怎麼個講究呢？她從前確是跟您兄弟說過那話，除了您兄弟，絕不再嫁別人，不知怎麼個茬口，她現在變了。我越求她，她越不答應，她還哭！」

楊大娘子聽了，沉吟了一會兒，搖了搖頭，對柳葉青道：「二嬸，你是個直心眼的人，我勸你留點退步，不要想到就要做到，我看霞姑娘這個人非常高潔，她是恥居人下的人。雖然不幸遭了滅門大禍，可是我看她志氣凜凜，對人儘管柔和，那是她處在人眼下，不得不低頭。若教我看，她這人很有烈性，況又是宦門之後，知府的千金。我們不要錯看了她，激出別的事來。」

柳葉青道：「激出什麼事呢？她早先不是很願意麼？」

楊大娘子嘆了一聲道：「二嬸，你必須設身處地替人想一想。霞姑娘孤立無依，前無所進，後無所退。從前她願意，也許是迫不得已，現在情形恐怕不同了。你那打算辦成了，固然是好；辦不成，聲揚得滿城風雨，你想你教她怎麼再在咱家存身呢？」

柳葉青道：「哦，這個，我沒有想。」

她們這裡妯娌密議，李映霞在楊太夫人面前，也被太夫人委婉地問了許多話。楊太夫人系出大家，年老，多經世故，反覆問了好些話，直刺著李映霞傷心隱痛處，忍不住兩行珠淚簌簌而下。卻是她依然面泛淺笑，矢口不承認自己受了什麼委屈，更不承認懷著什麼心事。她說，她只是這些天傷心往事，因前番鬧賊，引得她憶起當年滅門之禍。雙親死未葬，兄失蹤無消息，以此耿耿於心，情不自禁：「倒教伯母掛念，我我太不對了。」竭力地拭淚，忍淚，淚竟不聽感情的控制，奪眶而出，李映霞非常受窘。

楊太夫人便岔開了，談了些別的安慰話。「葬親移靈容當設法，尋兄業經楊華託人尋探，還有姑娘的終身，你儘管安心，我自有一番善處。我一定拿姑娘你當親生女兒一般看待，我已經囑託親友，隨時替你留心呢！你只管貼貼實實在我家住，千萬不要覺著歉情不安。況且你這一回救了我們二媳婦，保全了我們楊家獨生的孫女，說起來，你還是我家的恩人呢！」

又談了一回閒話，李映霞退出上房，劈頭遇上楊華。四目對視，心頭小鹿一撞，李映霞驀地漲紅粉頰，趕緊俯下頭，疾趨回轉己室，躺到床上。這時柳葉青已然得到小婢的偷報，把老太太和李小姐晤談的話，一一學說給二少奶奶聽。柳葉青看了大嫂一眼，彼此會意：「老太太果然覺察出來了。」楊大娘子暗中叮問柳葉青：「二嬸如果確有此心，永無後悔，我倒有個做法。」遂祕密教給柳葉青一套話，代籌出一個緩招。

柳葉青謹依妙計，藉著哺乳弄嬰，不時把李映霞請來。柳葉青做出了初為人母，十分溺愛的樣子，把小孩擺弄給李映霞看，不住誇：「霞妹你瞧，這小女孩子眼睛夠多水靈，小臉多胖？多麼逗人？你看，她還會笑呢。」她喜歡小孩，也教李映霞跟著她喜歡。哪知她弄嬰是假，設辭把丈夫楊華撮弄了來，使得三個人當著面逗弄小孩。楊華終是男子，滿不在意，見了李映霞，叫一聲「霞姑娘」或「霞妹妹」遜座讓茶。李映霞矜持著，莊容賠笑，還叫一聲「姐夫」，照樣保持著平淡。偏偏柳葉青從前每當楊華、映霞三人對面，必從側面敲打冷言妒語，居心是吃醋；此刻她一變，改從側面敲打前情舊事，不管怎樣，這側面敲打，取瑟而歌的話，楊、李二人全都怕聽。柳葉青反以為得意，心想這才是努力撮合的方法。哪知人家全被她敲打驚了，楊華便設法躲避，李映霞推啞裝聾。行之數日，柳葉青依然心勞計拙。

她仍不放棄這法子，百端藉故，使楊、李二人會見。丈夫只要在閨房，她就把李映霞強拖硬哄地拉來，表面弄嬰，暗地拉縴。她又將二人拘到一處，把小孩交給李：「霞妹妹，替我抱一會兒，我出去走動走動。」藉著小解，溜出閨房，將楊、李二人丟在屋內，暗中密遣小婢在窗外偷窺潛聽。

她這法還是寡嫂楊大娘子出的主意，楊大娘子只說：多給二叔、李小姐留機會見面，慢慢看意思。她偏偏操之過切，形跡太露。楊華不是呆子，李映霞不是傻子，兩人會心對視，俱各面泛難堪的偽笑。楊華實在沒有法，只浮泛地說：「二嬸太孩子氣，霞姑娘娘不要笑話！」李映霞默然，抱著楊、柳之女，面對楊華，任什麼不說，逗小孩罷了。正是豔若桃李，冷若冰霜，與前年大不相同。她正是「別有一般滋味在心頭」，唯有燈前月下沒人時，很悽慘地自己嘲笑自己：「人比黃花瘦，命比桃花還薄麼！」不是這樣受擠，就是那樣受濟，命宮中的魔蠍，竟是這不可一世的女俠柳葉青，日久天長，如何得了？她以為柳葉青這個人實在歪纏，難以共處。

玉幡桿楊華也自忍不住，有一夜嚴詞詰責柳葉青：「你不要瘋鬧了！天地間哪有這樣的事，逞性子，耍孩兒脾氣，不管別人的處境的！」

柳葉青笑道：「好華哥，我絕不是耍孩子脾氣，我是一片真心，一片好心，為人為己也為你。」她照樣的這般如此，往下推演著做。

過了些日子，鐵蓮子柳兆鴻回來了見了楊華，問知家中出了事，不禁大發脾氣道：「想不到我老了，老了，上了一個大當。我就曉得家中準出事，我教飛猴陳海揚耍了一個不亦樂乎。他小子藏起來了，我苦搜沒有搜著，我就知道中了狗賊的調虎離山之計了。我一路緊往回趕，不想路上遇上十二金錢俞劍平和鐵牌手胡孟剛。」玉幡桿楊華道：「他們怎麼樣？不是把失去的鏢銀尋回來了，還有別的麻煩不成？」

鐵蓮子道：「你真猜著了，劫鏢的大盜不是別人，竟是俞三勝的當年退出師門的師兄。他們早年有過碴口，這一回劫鏢，倒是俞三勝勝了，把鏢銀從大縱湖撈出來了。他的師兄飛豹子袁承烈不死心，又平地出蘑菇，率領黨羽到淮安府作案嫁禍，沒有成功。偏生趕上俞三勝的唯一獨生子俞瑾這個小孩子，由打金陵探望姐姐回來，和一個同門師兄弟訪鏢尋父來了。不知怎的，被豹子訪出底細，也不知用什麼方法，把這小孩子架走了，還留下嚇詐信，教俞三勝拿出二十萬兩銀子來贖取兒子，不然便撕票，教你太極門掌門戶的老師父遭喪子之痛，受綁票之辱。俞三勝這個人平常最深沉，最沉得住氣的，這一回可砸鍋了，簡直沒了魂似的，一見面就苦求我幫忙，尋子復仇。我為了這個，心中惦記著你們這裡，可又摘不開身，直耽誤到現在，才勉強轉回來。果然賀玉虎狗賊又到這裡鬧了。這不成，我也得想個徹底撈魚的辦法，把禍害替你們除治了，我才安心。」

楊華很是詫異，便問：「這飛豹子袁承烈怎的這樣凶？他把俞三勝的愛子架走，俞三勝豈不要拚命？現在飛豹子把人藏到哪裡去了？」柳老說道：「現在江北武林鬧翻了天，俞鏢頭和他的娘子丁雲秀正在大糾群雄，要找豹子拚命。只可惜豹子行蹤詭譎異常，他的巢穴是在遼東韓邊圍。他綁了票之後，究竟是已經挾票出了關，還是仍藏在關裡，都教人摸不透。現在他們江北武林正在各處窮搜著呢！多有人猜疑，飛豹子已跟子母神梭武勝文、雄娘子凌雲燕姐弟合在一處，未必能夠千里迢迢出關回遼，大概還許在芒碭山一帶窩藏著呢。俞三勝就是堅邀我幫他到芒碭山去搜山尋票。我推託不開，答應了隨後去，跟他們瞎跑了幾天，又惦記著家，先回來了。你不要一味問我，我還要細細問你們呢？」

便命楊華陪著，先到上房，見過親家太太，然後和親女兒柳葉青、乾女兒李映霞見面。

柳葉青也打聽俞劍平的事，柳老又說了一遍，即隨轉問那天禦敵的情形，柳葉青盛讚李映霞。柳老看了看李映霞，李映霞仍很謙虛，臉上神氣倒有點憔悴。他剛回來，自然不曉得李映霞這些日子天天挨擠作難。

楊華擺家筵，給岳父洗塵。歇了一天，柳葉青心裡憋不住事，抓了一個空，找到她父，提起那天獨力御盜，勢已垂危，多虧李映霞開門一箭，救了自己。又據近日體察，李映霞為人實在太好，她跟楊華從前有過那麼一回茬，她又至今待字，更自誓不再嫁人，因說：「女兒打算請她下嫁仲英，我們姐妹兩人不分嫡庶，一塊過日子，爹爹你看好嗎？」

鐵蓮子聽了這話，微露詫容，細問了一遍，拈鬚沉吟道：「你是冒熱氣呢，還是平心靜氣，仔細打量過的主意呢？」

柳葉青忙道：「我考量了半個多月了，我絕不是耍一衝脾氣，我是真想這樣辦。爹爹你想，仲英對她本來有過那回事，仲英本來跟她戀戀不捨；她呢，對仲英也是有意。當初我只為他們太拿我不當事，我才從中打破水。現在日久見人心，她也對我不錯，他也對我不錯。人心都是肉長的，我再要不替他們想個兩全齊美的法子，倒顯得咱們柳家的女孩子滿肚子裝的是醋罐子了。現在女兒就打算這樣辦，她若不救我那一下，我也轉不過心來。我把這事掂了百十來過了，只是我一個人打不定準算盤，盡等你老回來，給我拿個大主意呢。」

柳葉青滔滔地講，柳老搖頭冷笑道：「看你這股勁頭，還是冒熱氣。你這如意算盤自己打得挺好，我來問你，第一，你暗含著問過你丈夫了嗎？他現在的意思到底怎麼樣？又暗含著試探過霞姑娘了嗎？

她現在還肯跟你當小星嗎？第三……」還沒說出口，柳葉青早搶著說：「我全問過了，探過了。您別總拿我當小孩子了，現在我也是……」咯咯地笑起來：「我也是做娘的人了，您別永遠把人當小娃娃。」

柳兆鴻微笑道：「你呀，便是做了祖母，單看說話這股子勁，恨不得摘了腦袋，從腔子裡往外倒話，活八十也是小娃娃。而且你永遠說話，只顧自說，不看人家的眼色臉神，還是一個勁慣打如意算盤。我問你，他們倆就算全願意了，這第三，還有你婆母，還有你寡嫂；第四，還有你楊家門的門風家規，到底容許年輕人納妾不許？這都是事兒，不能任憑你當兒媳的一個人，一陣高興，要來便來的。」

柳葉青道：「嚇，你看你老，您當是我這當兒，一味傻等您一個人呢。您不知道人家這半個月來，一點沒閒著，專為這件事，忙著好多天呢。他們倆準沒錯兒，管保口頭不樂意，骨子裡全樂意。大嫂子更好，她便是我的謀士，主謀的人。現在就剩下您，我連婆婆那面，我都想法子探過了。」

她依然是「一廂情願」，完全樂觀。柳老縱然持重，到底不曾目睹身臨，竟信了女兒這片面的見識，沉吟道：「若依我看，這事必須慎重，免落後悔。現在我剛回來，你也不必忙在一時，等我仔細想想看。」柳老還想自己設辭，探探楊華和李映霞的口氣。他深知自己女兒恃強好勝，不懂為婦之道，單只楊、柳夫婦兩口，尚可擔待相安，一旦加上一個美妾，又是像李映霞這樣知書識字，嬌慧絕倫，婦工、婦容、婦德無一不好的知府千金，只怕優劣相形，嫡庶終不能「長治久安」。為了女兒的終身，為了婿與女的將來，這不是感情用事的事，應該好好地徹底想一想，好好地各面看一看。

偏偏柳葉青並不容他想，也不容他看，天天討債似的催問。鐵蓮子柳兆鴻也不耐煩起來，板著面孔道：「你們這些兒女事情，我本不願深管。你已然是出嫁的人了，你不必再問我討主意。況且我說的話，你又不肯聽。你願意怎麼鬧，就怎麼鬧吧。我本來覺得你不該自尋苦惱，你偏不聽話。你只不怕霞姑娘將來壓倒你，你就替夫做媒，落個賢惠名，可不要事後懊悔。」

柳葉青笑道：「不後悔，我不是說嗎，我想了百十個過兒了。您老不用嚇我，我看仲英和她全不會將來對不起我的。」

這是她口頭上的倔強話，柳老這樣的說辭，已然有點打動她了。果然她把這事暫且擱下來，暗地加細斟酌著看了。

然而這其間，突然又發生了一件事，促使這替夫說媒的事情急轉直下。

那遇仇殺家、火起失蹤的李步雲公子，李映霞的胞兄，忽然又出現了。他沒有死，而且，還同著那個御強賊救主眷的摯友門客蕭承澤奔走數百里，歷訪經年，現在忽然間登門，來訪玉幡桿楊華來了。

他們訪楊華只是打聽李映霞的存亡。他們兩個人再也想不到，李映霞居然沒死，居然沒有淪落到不堪設想的爛泥裡，居然還能寄居在楊華之家。

李步雲公子既遭慘禍，他以為他這一生已無生趣，只有三件事，必須辦了，然後死才瞑目。這三件事就是：葬親，復仇，尋妹。他以為葬親雖是大事，報仇究可緩圖，其間萬分要緊的乃是尋妹。

他一想到「尋妹」二字，便渾身顫抖，淚流不自禁，扼腕，錐胸，切齒，嚙指出血似的痛心。

他以為可憐的胞妹乃是一個弱女，既遭慘禍，一定是落在仇人掌握了，一定成了墮溷之花，橫受摧殘。他本聽得仇人有將李映霞賣入娼窯的恐怖的陰謀毒計。他以為自己掙扎出性命來，第一要事固然是報仇，卻可以把畢生性命，全副精神，拿出去辦，人世間的榮華富貴，與己無關，自己只有含辛茹苦，殲仇雪恨。葬親之事，死者已矣，盡可浮厝在魯南。唯有這尋妹之事，迫不及待，必須火速去訪。如不訪出胞妹的確切下落，便什麼事也不能先辦。如若胞妹已然慘死，已然殉節，那倒是消去胸中一塊病。但既沒有確耗，無論如何，上天下地，必須苦搜冥索。必須訪實了下落，人死見著屍，人活見著面，李步雲他方能寸心安貼。

縱然蕭承澤再三說：李映霞確為自己所邀義友玉幡桿楊華所救，李步雲仍不放心。蕭承澤力主先赴皖南巢縣獻糧莊，找仇人算帳。李步雲公子堅持不肯，他說：「蕭大哥，父母之仇不共戴天，我很知道刻不容緩，但是，救活人實比慰死者更緊要。我一想到我那映霞妹妹，我就恍惚看見她眼含著淚，正自淒悽慘慘地瞅著我。我一閉眼，就見她立在面前，彷彿呻吟啼哭，我的心就像刀扎一樣。我總覺得她正在水深火熱之中，不在魔手，就在淫窟。如果得不到她的確耗，我在睡夢裡，都不能安頓。」說時痛淚盈眶，雙眸一霎一霎的，神情淒厲異常。

蕭承澤被他說得毛髮悚然，忙道：「我明白，大兄弟這話很有見地！你一天不見著大妹妹的面，你一天得不著她的確實下落，你就一天天如坐針氈。你這份心情，我悟會過來了，大妹妹乃是閨閣千金之體，你確是不放心。既然如此，我們趕緊訪河南。我們先尋著義弟楊華，他救不出霞妹妹來，也必知道霞妹妹的生死存亡、著落地點。然而我以為我們可以打發人去探問，不必親身去。若據我思索著，你還是先把死者的靈柩運回故鄉，稍稍安排退步，先籌劃一筆款項。我們要有錢，不拘尋妹尋仇，處處都需錢。你不妨先回一趟家，你我二人盡可分開來，把三件事同時趕辦。還有你岳父家，你也應該給他一個信，你們這樣的親戚，他也許能夠給你分憂。」

李步雲戚然搖頭道：「什麼分憂，恐怕倒是嫁禍……我一定要退婚……」蕭承澤道：「你說什麼？」李步雲道：「我說是退婚！你想，葬親、尋妹、復仇，三件大事我全要辦。我不過是個書生，手無縛雞之力，我不能再有室家之好，再享人生之樂了！我要跟楚家解去聘約，仇不報，誓以鰥夫終身。仇人勢力強，報仇絕不易，我哪能娶妻生子呢？從此我便要隻身獨活，專心一志報仇，我絕不要妻子為累的了。」

李公子犯了書痴脾氣，悍然發了一封信，給他故鄉的岳父，內說：「先父以清介當官，執法不阿，賈怨豪族，家遭滅門大禍。冤家勢強，錢可通神，王章不足以庇循吏，法綱漏吞舟之魚。不孝冤惘覆盆，志切撼山，誓以蟻命殘生，嘗膽臥薪，與寇仇周旋。冤禽力弱，恨海難填，誠恐以卵擊石，更遭斬草除根之害，將誤令嬡終身。請罷聘約，庶圖兩全，情出自願，非由勢迫……」滿紙悲憤，斑斑血淚，他派專人把信發了，蕭承澤竟攔不住他。然後他便與蕭承澤結伴，喬裝改扮，傾全力去做那三件大事：葬親、復仇、尋妹。

至於葬親、復仇、尋妹，這三件事的措施先後，儘管他打算的緩急有序，卻是辦起來，波譎雲詭，未必盡能如他意料。

天下的事難以逆睹，李步雲灑血椎胸，但能勉竭其心罷了。

當那一日初遇禍時，李步雲公子先到達摯友梅宅避賊。臨到夜晚，群賊襲至，梅宅火起，李步雲身受火傷，掙出火場，踉蹌奔到荒野，竟昏死過去了。他本是一個脆弱書生，年才弱冠，幸而本宅主人梅怡齋不為劇賊所識，也逃得性命，便把李公子救活，一齊避到鄰村。李氏的家仇竟累及梅紳，李步雲痛悔欲狂，擔心母妹，一場大病幾殆。等到好不容易病見瘥減，已獲知母死，妹不見，僕婢星散。他大哭著奔到小村寓廬，門戶釘封，室空塵埋，停著四口白萑棺材，李步雲放聲長號，痛不欲生，疾奔到郯城縣衙，擂鼓鳴冤。具狀請求故廬啟封，易棺盛殮亡母。叩見縣令，泣請緝凶嚴辦。

這官司當然不好打，主使人明知是仇家計百萬，殺家行凶的乃是鄂北盜賊。抓不住計家一點串匪仇殺的證據，只能按照盜案明火殺人劫財法辦。偏偏魯南盜氛正熾，一件很凶的血案倒成了司空見慣的例案。並且時間不湊巧，李步雲扶病投控時，已在案發半月之後。玉幡桿楊華早已攜帶李映霞離開了郯城，轉道淮北投親去了。兩下里先後參商，各不見面，李步雲僅僅將雙親遺骨浮厝起來，打了好幾個月的官司，一點頭緒也沒有，卻只救了蕭承澤。

緣因那一夜，蕭承澤和玉幡桿楊華奮力協攻群寇，把李映霞負救出來，乘夜逃入紅花埠附近一座荒村。遭賊窮追，苦鬥力盡，一路上狂喊求救，驚動了地方鄉團。鄉團布下了埋伏，等到蕭承澤掙命跳牆時，鄉團鼓噪一聲，猝起圍攻，把蕭承澤擒住了。那時候，天將黎明，群賊見勢不利，驟然退避。蕭承澤本是受害的人，倒做了替死鬼；民團不識真相，方以為獲得逃賊。蕭承澤奔命狂喘，有口難辯，又不合抗聲揮拳拒捕，被民團疾下毒手，將他打倒，捆上。他久戰力疲，身負重傷，一口氣緩不轉，頓時氣厥過去。及至天明，鄉團首腦人恨他罵不絕口，便把他裝上大車，押解到縣城：「小子，你就是知府衙門的師爺，你也不能半夜拿刀跳牆，強入民宅。你是官面，你可以到官衙裡說去。」就這樣替賊頂了缸。

解到郯城縣衙，縣中很有一兩人曉得蕭承澤的來歷，原是卸任知府李大人的門客，理合將他開釋。只是他怨懟難伸，嗷嗷抗辯，禮貌上有點差池，相貌上又不大象西席，鄉團又力指他夜半持刀行凶拒捕，大有賊盜罪嫌，他竟鬧了個有口難辯。

他儘管說明他的身分，無奈李知府的內眷死走逃亡，連奴僕也沒影了，沒有人出來反證一下。郯城縣知縣便把蕭承澤下了獄，認為他即使沒有殺人大罪，也當有通匪或為非的重嫌。蕭承澤到此地步，百口莫辯，罵了問官，結果越強辯，越受刑訊。幸而李步雲公子來投狀了。李公子是苦主，又是宦裔，事先又曾到郯城縣衙拜見過知縣。這一來，方得平反冤獄，把苦主家的門客蕭承澤摘落出來。

蕭承澤本負重傷，在獄中幾乎氣死，掙出性命來以後，忍不住大憤大罵，而且大哭不休，向李步雲說：「這世界簡直暗無天日！大兄弟，你不要打官司了。你不要妄想告狀申冤，告狀決計申不了冤。」李公子道：「我怎麼辦呢？」蕭承澤道：「大兄弟，我們要想別的法子，替伯父伯母報這不共戴天的大仇！據我看只有一招，博浪沙的大鐵錐砸不死暴君，還不能殺死計百萬兩個土豪兒子嗎？大兄弟，我們不要瞎在這裡寫狀子，等回批，盼望由皖南把計百萬兩個狗子解到這裡，給你定罪出氣。大兄弟，你依著我，我們趕緊走吧，我們還是親自找到獻糧莊，他們能夠花錢買出強盜來害你，你就不能義結江湖英雄，幫你行刺報仇嗎？」

李步雲公子還在遲疑，蕭承澤頓足捶胸地說：「你才是一個書生，豆兒大的秀才，如今你無拳無勇，無財無勢，老伯是去世了，『人在人情在！』況且，你想，老伯在又如何？堂堂一任知府，還鬥不過豪紳他那百萬貫的家財！他們計家接連告狀，又賄買御史誣參，一心要徹底毀害了老伯，他只把老伯的一任知府現缺扳倒，他還覺得不解恨，又花錢買出賊來暗殺。買賊暗殺，就比經官告狀有效驗。大兄弟，你思索思索，筆能趕得上刀子嗎？憑你螳螂似的一個小書呆子，要想痛痛切切寫一張呈子，就能申冤。你你你，就刺出心血來，不就是白紙黑字嗎？」

這話說的很刻毒，李步雲不禁毛髮森森，如利錐刺心，連連點頭道：「對的，對的，打官司的確弄不倒計賊！縣官便說過，抓不著切實人證物證，官司不好打勝。你的見解很對，我們也去行刺！怎麼挨他一拳，就怎麼還他一腳。」於是決定了再不纏訟的主意，李步雲伴同蕭承澤很快離開了凶殺肇事地點的郯城縣。

覆巢燕骨肉重相見

李步雲離開郯城，純是為了尋妹訪仇。可是尋妹訪仇，只一邁步，便要花錢，花錢便該先籌款。傾家之後，又加以涉訟，他早已囊空如洗了。既然要辦大事，用大錢，求幫告助，當然不成，他也不肯。他上哪裡弄錢去呢？

李步雲只好決計先回原籍，變產籌款。可是，既須回籍，那便該將雙親的靈棕順便帶回故土，入土為安的了。好在群賊已散，起靈柩不致生他故。李步雲由蕭承澤幫助，把李太守夫婦的遺骨安然運抵故鄉江蘇如皋。這其間蕭承澤不但出力，一路上車船店腳，全靠他幫忙。而且他更從近處朋友那裡借了一筆錢，才得助成李公子移棕還鄉的大事。卻不料一到故鄉，「世態炎涼」，李步雲公子遇上了比仇人比群賊更歹毒的本家勢利眼！

李建松太守是廉吏，不肯濫用鄉親本家。鄉親故族投奔到他任上，總被他善言給資遣回。鄉親們志在要個官做，他自然不肯給，不但本衙門不敢用，也不肯轉薦到別處。他們土頭土腦，抱著一腔熱望，特來投官親，求發財。李太守兜頭給他們一盆冷水，說出了宦海風波，吏胥貪鄙，以及當長班、當長隨的萬惡：「你們鄉下人容易上圈套，弄成傀儡，替他們生財，給自己闖禍。你們不知道個中利害，當官做吏，可為而實不可為，你們還是回家耕讀的好。」其實是官場傷心語，閱歷之談，倒弄得遠房親族近支戚畹，歡天喜地而來，垂頭喪氣而去。於是乎把李建松暗地恨上：「你看他做了官，不認得老鄉親了。親鄰世誼，他誰也沒拉拔！」

現在可好，清官，清官，鐵面孔，冷心腸，仰著腳，死回家。老婆被人慘殺，女兒沒了下落！「天道好還」，李知府這就教遭了天報，誰叫他當官太無情，親親故故，毫不照顧來著！

李知府既因「不任用私人」大招鄉謗，今一旦身死勢敗，兒子李步雲又是年輕書生，同族們不加哀矜，反倒趁了願。更有的存心險惡，乘危覬產，企圖把李公子擠出家鄉以外。

李公子想要變賣田產，本家們立刻議論紛紛，左阻右撓，橫加破壞。「爹剛死，就賣田，雲哥簡直是敗家子！」孝子要擇日開吊，發喪，出殯，這也有人搗亂，「汝親仇未報，縱及黃泉，其目不瞑；汝宜枕戈復仇，務雪奇冤。汝父母遺榇，但當浮厝，以示有待也。」理由很正大，其實是存私心，擠兒李公子入皖控仇，自然就離開家鄉，對產權也就無暇過問了。李公子再也想不到本家戶族是這等毫無心肝。他身返故廬，「苫塊昏迷」，幾乎陷入環攻。他的痛哭流涕，只換來冷眼，冷諷，得不到半點同情，倒招來許多排揎。李映霞小姐的失蹤，他們不問黑白，妄肆譏憚：「李建松必是缺了德，若不然，他的女兒不會……」年高望重的老族長也嫉妒李建松當年的官勢，居然對著兒子，指斥父親：「步雲，你爹爹做得太絕情了，果然落到這一步。試問他居官數十年，本家戶族可有半個人沾過他的光沒有？他也不想想，怎麼叫木本水源？自從他做了知府，好像把李家一姓的風水全教他一人拔盡。他從來不肯提拔後進，顧卹本族，他一點骨肉情誼也沒有！假使他肯成全自家人，本族子弟有哪一個半個做官為宦的到了現在，豈不是個幫助?常言道，官官相護，百足之蟲死而不僵。你爹爹不留後手，所以落得孤立無援。他一生受病處，就是心胸太隘呀，太毒呀！光知一味做清官，不肯汲引親故；又不懂看風使舵，要跟豪門硬碰，結果怎麼樣?孟子不說嗎，『為政不得罪巨室』，你爹爹傲上恤下，妄想替小民造福，殊不知獻糧莊計百萬乃是出名善人，又是萬歲皇爺賞過匾的順民，你爹爹硬要砸他，豈不是自找倒楣！」跟著把李知府的死因加以誣衊的推測，把李步雲氣得半死。

蕭承澤尤其憤怒，說道：「大兄弟，不是我嘴損，你們這些本家，全是些冰凍的四條腿，一點人心也沒有，一張口，就是幸災樂禍！你不要出大殯吧，暫且把伯父伯母浮厝起來，不必變產惹氣，索性我們多少弄點現錢，我們趕緊地走！我們不能跟他們這些勢利眼認真，有許多大事等著我們辦呢！」

李公子割賣祖產，既有人明面上暗地裡打破水，連問幾家買主，一致地乘機貶值，要白撿便宜。不但賣地籌款辦不成功，反惹出許多閒氣；就是李家的住宅莊院，也不容易收回。

李公子未歸前，這片大宅向由第四房本家借住，算是留守看房。李公子扶櫬而歸，他們只肯讓出幾間正房。話裡話外，慫恿李公子進京告御狀，斷斷不該久戀故鄉。四房的居心昭然可見！李公子要的是錢，迫不得已，打算變賣舊存器物，他們也像串通了似的，誰也不肯買，買也不給善價。倒是外莊的幾家老佃戶，聽到少東的苦情，把幾筆地租如數送來，這倒救了李公子的急。李公子一心結計著尋妹訪仇的大事，沒有心腸和本家慪氣。又經蕭承澤的解勸，他就浮厝了亡親，攜帶這些現銀，含怒拂袖，躲開了他的本家，離開了他的故鄉。

他於是開始了訪仇尋妹。

不久，在豫中永城縣——楊華的故鄉，來了一個陌生的人，一再打聽楊華的蹤跡。那時候，楊華還沒有回鄉，剛由淮安轉到鎮江，正自重圓舊好，趕辦喜事。楊柳情緣的波折，李映霞的孤蹤暫寄，楊府上一點也不知道，來的人自然一點什麼也沒問出來，便很沮喪地離開了趙望莊。

又不久，在鎮江府魯宅，也來了一個陌生人。那時候，柳門大弟子魯鎮雄正攜小徒，遠赴洪澤湖寶應縣，應邀給十二金錢俞劍平幫忙訪鏢鬥豹，魯府上沒有知底的人。玉幡桿楊華恰又和岳父鐵蓮子柳兆鴻、愛妻柳葉青結伴南訪獅林觀，要向獅林三鳥索取那得而復失的青鏑寒光劍，人是剛剛走了。那個陌生人恰巧又撲空，只得把間接問來的話帶了回去，向李步雲、蕭承澤學說。

於是韶光瞬度。李步雲、蕭承澤到底聯翩親臨，在河南省永城縣趙望莊雙雙出現。

這一天，楊宅男主人玉幡桿楊華、岳父鐵蓮子柳兆鴻、晚輩朋友白鶴鄭捷正在跨院精舍喫茶閒談，談到了賊人的擾害，如何永遠堵絕，當地的鄉團如何設防，使它更為有效。此刻鄭捷的傷已然大愈了，他很早就想要回鎮江。楊華一力堅留，不肯教他負傷初痊，便即上路，至少也要多留他住些天，以酬答他為己護宅的恩義。鐵蓮子回來之後，更對這個徒孫大為嘉許，一定要永遠把他留在這裡，給自己做伴。順便還要將本身絕技傳給女婿楊華，兼及鄭捷。本來教一人也是教，教兩人也是教，有兩三個學者，更容易彼此觀摩切磋。柳老說出這個主意，鄭捷方才打消了去志。鄭捷是聰明人，師叔楊華、師姑柳葉青，跟李映霞的糾葛，他是了解的。儘管師祖安心偷梁換柱，要把李映霞許嫁給鄭捷，鄭捷卻不肯做這樣的事。

他早就私發牢騷，「我憑什麼揀人家的甩貨？」雖然他年輕，只憑他那機警勁兒，繞圈兒把話一描，已將師祖試探保媒的口風封住了。這些日子，鐵蓮子再也不肯舊話重提了。現在他們師徒三人，剛剛練拳下場，只是在精舍歇汗品茗，漫無邊際地隨便閒談。

正談處，門房楊升捧名帖來報，外面有兩位遠客來訪，一位姓李，一位姓蕭，還帶有很多的禮物。鐵蓮子柳兆鴻詫異道：「這又是誰？你的朋友真不少！」玉幡桿楊華一看名帖，直跳起來，道：「哎呀，原來是他，他是我的老朋友蕭承澤！他來了，好了，我們可以曉得霞姑娘她的胞兄的下落了。嘿嘿，您看，霞姑娘的令兄也來了！」一迭聲地說：「快請，快請！」

鐵蓮子索過名帖一看，這一張寫著：「年家眷沐恩愚小弟李步雲頓首拜」，那一張寫著：「譜眷愚小兄蕭承澤頓首拜」。

柳老不禁皺眉道：「這一大串稱呼，我最討厭這『年家眷』幾個字，簡直不像話！這李步雲真是霞姑娘的哥哥嗎？」

楊華道：「是的，一準是的。您老看，他叫李步雲，霞姑娘叫李映霞。他們哥兩個，一個雲，一個霞，全是打雨字頭排行的。除了他，還有誰？況且這沐恩兩個字，下得也很怪。當然他已然曉得我曾經救過他的令妹，並且也像曉得了霞姑娘現時寄居在這裡似的。」白鶴鄭捷道：「他同蕭某人一同來，一定是很知道詳情的了。」楊華道：「我們最奇怪的是，李公子他居然沒死，也不知到哪裡去了，事前一點消息也沒有，現在忽然出現。尤其奇怪的是，蕭承澤大哥，那一天他拒賊落後，就沒了蹤跡……」鐵蓮子道：「不用講究了，見面一談，豈不全明白了？」

僕人在前面走，楊華急整長衫，要到外客廳延見。鐵蓮子說道：「你索性把客人讓到精舍，我們都要聽一聽。」楊華連說：「好！好！」一直迎接出去。

楊華、李步雲素不相識，此刻迎出大門一看，蕭承澤還是那麼黑，還是一臉疙瘩，粗粗魯魯，師爺打扮，穿長袍馬褂，和一個少年書生，各把許多禮物，放在門洞春凳上，兩人並肩立在門洞中。這書生長身玉立，形容清俊，本來美如好女，和李映霞相差不多，此刻身罹重憂，為了行旅之便，未著喪服，只穿灰布長衫，氣色顯得異常慘淡，只有兩隻眸子於鬱鬱之中微露英光，可見他為人文弱，志趣卻韌而剛。

客主抵面，李步雲側顧道：「蕭大哥，這位想必是楊公子，楊恩人了？」蕭承澤早大叫一聲，撲上前道：「楊賢弟，華二弟，我到底找著你了！」大眼一瞪，眼淚滾滾流落下來，把楊華的手抓住，急口地問道：「華二弟，華二弟，我說，你把大妹妹救到哪裡去了？那天，你到底把他妹妹，把李小姐，救出來沒有？我聽說你最近續的弦……我那天教鄉團拿我當賊活捉住了，我記得你把大妹妹背起來跑了。到後來，我從縣牢掙扎出來，我就緊打聽，怎麼說你……我派人先撲到這裡，又撲到鎮江，怎麼全說你出門了，上雲南去了？到底大妹妹，到底李小姐，就是李映霞小姐，就是他的胞妹，就是這位李步雲李公子，我的義弟，他的妹妹，究竟是死是活？救出來沒有？沒叫賊人架走吧？我記得那天逃開了，你快說，她現在哪裡？」

蕭承澤大瞪眼，沒頭沒腦，滿臉淚痕，一陣亂問，又拖著楊華的手，往李步雲這邊拉；拖著李步雲的手，往楊華這邊拉，一迭聲說：「我給你們引見引見，這位就是楊華楊二爺，是我的盟弟。這位就是李步雲李公子，是我的恩主李大人的令郎。華二弟，大妹妹她現在一定還在人間，她不會慘死的。你說，她怎麼樣了？現時可還在你們家嗎？」

楊華不由要笑，又不肯笑，見李公子拱手當胸，面對自己，欲言不言，也是一臉焦急。他就連忙回應一句道：「李公子，久仰，久仰！蕭大哥，你不要慌，我們屋裡說話。你們全放心，李小姐已然救出來了，現在就住在這裡，沒有被賊架走。我找你找不著，我就把李小姐先送到淮安府她令親賀家。賀家不收，我不得已，才又把她交給內子，由內子的父親認她做義女，她現在就寄居在舍下，和家母同住上房。她安安全全的，你們放心，她很好，不要著急，等我把她請出來。咱們裡邊坐！」立即舉手，往院裡讓客。

蕭承澤一聽李映霞健在，頓時大叫了一聲：「我的祖宗，謝天謝地，你果然把她救出來了。怎麼樣？大兄弟，老伯一世清白，居官廉潔，他的後嗣兒女，斷不會淪落的。我的祖宗，天爺，我先謝謝你，沒把我這大兄弟和我活活急殺。我們滿天捕螞蚱，亂尋亂找，現在可好了，有了準下落了。」蕭承澤簡直比李步雲還著急。現在滿臉得色，如釋重負，歡喜得直跳，連連搖撼楊華的手，連連說：「華二弟，華二弟，你積德積大了。」竟沒容李步雲開口說話，一手拉住楊華，一手拖住李步雲，笑不成聲地嘮叨：「好好好，天爺，活祖宗……咱們裡邊談話。」吩咐司閽楊升代提禮物包，他反而邁步當先，推楊拉李，直往裡院走。

曲折行來，到了精舍，蕭承澤重替兩人介紹。李步雲渾身顫抖，到此方才面對楊華，鞠躬叫道：「楊公子，楊恩公，你是我李氏門的最大恩人，保全舍妹清白，就是保全寒家一門清白！」竟撩衣跪倒在地，連連頓首，嗚咽陳情，涕淚滿面。楊華慌不迭地扶攙，說道：「這可不敢當，請起，請起！」

蕭承澤插言道：「華二弟，不成，一定得教他磕頭，我也得磕頭，你坐正了吧。」強推楊華就座，他也趴倒磕起頭來。

把楊華鬧得手忙腳亂，窘不可言，痴痴地說道：「嗐嗐嗐，這不像話，快不要這樣，蕭大哥你別跟著鬧了！」全拖不起來，只得趕緊跪倒相陪。好容易等到蕭、李二人各磕了八九個頭，方才一齊站起。李步雲、蕭承澤一邊一個，仍強請楊華落座，然後反賓為主，兩人陪坐在旁邊。

蕭承澤還要絮絮叨叨，細說前情，追詢舊事；李步雲微微示意，阻住了蕭的談鋒，唏噓說道：「楊大兄，小弟深知大恩不言報，感激應藏在心中！小弟家門不幸，遽遭滅門之禍，舍妹伶仃弱女，身陷魔劫，小弟萎懦不才，力不足庇骨肉。若不是大兄慷慨拔刀，小妹辱甚於死，小弟直不能為人。現在，既蒙救出舍妹，又蒙收容她，不但我李步雲畢生感荷，便是先考先妣，魂在黃泉，也必銜感大德。我小弟此番和承澤大哥前來登門奉謁，一來頂禮叩謝，二來便是尋妹，以圖骨肉完聚。小弟此刻心緒如焚，恨不得立刻面見舍妹，告訴她我現在沒死，正在勵志訪妹尋仇。可憐先父先母遇仇殞命，一家十數口全付劫灰，只剩我小弟和弱妹茕茕二人。我寸心如割，亟欲見舍妹一面。大兄，可否先把舍妹喚出來，我要看一看我這劫後餘生的弱妹……」說著忍不住又痛淚潸潸而下。

玉幡桿楊華很了解李步雲這份心情，忙道：「好，我這就請令妹去。蕭大哥你先勸李公子定一定神，這一回本是你們親兄妹大劫之後骨肉重逢，莫說你當局者動心傷情，便是我們局外人也自辛酸悲慟。令妹在舍下處得很好，她也是很繫念您老兄的存亡，悲傷先人的慘逝，飽經憂憤，身心未免脆弱。停一會兒你們見面時，千萬彼此要節悲，若不然，恐怕她猝見親丁，反致驚倒。」說罷，命僕人獻茶。

楊華本可以遣僕到內宅傳話，把李映霞請出來。他要先墊一個底，便站起來，向李、蕭拱拱手，親自去請。鐵蓮子柳兆鴻、白鶴鄭捷懷著好奇心、同情心，從內間走出來和李、蕭攀談。

楊華這番很仔細，先到己室，見了柳葉青，對她說：「青妹妹，我告訴你一個奇信。霞姑娘的胞兄李步雲有了下落，現在他和我那位義兄蕭承澤雙雙找我來了。」柳葉青正自哺嬰，不由驚喜道：「是嗎？她哥哥居然還在人間，沒被賊人殺害嗎？」楊華道：「是的，他現時就在精舍，正跟岳父說話呢！」

柳葉青十分聳動道：「這可是天大的喜訊兒！霞妹妹看外面隨緣度日，骨子裡總似乎傷心鬱悶。這可好了，他們居然骨肉重逢了。咱們快給她報喜信去。我說，我可以陪著她去見她哥哥嗎？」楊華道：「這個，這有什麼不可以？不過，我們總得先稟報母親一聲。咱們這樣辦，我去到上房稟告母親，由母親正經告訴她。你不妨單過去，暗中先通知她一聲。」柳葉青道：「那又何必多費一兩道手呢。這本來是好事好信呀，早早教她曉得，豈不痛快？」楊華道：「正因為對她是好信，我卻怕她傷心絕望已久，驟聞好信，精神激動過甚，當場便喜極暈倒。你可以先過去，慢慢地告訴她，不要教她抽冷子猝受激盪。」

柳葉青非常欣喜，連連點頭道：「對！我這會子，剛一聽見，也是高興得心上撲騰撲騰地跳。她當然更關心，真格的就許驚喜過度，喜歡死了。」便緩緩地放下嬰孩，叫來乳母看著，她自己很快地奔上房去了。

玉幡桿在正房裡稟告母親，柳葉青徑到別室，找見李映霞，見她正自倚窗挑繡，神情悵惘，抬頭看見柳葉青，立刻臉上堆歡，叫了一聲：「姐姐！」放下活計，伸足下床。柳葉青忙走過去，緊偎著她，不教她下地，竟環肩一抱，這一手把李映霞攔腰摟住，那一手便握住了李映霞的手，說道：「妹妹，你不要一個人發愁，傷心了，我來給你報個喜信，你那令兄現在有了下落了。」

李映霞愕然道：「是嗎？可是姐夫給打聽來的嗎？」凝眸望著這江東女俠，暗察她這話的神情，究竟是開玩笑，還是故意慰解自己。

柳葉青畢竟沉不住氣，搶著說：「可不是嗎，正是你姐夫打聽出來的。你那令兄不但沒死，而且還正張羅報仇尋妹，也就是正自尋找你的下落呢！霞妹妹你可大喜了，骨肉重逢，真是天大的喜事。霞妹妹，你當然著急要見你令兄的了，你說還是教你姐夫把令兄邀來，還是由我陪著你去見他？」

李映霞道：「唔？」剪水雙瞳重新注視柳葉青，仍不肯信以為實，笑著說：「那敢情是喜事，姐夫真給找得來，只給他一個信，他還不來嗎？那還用得著勞動姐姐陪伴我去？只是，我這些日子心焦麻亂的，接連夢見先母和家兄在一塊兒站著瞅我，我疑心他也許不在人間了。姐姐，你不要給我開心了。其實前後也快兩年了，家兄倘在人世，無論如何，他也該打聽那位蕭大哥，再由蕭大哥那裡打聽姐夫，很容易地便可以訪明我的下落，他一定要找到這裡來的。可是事隔兩年，我找他不容易，他找我並不難，可是他至今不來找我，我睡夢裡總覺得他凶多吉少，多半不在人間了。我也老早地死了這股子心了，我原要死心塌地在這裡……」說著眼圈紅潤了，強忍著眼淚，衝柳葉青一笑。

柳葉青哧地笑出聲來，說道：「好妹妹，你別看你聰明，事情倒也有你那麼一猜的，究其實還是你關心太過，不敢往好處想。霞妹妹，這一回你可沒猜對。你那令兄不但還在，就是你那蕭大哥也陪著他呢。現在他們倆就搭著伴，一齊找尋你來了。我絕不騙你，你說你信不信吧？」

李映霞強笑道：「姐姐固然不騙我，我可不大敢信我的命運。像我這樣薄命人，哪有這麼好的遭遇呢？」

柳葉青且笑，且嘆，且點頭道：「嗐，到了你還不敢信嗎？你看事看得太悲了，可是你實在是『否極泰來』，你不但不命薄，你還真真交了好運。現在你那令兄和你那蕭大哥，他們哥倆真格地雙雙來到趙望莊了，找你來了，接你來了！」說到「接」字，可說是脫口而出，忽然想到不對勁，就戛然而止，一臉笑容地說：「霞妹妹，跟我走，快去見你哥哥去。他現時就在跨院精舍，正跟我爹爹說話呢！」

柳葉青過來拽李映霞，李映霞頓時面色由蒼白變成死灰色，渾身禁不住亂抖，吃吃地說：「姐姐別鬧，是真的嗎？是真的嗎？」柳葉青道：「咳，這還有假，人都來了，說了半天話了。好妹妹，你可大喜了，骨肉團圓了。」

這時候，李映霞果然精神震撼異常，如絕處逢生，如臨命逢赦，睡寐夢魂驚，反畏消息來。柳葉青握著她的手，她的手冷如冰，不由己地顫慄。她一句話也說不出來了。這時候，楊太夫人扶婢親自過來，後跟楊華，一個小丫頭雀躍著先跑來，老遠老遠地叫：「李小姐，李小姐，我們老太太過來了。李小姐，您大喜了，你的哥哥他尋找你來了！」

「哎呀，我的天爺，我哥哥是真的沒死嗎？真的找來了嗎？他現在哪裡？」掙命往外搶，柳葉青忙說：「妹妹不要忙，你先定定神，我娘來了。」

楊太夫人、楊華母子齊到，齊說：「霞姑娘，你大喜！」

李映霞竟站立不住，一順身坐在茶几旁小凳上，說道：「伯母來了。我家兄他是來了嗎？謝天謝地，我李家門有後了！」忍不住要放聲一慟，可是她忍而又忍，居然忍住了，真是費了很大的氣力，抑住了喜極而悲的愴慟，面對居停主人，換出了笑靨，說道：「這可是難女的造化，這可真是托庇府上的洪福！」

楊氏母子圍住了她，都替她喜歡。李映霞定省移時，方才說：「伯母，我要看看家兄去。」楊太夫人道：「何不把李公子請進內宅來？」李映霞忙道：「不用，不用，我出去看他去好了，何必給伯母添麻煩？」楊太夫人笑道：「這是天大喜事，霞姑娘，我也要見見你令兄，我也替你們喜歡。」

楊華道：「我這就去請，還有蕭大哥，也不是外人，他也要給母親見面請安的。」一陣風似的走出去了。楊太夫人看著李映霞的神色，點頭嘆息道：「我說呢，我從哪裡看，都覺得霞姑娘不是薄命人，斷不會落成孤鬼遊魂似的。我的老眼不花，真就沒看錯。李公子遠來是客，就把他請到上房來吧。我說二嬸，你也把霞姑娘陪到上房來。霞姑娘，咱們全到上房見面好了。」

楊太夫人已經看出李映霞神情悲愴，氣促力頹的樣子，教柳葉青好好攙陪著她，一同來到正房。李步雲、蕭承澤，此時正和鐵蓮子柳兆鴻、白鶴鄭捷講話。柳老在楊華剛進內宅時，便從內間出來，代做主人，陪著李公子敘談，並詢問他舉家被難的經過，兄妹失散的行蹤。李公子草草講到遇賊，傾家，控仇，纏訟，以至移棜，還鄉，變產，內訌……兩年奔波，尋妹今日才得，復仇不知何年！談到傷心處，淒然淚落。蕭承澤提到官府顢頇，誤把自己當賊，後來真相已明，仍然不肯認錯，倒慪氣把良民毒打。李公子又提到本族乘危覬產，阻撓賣田，反抬出大道理來，掩飾他們無恥的陰謀。鐵蓮子聽了，氣得發哼，幾乎罵出口來，正要細問詳情，楊華已然走出來傳述母命，請李公子到內宅會見。李步雲公子抱歉說道：「小弟倉促而來，衣貌不整，但是我理當到上房，給伯母請安的。」蕭承澤忙道：「可不是，我們只顧跟柳老前輩攀談，忘了給老伯母稟安了。走吧，我們進去吧。」

李步雲、蕭承澤整齊衣冠，由玉幡桿楊華引路，從跨院繞進內宅，升堂入室，李步雲抬頭一看，一位白髮如銀的老婦人扶婢立在堂上。李步雲料知是楊太夫人，忙趨行一步，納頭叩拜，蕭承澤也即跪倒，禮畢，平身，楊華讓座。李步雲不肯就座，向楊太夫人垂手肅立說道：「老伯母，小姪李步雲慘遭家難，骨肉流離。舍妹映霞承府上救護收恤，小姪畢生感戴，無以為報……」又恭恭敬敬叩下頭去。

楊太夫人側身含笑，命楊華跪扶，說道：「李公子快不要這樣說，久聞令尊老大人是位賢吏，令妹又是貞烈閨媛，我實是欽佩她，歡喜她。她在舍下正和一家人一樣。我知道公子尋訪令妹，焦盼已久。我們回頭再說話兒，請你們胞兄妹先見過了面吧。」側視內室道：「快把李小姐請出來。」

李映霞正和柳葉青並坐在內間，李公子在中堂朗朗致謝，映霞已全聽見。骨肉關情，李映霞失聲說道：「吆，真是我哥哥！」才聽得一聲請，小丫鬟剛把門簾撩起，李映霞遽然站起身，踉蹌走出來。柳葉青忙說：「妹妹慢點走！」李映霞再也顧不得禮貌矜持，如風擺弱柳，眼望李步雲，一直撲了過去，兩手抓住了胞兄的兩臂，哀嘶道：「哥哥，哥哥！」痛淚像決了河流似的潸潸而下。李步雲尚能支持，然而也已忍不住，雙手交抱住妹妹的兩臂，失聲叫道：「妹妹，苦命的妹妹啊！你和我都成了無母的孤兒了！你和我都背著血海深仇，我們怎麼辦啊！」四臂相抱，痴立屋心，肩頭都一聳一聳，體如篩糠。明知身在別人家，不宜悲哭，到底耐不住嗚咽，哽噎，到底失聲號啕起來了。

楊太夫人、楊華、柳葉青，尤其是蕭承澤，眼見這大劫之後，再次重逢的胞兄妹這樣痛斷肝腸地悲泣，都覺得酸心砭骨，難過非常，也覺得非常失措。他們兄妹當然要傷心，哪能立刻就攔勸呢？

李映霞漸漸支持不住，淚眼環顧，強自吞聲，一口氣緩不轉，突然軟癱下去。李步雲張皇急叫，柳葉青趕忙地搶上一步，把李映霞架到旁邊椅子上，替她解領扣，揉胸口，舒心氣，並且輕輕捶拍她的後心。李映霞面色慘黃，依然哽咽酸嘶，一句話也說不出來。楊府的人很有點受窘，勸吧，人家骨肉分崩，雙親慘亡，僅存的這同胞兄妹，於消息斷絕後，一旦重逢，設身處地的想，焉能不痛心？若強加阻勸，倒像做主人的厭惡哭聲，禁止人家悲哭，似乎不近情。不勸吧，坐視兄妹哀號，袖手旁觀，又不甚像樣，而且這兄妹二人起初矜持，一經放聲，便痛定越發思痛，傷心身世，頓忘了目前環境，簡直越哭越高聲，好似舉哀一般。倒鬧得楊府上內外男婦奴僕，莫不駭異，齊奔來窺伺，還當是主人家出了差錯呢！

經過了好大工夫，李映霞、李步雲把嗓子都哭啞了。蕭承澤陪著傷感，看出楊華等代為傷心的意思和束手惶窘的神情，忙抹著淚，過去叫道：「大兄弟，大妹妹，不要傷心了！別哭壞了身體。你們現在總是骨肉重逢，往後還有好多事要辦呢，千萬珍重保重。」

柳葉青看了婆母一眼，拉了李映霞的手，也再三解勸。二人漸漸地止住了悲聲，這兄妹又增慚容，齊向楊太夫人道歉：「小姪、姪女一時忘情，老伯母多多擔待！」

楊太夫人安慰道：「李公子，霞姑娘，你們不要客氣！你們的遭遇，連我都聽著傷心，你們快不要傷心了。」這話有點逗笑，看著二人涕淚橫頤，吩咐使女：「快給李公子、李小姐打面水來。」

又見李映霞收淚之後，面對胞兄，一言不發，雙眸凝神，似有深思，眼淚依然斷斷續續地流。太夫人年高多識人情，便又吩咐：「李公子遠道來尋妹，一定很勞累。我們在這裡，他們兄妹也拘束，可以把李公子讓到東廂房歇息！」又笑道：「你們親兄妹也該說幾句體己話了。」李映霞忙一定神道：「伯母太客氣了，姪女倒是要跟家兄談談今後門戶大事……」柳葉青忙道：「好吧，你們找個地方談吧，我領你們去。」

賓主在正房堂屋談了一會兒，楊華、柳葉青夫婦倆親引李氏兄妹到了東廂。楊華另將老友蕭承澤邀到精舍，和柳老、鄭捷細談當日之事。

到晚上，擺筵給李氏兄妹賀喜。

李映霞和李步雲公子在東廂聚首，兄妹二人說了又哭，哭了又說，彼此敘起兩年來的遭遇。李映霞問完了胞兄，便說到自己，身為楊華所救，至今寄居在這裡，非親非友，不是了局，問胞兄：「今後打算怎麼樣？」李公子嘆息一聲，說出自己要毀家復仇，已將岳家婚事打退了。李映霞戚然道：「哥哥要復仇，這是很應該的。但是你正該把嫂嫂娶過來，先把我李氏宗嗣延續了，以後再設法報仇。你怎麼無故退婚呢？莫非樊老伯家見我們父死家敗，先有嫌貧悔婚的意思嗎？」李步雲道：「他們倒沒有，這只是我一個人的意思。」

李映霞搖頭大不謂然，半晌說：「哥哥，報仇是對的，毀家卻不可行。你不肯成家，不肯娶嫂嫂，難道你我兄妹兩個全變成無家之人，奔波道路，做法吞灰的豫讓，行乞尋仇嗎？小妹畢竟是女子，怎好流浪風塵。你不成家，你可把我安置到哪裡呢？」

李步雲道：「噢，這一層，卻是要緊。但是，你教我怎麼成家？我已然把退婚的信發了。」

李映霞道：「咳，哥哥你做得太過了。你的志氣是對的，臥薪嘗膽是應該的，但你何必退婚？你難道從此終身不娶嗎？」

李步雲苦笑道：「我若不殺了計家二子，我便再不享人生之樂，我便以鰥夫終身！」

李映霞很動容道地：「哥哥的苦心，我全明白，只是我呢？」

李步雲道：「妹妹你嗎？」不由站起身來，來回走溜，扼腕嘆道：「妹妹的終身大事至今未定，煞是難處，真是的。我該怎樣安置你呢？」

李映霞拭眼道：「哥哥，你說吧！如今我家只剩你我兩人了，你就是我們一家的主心骨，我有父從父，無父從兄。」

李步雲道：「妹妹，我的苦命妹妹！」忍不住又流下眼淚道：「依我的打算，我們的終身大事暫且從緩，我們必須先尋仇。」

李映霞慘笑道：「什麼終身大事，當然不在我們的慮下。只恨我究竟是個女孩子，終身不必問；安身之處，哥哥你不能不替妹妹打算一下呀！我以為哥哥應該把嫂嫂娶來，找一個隱僻地方，閉戶遁居，以避敵眼。我便和新娶的嫂嫂在一塊過活，也就是苟延殘喘，直熬到你把報仇的大事辦完，然後……」

李步雲公子道：「娶嫂嫂的話，已經不行了，我已然早早把信發了。我可以把你安置在……本家，舊戚……咳……『人在人情在』，這回還鄉變戶，我領略已深！算起來，倒是這楊府上，據蕭大哥說，楊仁兄為人慷慨仗義，倒可以托庇他家。我不知你在這裡寄居的情形到底怎樣，若教我看，就說剛才吧，楊太夫人那番意思，似乎很拿咱們當一回事似的。妹妹既然已經在他們這裡住了，莫如接著住下去，等我報過了仇，我再接妹妹出來。」

李映霞不語，面色本來未恢復，此刻驟聞此言，神情又變，淚點又決河似的流了下來，哽咽半晌道：「不錯，楊宅上下都是佛心人，但跟我們非親非故，賴狗求食，未嘗不可，人家倒也不在乎，只要我們問心能安，儘管可以賴下去。哥哥，哥哥，我今日盼，明日盼，好不容易盼著見了你的面，我的心事已了，李門算是有後了。我一個女孩，無關於報仇大計，父母生我，也算徒然。我莫如趁早尋個自盡，也省得累贅，給哥哥添煩！再不然，削髮出家，也可以礙不著旁人。哥哥，你索性找個尼庵，把你妹妹送到尼庵去吧！在那兒我可以念佛吃齋，替父母超度，替自己懺悔今生罪孽！」說著吞聲嗚咽，幾乎哭出聲來了！

李步雲大驚，連忙過來，撫著妹妹的肩頭道：「妹妹，妹妹，快不要傷心！我一切事都要跟你商量，跟你要主意。妹妹，我們的父母已然死了，只剩下你和我了。哥哥我的打算，如有不合適，妹妹快指點我。妹妹不願在這裡住……」低聲道：「想必是有的地方不方便，那麼，妹妹放心，我立刻把妹妹接出來。我可以在故鄉或在近處找一處小房，好在我們還有舊僕、老嫗。人家兄妹二人支持門戶，也有過的很好的，何必非要嫂嫂不可？」眼望窗外，悄聲說道：「妹妹，你不知我是怎樣的疼你呢！這兩年，一想到你，我就如醉如痴，便像刀扎心一般。我的親人只有你了，若使你有絲毫不如意，我便不成人子，便對不起逝去的先人。我有幾句剖心的話，索性告訴妹妹你，既然寄居人家不是了局，我要先把你接出去，先把你的終身大事辦妥，然後……」

李映霞越發不悅，怒道：「你以為我事到今日，剛剛骨肉見面，便逼你給我說媒嗎？你不要妄自菲薄，你也不要菲薄你的妹妹！你不了解你的妹妹的處境的苦處，你的妹妹處在楊宅有多少不便。這裡雖不是火炕，我卻如熬如煎。」

李步雲變色道：「可是有人憎厭咱們？」

李映霞臉色轉紅，嗔道：「哥哥怎的這樣不明白，我是十八九歲的大姑娘了，平白住在素不相識的人家，出來進去的，親不親，友不友，你還要我說什麼？人家就是很寬容，很優待，我受得了嗎？」

李步雲道：「哦，原來如此，卻也怪不得，這是哥哥粗心。本來男子有交結，妹妹是個珍貴女兒身，乞食寄寓在非親非友的外人家，實實在太難，實實是我沒有設身處地替妹妹想。我現在全明白了，我就趕緊去外面找房，先把妹妹接出來。」

李映霞看出胞兄慚惶之意，不勝淒然道：「哥哥本是束身自愛，向罕交遊的一個少年書生，人情世故，本來不甚明白。小妹雖是女子，這兩年遭難，遇救，被人收恤，借寓寄食，自己確是認清了自己的命運，看透了世道人情的隱微。我先跟楊恩兄暫住在淮安李家，後跟楊恩兄的岳父鐵蓮子暫住在鎮江魯家。鐵蓮子這老人把我認成義女了，你不是見過他了？我跟他老人家又來到這楊宅，做了人家寄居親戚的客中客，搬來搬去，一連三次，我又是個女孩子，歲數又這麼大，我真是深了不是，淺了不是。人家越憐惜我，我越覺欠人家的情；人家越優待我，我越覺不配。你想，哥哥，咱們並不是小戶人家，妹妹也算是知府小姐，我卻逃在這非親非友的人家，心上是什麼滋味。固然主人們很禮待我，奴僕們也很看得起我，我可是處處得小心，怕討了人家的厭。不笑時要笑，不喜時要喜，有了病要不教人覺出來，明明白白吃不下飯去，也得在人面前強吃強喝。你只稍一發煩，人家上上下下地慰問你，一口一個可憐，一口一個可嘆！又要陪你延醫，又要給你尋藥，再不然，責備丫頭老媽，『許是伺候李小姐，伺候得不周到吧？』人家行好積德，妹妹變貓變狗似的難受！哥哥你明白了嗎？吃蹭飯最不好過，受人憐最難自處。我不說破，哥哥不明白；我要說，又怕哥哥疑心妹妹不貪業，或者猜疑我人大心大。你本是公子哥，哪裡曉得妹妹這兩年所受的罪孽！」

李步雲十分慚愧，又十分悲愴道：「哦，我全明白了！妹妹的苦處我真沒有想像到，既然如此，我們速速酬謝人家，速速遷出去便了。」

李映霞道：「哥哥明白我的心就完了！我的拙見還是哥哥趕緊把嫂嫂娶進門，嫂嫂也是名門之女，我自信姑嫂一定處得來。況且我在人家楊宅還能相安。跟親嫂嫂共處，一定更能相投。這樣，我便可以安身立命，靜待哥哥替父母報仇。等到哥哥把大仇一報，那時候小妹又有一番作為。那時候我必要做出對得起雙親在天之靈的一件事來，藉此表白我李氏門的清白……」侃侃而談，不覺又流露出大節凜然的意態來了。

李公子口說全明白，其實他並不能立刻透透徹徹聽明白妹妹的話，只是說：「那樣也很好，我還是先接妹妹，我成家的話，隨後再核計。只有酬謝楊宅這一件事，不大好辦。常言道，大恩不言報，我們該當怎樣謝犒人家，卻是頗費躊躇。」

李映霞掉頭說道：「那有什麼為難？只要你我兄妹不死，往後日子長著哩！我們一步步走著瞧，一步步活著看。若是我們活不長遠，那麼人死『一了百了』，用不著什麼答報。若是活下去，安知我們沒有力量？安知他們不遇見危難？」

這話骨子裡很冷峭，弄得李步雲瞠目諦視他的胞妹，猜不透妹妹的心情究竟怎樣。可是他縱然是書生，也很聰明，見妹妹眼含淚珠，辭涉激楚，猜得似有難言之隱，忙換言安慰妹妹：「妹妹放寬心，我一切打算都依著妹妹辦。」

傷心人斂怨懺情

兄妹又談了一會兒，主人那邊派小婢來請。兄妹重返楊府上房，楊府上房早已安排下豐富的家筵。分為兩桌，一桌男賓男主人，一桌女賓女主人。本來是慶祝李氏兄妹的骨肉重逢，卻在遜座之後，到底是楊太夫人和外老太爺鐵蓮子柳兆鴻分據了男女席的兩個上座。

在筵間，李映霞力持謙抑，向楊太夫人、楊大娘子、楊二娘子柳葉青很說了許多感謝的話。柳葉青忙前忙後，向李映霞大聲地賀喜，小聲地訴說心腹話。李映霞玉面生春，頗有羞容，只裝聽不懂或聽不見。柳葉青又向嫂嫂楊大娘子耳語，楊大娘子只是含笑搖頭。尷尬情形被楊太夫人看了出來，詰問柳葉青：「二嫂，你們跟霞姑娘嘀咕什麼了？」李映霞把頭低下。

柳葉青賠笑說：「沒有嘀咕什麼。」

堂客這邊是這樣針尖微逗，略含機鋒。男客那邊，柳老高踞上座，和蕭承澤銜杯縱飲，大說大笑；又和李步雲公子攀談，顯得十分熱鬧。旋又落到復仇這件事上，便細問李公子的先人李太守和獻糧莊計百萬父子因訟案結怨的詳情，以及計百萬的兩個兒子計松軒、計桐軒，以及地方土豪如何勾結大盜，戕官復仇，殺家「打孽」。鐵蓮子柳老聽蕭、李二人痛切地陳說前情，不覺白眉直豎，怒焰上衝，大罵道：

「好一個計百萬，好一個土豪！」目視楊華道：「我就不信，你們河南地方的打孽風氣會波及皖南！他們能夠打孽，我們就不能打孽了嗎？我們也該跟他們打打！」

李步雲公子不懂「打孽」的講法，欠身動問：「老伯，什樣叫打孽？」

楊華接聲道：「打孽就是仇殺，是我們河南地方新興的一種壞風氣。」

柳兆鴻搖頭道：「打孽不能算是仇殺，聖人說過，父母之仇不共戴天，報仇不能算壞事。只是這打孽就不然了，打孽乃是有財勢的人，自己沒能力，沒膽量復仇，倚仗他那家裡頭的一點臭錢，雇出人來，替他『拔闖』罷了。」

李步雲又不懂拔闖：「老伯，什麼叫拔闖？」

鐵蓮子柳兆鴻撚鬚微笑道：「拔闖就是替人仗腰子，發橫發威……唵，君子報仇，斬頭瀝血不算含糊，唯獨自己不成，花錢雇買刺客，未免做得……」說到這裡，忽然看到李公子臉色頓變，心中明白，立刻改口道：「李公子，我想你負著這大仇恨，你應該設法替父報仇，尋找計百萬的兩個兒子，算算這一筆血帳的了。你打算怎樣下手？是不是也要僱人打孽？」

李步雲倉促不能回答，遲遲說道：「這個……小姪乃是文人，手無縛雞之力，復仇的事自知力不勝任。但是大義所在，不敢不勉，我當然要臥薪嘗膽，盡其在我。我們義兄蕭承澤大哥將要佐肋我。我打算……」說著長嘆道：「小姪打算第一步先要安插弱妹，第二步再規劃復仇。古人云：君子報仇，十年不晚。小姪已下決心，務必要盡畢生之力，手刃寇仇，雖需人助，不願完全假手他人。」

鐵蓮子大笑道：「好好，有志氣，你應該自己設法。僱人打孽，頂沒出息。可是你若能學那張子房，憑義氣物色江湖俠客，替你拔刀，那倒是你們做公子哥兒該走的一條正路。」

李步雲面色微紅，緊握指爪道：「是的。」

蕭承澤站起來，大聲說：「著！老前輩說得真對！」自己斟滿一大杯酒，仰脖一飲而盡，看了看楊華、柳老，又看了看李步雲公子。

天下的事，不盡依著人的打算。李步雲公子慘遭家難，為了死的活的，他必須要葬亡親，嫁弱妹，手刃怨仇，娶妻延嗣，把四件事斟酌緩急，依次辦理。他是中了書毒的人，認為弱妹乃是千金之軀，比死的還要緊，必得好好安插。最初他草草打算了兩步，第一步仍將弱妹寄寓楊家，第二步趕緊物色英俊少年，把妹妹的終身大事安排妥了，他才可以入皖尋仇。他把自己娶妻延嗣的事擱在最後，這是他的萬不得已。若大仇未報，遽言好逑，黃泉父母必不瞑目，孔子、孟子也將不能饒他。及至跟妹妹一商量，妹妹怫然不悅，一定教哥哥先安家娶嫂嫂，妹妹有了存身之處，哥哥可以心安理得地去計劃報仇。

李步雲一想到嫁妹娶妻，同時並舉，便良心上侷促不寧。

況且他自遭巨變，已將退婚書發出去了，如今改口也不成。從前自己本是貴公子，今日落得家敗人亡，即或不便退婚，也恐對方悔約。他自在楊宅和妹妹見面互訴之後，他就忙著找房子，要把妹妹先搬出去，搬出去的地方呢，妹妹願意回老家。

李步雲自己認為怨仇猶在，本族薄情，故鄉不是樂土。而楊、柳翁婿也說還鄉之計不妥，蕭承澤更堅持李氏兄妹當擇強鄰，以防強仇。

就在這議論不決之時，蕭承澤悍然地代做主張，在永城縣趙望莊附近給尋好了一所民宅。這所民宅的光景，和李府在魯南遇變時的那座小村，那所村舍，頗有相似之處。李公子凜然變色，力說這房子住不得。問妹妹，妹妹也說不好，妹妹仍願意返回他們的江蘇故鄉。她說，我們江南人在這河南地方不服水土。

最後，還是柳葉青諷示丈夫楊華，由楊華在永城縣城內一家世交處，代為物色了一所小樓房。這所小樓房雖小而格局雅緻，李步雲看了滿意，蕭承澤看了也滿意。李氏兄妹志在「隱居避怨，匿跡復仇」，當然地方越隱僻，越不為人知才越好。

這小小樓房是楊華的老世家至好，永城東門裡，郭五先生「親仁裡」，一片大宅子中間的一座小院落。郭五先生當年有一位祖姑，未嫁而夫死，受著舊禮教的病毒，矢志守著望門寡。雙親特為她闢地築了這一角畫樓，既似深閨，又似佛堂。這位郭小姐在這一角小樓中，扃居二十餘年，日日以書畫自娛，著有《霜楓吟草》一書。深院小庭，孤樓青桐，幾乎與塵世隔絕。既有這樣空院，楊華和李步雲說了；柳葉青、李步雲又先後和李映霞說了。映霞乍聞甚喜，旋復不悅。李步雲盯問她，她又不肯說出不喜悅這小樓的緣故。但終於就這樣，李氏兄妹把這親仁裡的寓樓定下了，然後忙著安家和遷居。

在李步雲、蕭承澤備辦家具之時，楊華奉母命，贈柴贈米，撥備陳設。李步雲卻之不恭，李映霞儘管極力婉謝，又苦無辭。兄妹倆只好感受，亟領了。兄妹倆曾經避著人低聲地爭執，到底妹妹拗不過哥哥，尤其是說不過哥哥。哥哥講，大恩不為小讓，欲拒無從，只好將來補報。妹妹講，受人一物，良心上刺了一針，心頭上滿滿釘上了針痕，哥哥你能愧領，妹妹實在難受。

可是這「難受」的話，到底兄妹同懷，有些地方不能互喻，不能揭穿了解說。李映霞臉上一陣青、一陣黃、一陣紅白的難受，話憋滿了胸膈，可惜不能形於口舌，最後是一聲嘆息，李映霞眼含著淚水說道：「我只盼望著嫂嫂趕緊娶過來才好！」正是「滿懷心腹事」，面對著骨肉手足，也梗梗不克傾吐。況且「母也天只，不諒人只」，兄妹之間越發不能相諒。

卻在那另一方面，楊華與柳葉青夫婦之間，枕席之上，也正自格格稜稜，磕磕碰碰，背著人起了私訌。柳葉青像發瘋狂一般，一刻緊似一刻地逼勒著自己的丈夫，要他這麼說，要他那麼說；又要他這麼做，要他那麼做。

當他們二李兄妹之間，每一對談，便淚灑腮頰之際，也就是他們楊、柳夫妻之間，每一抵面，勢必泛起了抬槓拌嘴，夾雜著笑聲、嘲聲、揶揄聲的時候。而且，這其間，每當楊華「王顧左右而言他」的時候，也就是柳葉青罵誓賭咒，自矢絕不「悔妒」的時候。

柳葉青儘管指天捫心，恨不得對著夫婿，嚙指自明衷情；而玉幡桿楊華依然有點談虎色變，口念古書「二女同居，其志不相得」，並且臉扭向別處，眼望著天花板，說：「男兒自有男兒的氣節，我們伉儷之情今日方才相親相諒。你何必自尋苦惱？我何必自尋苦惱？又何必給別人找尋苦惱？」

這類的話幾乎把柳葉青的腦門子氣破：「好你個玉幡桿，你就把我們柳家的姑娘看成醋罐子！人家恨不得開膛破腹要做這一件事。不只為的是你，實在為的是她和你，我和她。她欠著你的情，我欠著她的情，我為的就是要做給你們看看，看看我是真醋還是假醋？我們饒自這麼打破砂鍋講到底，你還陰我！我告訴你，婆婆那面，我已經託大嫂子透過去了，映霞這面，我描了又描。這件事非辦不可，你反倒拿喬！仲英，我可是跟你好商量，你再昧著良心，給我釘子碰，我可有我自己的辦法了！」

柳葉青這幾天，天天吵鬧著，自找釘子碰，正如李映霞暗暗鬧著針扎心一樣。

當親仁裡的小樓看定了之後，李步雲、蕭承澤忙著安家搬家之時，當楊華母子忙著贈鋪陳、送柴米之際，李映霞小姐依然寄居在楊府。柳葉青便天天抱著嬰兒，湊過去遊說。此時的李映霞感情震盪，心田上甜酸苦辣交浸。她現在居然有家可歸，骨肉重聚了。她不再沁沁俔俔，窺人喜慍了。種種心情紛湧，像開了閘，極力地要捺住，竟遏止不住。她好像苦盡甘來，其實苦未必盡，甘未必來；可是她再也不克自制，恨不得放聲痛哭，發洩積鬱。可是她的身子依然還在他人籬下。尤其難堪的是，她既搪不住這禁遏過久的、沸沸騰騰的心血的煎熬，又不能釜底抽薪，使心神寧帖。她只想設法靜一靜，冷一冷頭腦。她要平心靜氣地，以口問心地，默默地考慮一下自己今後的處場，以及自家對待楊、柳的態度，畢竟是「以直報怨」呀，抑或是「以德報德」？她無論如何，她要趕緊地約束自己的身心。可是柳葉青一點兒空也不給她留，時時刻刻盯住了自己，咬住了自己，時時刻刻向自己耳邊「這個，那個」、「你們倆」、「咱們仨」，使人急不得，惱不得！

人心是肉長的，人生是有情的，而李映霞不過是一個不到二十歲的女孩子。從前又是知府的千金，又度過了兩年多艱苦難堪的籬下生活。她儘管明慧，在感情上她已然擔負不下她目下遭遇的波動了。

好難搪的就是這恩怨愛憎的牽纏！一個情敵，你欠過她家的情，她又欠下了你的救命之恩。從前她嫉妒你，用種種方法譏諷你，折磨你；今日她向你歡情酬恩，求你下嫁，並不忖量她和她從前是怎樣針鋒相對，側目旁睨；也不忖量一個知府千金，處在今日兄妹相逢的夾當，方想一矜傲骨，一表氣節！固然在當日李映霞窮途末路，曾經一度忍恥自媒，情甘下嫁，為奴為婢在所不惜，可惜這件事早已過去了。柳葉青把好話說了許多，把將來二女共事一夫的好心願許了又許，把好夢描了又描，卻不知無形中把李映霞逼勒得錐心刺骨的怨憤。

李映霞忍了又忍，堅持貞節，絕不口吐一個「諾」字，也不發洩她的一毫怒氣，只是咬緊牙根，把積忿深怨，轉成了淡笑微慚。她輕描淡寫道地歉，欲吐復茹地謝絕：「姐姐的好意，我早已經心領了，可是沒法子辦，妹妹要永遠長齋繡佛，並且我和我哥哥大難之後不死重逢，若是父母的深仇沒報，不但小妹的終身不屑一談，就連家兄的婚事也不能置議。姐姐你設身處地地替我們想，我們兄妹今天頭一件事該做什麼？可不是要報仇嗎？可不該這樣做嗎？」李映霞把力勸胞兄完婚立家的話瞞住了柳葉青，一字不提。她和柳葉青談到的不是姐妹的感情，不是將來的婚媾，只是這幾年盈盈弱女托庇宇下的大恩。

柳葉青不識趣，抽暇摸空，屏人私語，死釘不休。一恍過了好多天，只換出來李映霞最後的一句話，那便是：「姐姐您睜亮了眼睛看，只要我家把仇報了，再把我的那位嫂嫂迎娶到我們李家來，那時候才能談到小妹我的終身！」

這本是一個軟釘子，因為李映霞說得很委婉，又過於坦白。柳葉青更認定李映霞和自己的丈夫舊情未斷，「今我替夫做媒」，她斷不會婉拒的。她的婉拒乃是表示她的處女嬌羞，表示她的千金身分。故此李映霞的冷怨之言，柳葉青反倒信以為實，當場自己給自己放了一個臺階，說道：「好吧，妹妹說的也是實情，我也十分明了的了。只要妹妹的大仇報了，或者令兄把令嫂娶來。這兩件有一件事辦成，你才肯答應我，可是這樣的嗎？」

不等李映霞回答，柳葉青便認為是自己說對了，對方默許了，自己立刻替對方做了直爽的答話：「這兩件事都好辦，咱們就這麼辦。妹妹的大仇，我可以麻煩我爹爹，催他老人家再賣一手，把姓計的那兩個狗子的首級取來，交給你們兄妹，把人頭祭奠你令尊令堂。我再催仲英和那位蕭大哥，趕快設法把您嫂子娶來，然後咱們再辦咱們三個人的事。」說著笑了起來，道：「我很替妹妹你快活，咱們把咱們三個人的事一辦成，咱們往後盡是順心的日子了。」李映霞道：「姐姐高興的日子有的是，我哪能跟姐姐比呢？」

柳葉青乳著她懷中的小女嬰，笑道：「妹妹總是說這樣的話，咱們姐倆是一樣的，將來咱們一定是平起平坐，姐妹相稱。仲英又頂著一門兩不絕，娶兩房太太，兩頭一邊大，人家有的是。何況咱們姐倆這麼好法，將來咱們快樂的日子多得很呢！」

李映霞道：「可不是，樂事一定是少不了。姐姐和姐夫都是有好命運的，小妹是永遠羨慕的！」

柳葉青道：「咳，妹妹別改我，妹妹你也……」

李映霞道：「小妹我也怎麼樣？我不過是顆苦瓜星，捏得扁，踩得爛，我沒改姐姐，姐姐也不要改我吧！」一雙星眸低視裙下，粉藕似的手按著胸口，不禁苦笑了幾聲。她的感情努力不教它隨便外露，真是很不容易，遂一閃身，站了起來，說道：「我們談了好半天了，我看看伯母去。伯母和大嫂都是好心眼的人，待我無微不至，我一輩子也忘不了她們的。」

柳葉青不理會這些話，反而笑道：「你怎麼又說苦瓜星？你們骨肉重逢，正是重振家風的好苗頭，你再不要盡往從前苦時候想了。」

李映霞抬頭看了柳葉青一眼道：「是的，從前的苦處我決計不再想了。不過從前酸心的事到底叫人忘不下，只一想便覺又酸又辣……姐姐走吧，我們看看伯母去吧。」不等柳葉青答話，她一徑邁步，躲了出來，卻又稍一躊躇，扭頭回看柳葉青，說道：「姐姐，走啊，我替你抱著小寶寶！」柳葉青懷中的小寶寶團圓臉像娘，通鼻小口像爹，玉雪可愛，兼有父母那樣的伶俐活潑。偎在初為人母的柳葉青的胸前，飽吮乳汁以後，雙眸如點漆，頭向外傾，正自目灼灼地看著李映霞，好像很懂事，能懂話似的。李映霞接抱過來，柳葉青掩上了懷。兩個人相偕到了上房。

楊太夫人和楊大娘子全在上房坐著，正商量著代謀李氏兄妹安家的事。楊太夫人以為李公子和李映霞，一個宦家少爺，一個知府千金，全不經事，恐怕未必能夠安家立業，頂立門戶。頭一樣，柴米油鹽，開門七件事，只怕他料理不清楚。

「頂門戶過日子，難著的呢！」況且，他們兄妹二人，男大未婚，女大未嫁，缺少一個主中饋的少婦，簡直不成人家。若是一個家庭，上沒有當家老人，中沒有持家的主婦，在楊太夫人想，那簡直是太可怕，太不像樣的事。楊太夫人和孀居的長媳說起這件事來，嘖嘖地皺眉，替人發愁。以為現在最好的辦法當然是勸李公子趕快成婚了，其次便只有由咱們楊家照應他們這兩個苦孩子。把咱們家可靠的女僕、使女、老蒼頭，給他們撥過幾個去。至少也要三個，一個是貼身服侍李映霞的侍女，一個是廚娘，一個是男聽差，給他們照應門戶，上街買菜，夜晚看門。太夫人沒有把蕭承澤打算在內，以為像李氏兄妹這樣的家庭，不應該更有壯年門客寄居，那是很不方便的。

楊太夫人和長媳嘆息著商量，頂注意的便是男女之大防和「兄妹不同席，叔嫂不通問」一類的紳宦風教。所以她婆媳借箸代籌，無論如何，也要替李氏兄妹安置上女婢和男僕一樣一個。婆媳的見地大致相同，只有一點參差：楊太夫人主張看門聽差的必不可少，楊大娘子以為一個書僮也很需要。當然，還是婆婆的主意高，書僮不如司閽。婆媳議論良久，便捻著手指盤算，教自己家中哪一個僕婢過去效勞呢？誰最相宜呢？

這時候玉幡桿楊華在前邊客廳也正和李步雲公子議論到安家置僕的事。蕭承澤和鐵蓮子柳兆鴻也都在座。他們是男子，除了用奴僕擺布之外，還考慮到「錢」的問題。李步雲公子既經傾家，恐怕沒有富裕的財力安置一切。楊華自告奮勇：「如果用錢一方面有何不便，請李仁兄儘管從實說話。」李步雲紅著臉說：「有錢，有錢！」蕭承澤插話言道：「大兄弟不要客套，你不是要回老家，再想法子變錢去麼？現在安家，事事需錢，儘管請仲英二哥幫忙，將來你再還他。」

李步雲很慚愧地答應了，隨即撿皇曆，擇日安居，把妹妹接到親仁裡小樓。

楊太夫人在事先將家中撥派的奴僕傳到，愷切吩咐了，命他們認了新主人，從此小心在意，善事公子、小姐，並立刻吩咐他們幫著收拾新宅庭院。到了這一天，楊太夫人親率長媳、次子，陪伴李映霞兄妹來到李氏新寓小樓，更設筵溫居。次媳柳葉青因為有小孩，當日不能到場。到場的便是楊華和老母、寡嫂。李步雲公子涕零感激地對蕭承澤說：「楊恩兄和楊老伯母的大恩大德，教小弟我沒齒難報！」

李映霞面色蒼白，好像有病似的，向楊大娘子很勉強說了些感激的話。但她眼見楊太夫人那般慈愛的表情，並且一再地表說：「安家不易，短什麼使的、用的，只管對我說。我家裡還有，儘管拿來使。有話千萬對我講，或對大嫂說，千萬不要懶怠張口。」把李映霞真看成嫡親女兒一樣，李映霞終於忍不住跪在楊太夫人膝前磕了幾個頭，眼中含淚，口唇合張，掙扎著說：「老伯母你是佛心的人，賽過難女的親娘。想不到萍水相逢，難女遇見了慈航！」

由此，李氏兄妹算是搬出了楊宅，仍沒有脫開楊府上的蔭庇。

李映霞和楊府撥來的小婢住在樓上，李步雲和蕭承澤住在樓下。做飯的老嫗因為沒有合適人，李映霞又再三辭謝，她堅欲自己做飯，結果算是只收用了一個小婢，一個看門的男僕楊泰。這男僕楊泰是楊游擊家的世僕，年老，體健，粗會武功，用來看家護院，再好沒有。楊太夫人並且說，楊泰的妻子現在鄉下，隨後可以把她喚來，教他們夫婦倆服侍李氏兄妹，最方便不過。

老太太的打算可說是無微不至，李步雲的感激，可稱是刻骨銘心。這其間有兩個人的心情最亂最窄，有兩個人的心情最忙最亂。心亂的頭一個人自然是李映霞小姐。柔腸欲斷，瞬息九回，忽然她口角微泛冷笑，忽然她眼角隱含淚痕，無限心腹事，難對手足明言。胞兄李步雲固已覺出詫異，也曾委婉究詰，到底未得她揭穿心幕，披露衷情。又有一個人是玉幡杆楊華，這兩天心窄，怕見愛妻，惹不起愛妻的強嬲，又搪不住岳父繞著圈的旁敲側擊，別有深心的「不以為然」。楊華頓覺到左右做人難，心緒亂成一團麻線。他本和蕭承澤是童年摯友，此時一陣心煩，便找老蕭一塊兒說笑，排解心寬。蕭承澤的心情這時候正夠匆忙，一方面他打聽楊府上是怎樣看待李氏兄妹；一方面又極力打聽楊華當年如何搭救李映霞，如何攜帶她遠投淮安府，借居李季庵的已往詳情。似乎蕭承澤暗中受到李步雲公子的密囑，問而又問，不厭求詳，這其中必有深意。另一方面，蕭承澤又忙著替李公子張羅出門，弄錢和別的事情。

然而心上頂忙的，還是楊府二少奶奶，江東女俠柳葉青。

柳葉青這些天沒有片刻閒，費唇舌，費腳步，可是空亂了一大陣，於事情毫無補益，她到底沒抓住李映霞。她最後又想了一招，她要教丈夫把蕭承澤大哥找來，她要當面向蕭大哥商量這一件事情。李氏兄妹一定肯聽蕭大哥的話的，卻必須使得蕭大哥肯聽柳葉青她的話。

這時候蕭大哥與柳葉青一樣忙得不相上下。安家之後，連日和李步雲兄妹盤算，末後打定了主意，李、蕭二人齊向楊華托情，他們要剋日返回江蘇如皋的故鄉。此間新寓，只有弱妹李映霞獨留，當然不放心。他們打算攜帶李映霞一同暫返故鄉；不然的話，便把李映霞一個人留下，那時仍然要請楊華關照，並請鐵蓮子柳兆鴻特別關照。

玉幡桿楊華聽了這話，很覺詫異，反問二人：「你們真是回江蘇，還是往別處去？還是往江南獻糧莊？」李公子脫口說道：「我們自然先回如皋，亡人以入土為安，先父先母的遺櫬雖已送回原籍，至今尚未下塋。」

玉幡桿猜不透他們的意見。他們本想借回原籍，要大費交涉，斥產變錢，這就用不著女子同去，有蕭承澤和李步雲相伴就夠了。而李映霞堅欲跟隨胞兄，跋涉風塵，也回如皋去一趟。這個主意一說出來，楊府內外人等都覺得奇怪。李公子如今剛剛安了家，剛剛把弱妹接出來，卻突然又要攜妹還鄉。由打柳葉青、玉幡桿夫婦起，都認為李氏兄妹無端變計，必有難言之隱，必有不得已之故。莫非我們做主人的，有什麼不周到的地方麼？況且，我們楊家對他們萍水相逢，極力佑護，可謂仁至義盡，他們為什麼要甩開我們？

楊華面詰李步雲，李步雲唏噓說道：「小妹堅欲隨我回鄉，臨葬雙親。小弟我只有這一個弱妹了，她含著眼淚，定要跟我回去一趟，我沒法子攔阻。我也知道，一個女孩子用不著卜葬亡親，奔波道路，我只不忍違拗她。」轉向蕭承澤，蕭承澤也說：「這是大妹妹的主見，大妹妹心痛父母慘死，定要參與入塋安葬的大事。這是她的孝心，我們大兄弟只可依著她。」

柳葉青面詰李映霞，李映霞立刻淚流滿面，說是：「家兄原意教我暫住在這裡，仍請姐姐、姐夫照應，家兄和蕭大哥他們兩個人回家一趟，把我們的大事辦了。姐姐請想，男孩女孩總是一樣，都應該盡孝。我縱然寸步難移，但既經家難，已不嫌拋頭露面了。我好不容易才和家兄相會，我實在不願意一個人再流落在異鄉，寄人籬下。就是要死，我也要兄妹倆死在一塊。為了這個緣故，所以我們打算和姐姐、姐夫暫別，好在相見有日，將來還有機會補報您的。」

柳葉青微微發愣道：「那麼，你回家葬親之後，還回來不回來呢？」李映霞破涕為笑道：「那全在乎我哥哥了，他要在永城安家落戶，當然回來。他若是懷念故土，他也許不回來了。至於我，原是不算數的。有父從父，無父從兄……」

李映霞還沒有說完，柳葉青就急了，吃吃地說：「那不成，咱們不是說好了嗎？咱們姐倆很投緣，仲英和你令兄又很投緣。他們一個是游擊之子，一個是知府之子，說起來，真是門當戶對。簡單地說，楊、李二家可以做成一宅分兩院，我不是跟你念道過了？我也叫仲英對令兄說了，怎麼你們還想千里迢迢地回老家？我講的那些話，不是成了白說了？」

李映霞輕輕一笑，閉口不復置答。柳葉青不禁焦急起來，忙問道：「真是怪事，你們剛安家，又回老家，你們兄妹到底是怎麼個打算？這究竟是你一個人的主意呢，還是你那令兄的主意？還是你兄妹倆核計好了的主意呢?」

李映霞道:「姐姐說的對,我今日不比從前了,從前我一個人身在難中,事事只好自作主張。如今托您的福,家兄尋我來了,我自然凡事都要秉承我哥哥的吩咐。他教我跟他一塊回家,我當然不敢,其實也不能違拗他的。他是我的哥哥,也是我李氏門中的家長。家兄既已打定主見,要親攜小妹還鄉臨葬,小妹當然義不容辭……」

柳葉青越發著急道:「這真是豈有此理!不行,我得找仲英,教他對你令兄說,無論如何,妹妹應該跟我!」說罷,立刻告辭,找到了丈夫楊華,催促他直接向李公子發話,或者間接托蕭承澤轉達,無論如何,也要把李映霞「挽留」下。

柳葉青是如此的懇摯,熱烈,替夫求婚。玉幡桿楊華起初或有顧慮,此刻漸漸體認出愛妻的真心來,漸漸地回念起紅花埠準安府的舊情來。一個俏麗明媚的好女子,身在患難中,懍懍全貞,怯生生危迫乞憐的景象,以及身處嫌疑地,自縊示志,吻淚傾誠的情境,驀然又重現於腦際,閃灼於眼前。於是他抬頭凝視面前這個人,面前這個人桃腮杏眼,懷抱嬰兒,依然還有憨態。並且從漆黑的眸子中透露出柔情,確是真心實意,要把李映霞給自己「挽留」住,矢效英皇,了此一段恩情。玉幡桿楊華終於也吐露了肺腑之言,徐徐說道:「霞姑娘的事,你不能一勁兒磨我,岳父的意思,母親的意思,全都得顧到,還要顧到人家的體面,和你我將來的幸福。昔人講到伉儷之情,頂要緊便是所謂『閨門靜好』。什麼叫閨門靜好?那便是一個你,一個我,琴瑟唱隨,不容加上別一個。夫妻倆心心相印照,若其間突然有了別一個,苦惱就難免滋多。我知道你一片好心熱情,替霞姑娘打算得很深切。無奈這不只是你我夫妻之間的事，還關係到楊、李兩家。現在他們兄妹要回鄉，你的意思，恨不得這時候就向他們要一個真章，要他們兄妹明白答應了你，是不是？可是我以為這絕做不到。」

柳葉青很不服氣，冷笑道：「怎麼叫做不到？她一個落難的小姐，你一個救人的好漢，真是成了你們說的話了，什麼終生附體之緣，什麼柳下坐懷之德，她不嫁你嫁誰？」

玉幡桿恚道：「怎麼又是我說的話？」

柳葉青笑道：「不是你說的，是我說的。這是我的一句帶口之言，原本是你的好朋友李季庵說的話，自然不是咱倆哪一個說的。但不管是誰說的，霞姑娘絕不會再嫁別人了。再嫁別人，於她面子上不好看，於你的面子上也不好看。最好還是你們倆團圓了，我也了卻一樁重負，你們也了卻一段心願。你就趁早給我努力揭開了辦去吧。」

玉幡桿楊華道：「實在揭不開，教我怎麼去努力？」

柳葉青道：「怎麼叫揭不開，我請問你？」

楊華笑道：「就那麼揭不開。人家乃是所謂宦門之後，別看窮無立錐之地，人家仍要保全家門體面。所以我說揭不開，乃是我們張不開口。我們沒法子教一個紳宦家的女兒給人做妾。」

柳葉青道：「怎麼是做妾，我們兩頭為大呀！這件事你跟李步雲面對面也許張不開口，你何不轉託蕭大哥？」

楊華道：「轉託蕭大哥，我也張不開嘴。」

柳葉青氣得咬牙一扭說：「那怎麼張不開嘴？你不會對他說，是我也樂意，你也樂意，霞姑娘也願意，是大夥三口人全樂意的事嗎？」

柳葉青振振有詞，楊華依然面有難色。本來也難，彼此都是縉紳之家，敘起來，也算輾轉有世誼寅誼。如今卻向雙方的朋友蕭承澤去說，要圖娶李仁兄的令妹給自己做妾？簡直一開口，便是侮蔑人。若依著柳葉青的主意，說是嫡室妻子已經同意，乃是奉妻子之命前來求婚，那也不像一句話。若仔細剖白此中情況，在李映霞有不能另嫁他人的苦處，在柳葉青有酬情全節的好意，把個中曲折破釜沉舟地說明一下，自然不嫌突兀了。究竟由楊華向蕭煩說，由蕭向李轉提，還是立言不甚得體，最大緣故，便是楊華本人的身分。替別人撮合，原是成人之美。若替自己做媒，給自己納妾，不拘他是誰。任憑他面皮多厚，見了仁兄長、仁兄短的蕭承澤，到底擺在桌面上，說不出這樣的話來。

偏偏柳葉青見李氏兄妹要走，便越催越緊，不管楊華如何為難，催得楊華無可奈何，只有設法規避了。一躲再躲，柳葉青終於覺到，從楊華口中倡導出這件事來，教他先向蕭承澤提，再轉達李步雲，恐怕由他那裡，先就不成。同時她又看出，由自己親口向李映霞求說，絕不會獲得確切的允諾，並且李映霞也不會正正經經，把自己終身大事自做決定，再轉告她胞兄李步雲。那麼柳葉青既不便面對李步雲兄妹求婚，最後便毅然決然代夫為媒，向蕭承澤這方面徑直開談了。

女俠登門求永好

江東女俠柳葉青她假傳聖旨，在別院精舍，把這位蕭大哥請來。然後她抱著孩子，開場頭一句，說道：「蕭大哥，我有一件很要緊的事要對你說，要請你幫忙。」

蕭承澤蕭大哥雖然僅僅是李府上一個門客之子，但自經劫難，早已成為李公子的心腹了，又早已成為李公子的股肱和靈魂，李公子把自己一切大事，都要跟蕭大哥商量。李映霞小姐也當然沒兩樣，把蕭大哥當恩兄親骨肉一般看待，很有些個話，可以不迴避的。柳葉青替夫為媒，找到蕭大哥，可算是捷徑之捷徑，早該這樣辦。

另一方面，楊華和蕭承澤原是總角之交，並且當年同門修業，趣味相投，好比師兄弟一樣。蕭承澤固然是個窮幕客的好打拳的兒子，卻大有人緣，邀得知府令朗李步雲、游擊公子楊華兩方面的契量。楊、李二家見了他，都是一口一個大哥，很親熱地稱呼著。柳葉青既是楊府二少奶奶，自然也是蕭大哥蕭大哥地招呼著。卻是奇怪，蕭承澤被李映霞稱為大哥，他能夠滿不在意地聽受，滿不在意地隨叫隨應。唯獨這楊家二少奶奶，這江東女俠柳葉青，同樣是女子，同樣這麼親親切切地抬舉他，他竟慚然惶驚起來，臉紅脖頸粗，有點擎受不住，把頭低在胸脯上，口頭訥訥，說不出整話來。

其實女俠柳葉青頗有丈夫氣，豪爽灑脫，待人很自然。自做了少奶奶，才稍稍矜持；自有了小孩，才稍稍露出婦人相。

可是本性難掩，她還是那麼坦率、隨便，說話快而且直。不知怎的，蕭承澤見了她，似為她的容光聲色所掩，竟十分拘謹起來，口稱弟婦，屁股尖坐在椅子邊上，側身直腰，如見大賓，如屬吏謁見上司大員。究其實柳葉青的身世，蕭承澤不是不深知；而女俠柳葉青的名聲，他又不是沒耳聞，他何以怯起場來呢？當他驟聞老兄弟玉幡桿招贅柳門，得為兩湖大俠鐵蓮子的嬌客，得為江東女俠柳葉青的夫婿，他是非常驚奇，而且羨慕的。他偕同李步雲，初莅趙望莊，登門求見楊華之時，他也曾匆遽之間向楊華動問，向楊華聲賀，並且小小地調笑道：「我真想不到老弟有這大豔福！呵，鼎鼎大名的江東女俠居然和你成了伉儷，我真替你歡喜！但不知新娘子人物如何？可很漂亮吧？也懂得過家之道嗎？我很走運，老弟，我要見見這位女俠，這位新弟妹！」不料，辦完了正事，經楊華一引見，女俠出來斂衽拜見蕭仁兄，蕭仁兄猝被這女俠的英姿俏容所懾，不覺地犯了口訥面柔的老毛病。人家一福，他趕緊一揖；人家叫一聲蕭大哥，他口中呶呶的，連個道喜的話也沒顧得說俐落。

以後見了兩三次面，總是當著婆婆楊太夫人的面，柳葉青統以新娘子之禮，給蕭承澤斟茶裝煙，徒換得蕭承澤踧踖不寧。現在這新弟婦居然單獨把他邀到精舍，只他們兩個人面抵面地談話。柳葉青把嬰孩交給侍女，仍依新婦之禮，親自待客敬茶，把客人讓到上首座位，自己側坐在旁邊茶几小凳上，禮貌謙讓異常，蕭承澤不覺又怯場了。他想不到柳葉青會找他，跟著柳葉青又對他說出有所求的話來，蕭承澤越發愕然，覺得出乎意外了。

柳葉青畢竟是女俠，常年奔走江湖，練達人情，僅只三言兩語，立刻看出蕭承澤的窘態，不由心中暗笑。大抵男子們見了容貌美豔的女子，拘謹的定必失措，放蕩的定必脅肩諂笑，過分的表示殷勤獻媚。柳葉青見過這樣的人很多，曉得這位盟兄正在受罪，為了打破窘態，趕忙恢復了以往女俠的豪爽，收拾起新娘子的端莊凝重，和蕭承澤隨便談笑起來，拋開家常世套，縱論江湖遊俠。蕭承澤心神略定，柳葉青這才細說己意。

低言悄語，說出了替夫為媒的意思，從種種方面看，李映霞理應下嫁玉幡桿。

玉幡桿楊華陌路援手，搭救李映霞，原是蕭承澤夜奔荒林，倉促與楊華相遇，倉促邀請他陌路拔刀援手的。所有楊、李遇合的開端，蕭承澤自然很明白，便是以後的演變，蕭承澤時至今日，也已明白過半了。蕭承澤性情直率，曉得男女授受不親，當時自己御賊失腳，誤打竊盜官司下獄，把個李映霞丟給義弟楊華，實在太難。楊華不負友托，到底救出李映霞。既已一男一女，患難共處好幾個月，那麼為了保全彼此的體面，蕭承澤認為李映霞應該拜楊華為恩兄，楊華也當收認映霞為義妹。此次重逢，既知楊、李已然結成恩兄義妹了，蕭承澤也就一塊石頭落地了。實逼處此，世俗的猜嫌，只可不顧了。

蕭承澤到底是個門客，他也曾摒人私問過李公子，李步雲也曾摒人私問過李映霞。李映霞含著眼淚，對胞兄細說前情，對楊華感激不盡，此外別的話一點沒有。叮問至再，李映霞力稱楊恩兄為人光明磊落，頗有柳下之風，更借別的話，表示出自己患難中的氣節：「哥哥放心，我們李家不會丟臉的！」

蕭承澤和李步雲都放了心，以為從今以後對待楊家只努力報恩就是了。

卻不料此時柳葉青突然說出了意料以外的話，好像話外還有話！蕭承澤不由毛髮悚然，張了張嘴，不敢搭碴。

柳葉青說：「我和霞妹很投緣，映霞又經您那楊華兄弟背救過，並且他們兩個人藏在荒郊，投奔旅店，當時苦得很！兩個人，一個孤男，一個寡女，都很光明磊落。我是信得及您那義弟的，更信得及霞妹的。不但信得及，我為了這一節，越發地愛惜她，敬重她。小妹我的意思，一好變兩好，兩好變三好，打算委屈霞妹……霞妹不是還沒有人家麼？她的終身大事，我們也真該替她籌劃籌劃。小妹我的意思，霞妹這個人如此清高，如此貞烈，我起心眼裡看重她。我的意思，我情願退後，絕不爭嫡，願意兩頭為大，願意霞妹跟我們永遠不離開，永遠一塊過活。不過這話您仲英兄弟不好開口，您仲英兄弟自然佩服霞妹的為人的，可是他任什麼話也不能說，也不願說。

我想只有由我這一方面說，可是我也不好冒冒失失，一直對李公子說，人家乃是貴公子，我怎好硬向人家討娶人家的妹子，給我們做，做……什麼呢。這件事，我翻來覆去地想，只有一條道，只有向您講。我這件事絕不是貿然開口，我是和各方面都探問過了，都講說好了。您想，霞妹是這麼貞烈的人物，她的終身大事，從前既然沒有定，現在最好是這樣定規了。我已經當面和她本人透過這番意思，現在我要求您費心，繞著彎子，向李公子透透。這件事已經十成十，就等著您給描一描了。您能夠馬上給我問一問李公子嗎？」

柳葉青還是老脾氣，不開口則已，一開口再不容人說話，自己滔滔地說了一大堆話。把個蕭承澤聽直了眼，真覺得出乎意料，而且也不很明白。

蕭承澤瞪大眼珠子，看著柳葉青櫻桃似的小口，炒爆豆似的講了一串，當時竟不知如何置答。卻是他心中翻翻騰騰，十分地惶惑，口中呵呵不已：「真是，真的會有這事？這這這！」

李映霞明明是知府千金，知府千金豈肯為人做妾？柳葉青不是不知道，她分明是知道，可是她依然要求映霞下嫁她的丈夫楊華，這事情未免不近情。這求下嫁的話不出於他人，而一徑出於柳葉青之口，這裡面更覺不近情。這種話不對別人，單對自己說，分明要煩自己做媒。做別的媒好做，做這替嫡妻代夫求簉室的媒，未免逸出人情之外，而自己也沒法子代人傳舌。並且楊華救了李映霞，李映霞寄居在楊家，為日已久，倘有什麼尷尬情形，早可以「隨緣度日」了。可是事實上李映霞在楊宅，上自太夫人，下至楊氏二妯娌，分明禮如上賓。偏偏在李氏兄妹骨肉重逢，別楊府，立新宅的今日，猝然由這二少奶奶發出這樣的話。莫非其中真格的還有別的蹊蹺嗎？

蕭承澤好像猝受意外襲擊，一棒當頭，簡直害得他暈頭轉向，不知如何應付是好了。而楊府二少奶奶櫻桃似的小口，依然巴拉巴拉，這個，那個，映霞妹妹應該下嫁我們楊華，映霞妹妹不嫁我們楊華，請問她下嫁誰家？

這話奇怪，而且怪那個……蕭承澤愣睜眼，還是說不出話來。柳葉青的殺法竟是這般驍勇，即刻，當下，要殺出蕭承澤的「嘸嘸，是噠」！蕭大哥一味「呀，呀」！一味「啊，啊」！

柳葉青她是不肯罷休的，滔滔地又講出許多話：「憑天理良心，人情世故，霞妹妹必得跟著我們一塊兒過。若不然，我對得起誰呀！」

蕭承澤好像很明白，其實不明白，就這麼不明不白，唯唯諾諾，葳葳蕤蕤地答應了弟妹柳葉青：「我回頭就跟步雲大兄弟去說。既然是霞妹妹命運不強，既然她不能下嫁別家，那也就說不起冠纓世家了，只可委屈她……」

柳葉青忙道：「不不不，絕不會委屈了她，我這是成全他們，也成全我。蕭大哥你放心，我將來絕不會爭嫡，端架子的。這一節，大哥可以向李公子替我力保一句。我若有一點對不起霞妹妹，我若不把她當親妹妹看待，我若是說了『兩頭為大』，把她誆進門，再不算數，就教我姓柳的女孩子天打雷劈，椎擣磨研，一萬輩子不得人身。蕭大哥，你是不知道，我心上是別提多麼心痛霞妹妹了，若不然，我也不會想出這一條道來。這一條道，是我想了又想，一連好幾個月，上至婆婆，我爹爹，中至我嫂嫂，下至你仲英兄弟，我不曉得跟他們核計了多少個過兒。就是我直截當面跟映霞妹妹透意思，也不知透過了多少過兒了。若有一點地方不妥帖，我也不敢這樣辦，那豈不是恩將仇報，苦害了我那映霞妹妹了嘛？現在就只一節為難，映霞妹妹是個沒出閣的大姑娘，隨便你怎麼問，從她口中總不好問出什麼來。我若教你仲英兄弟親自向李公子講，你仲英兄弟他也張不開嘴來。我自己又不好向李公子講，千想萬想，只好找蕭大哥你替我們傳話。你想，蕭大哥，你這是義不容辭，你不說，再沒別人能說。這件好事必得由你這裡促成，他人不成。蕭大哥你想，可不是這樣嘛？」

蕭承澤一想，果然是「義不容辭」。這裡面顯見大有曲折，誰都不好說，只有自己可以執柯，也當下點頭說道：「弟妹放心，你就交給我吧。」

柳葉青大喜，抱著孩子，千恩萬謝。蕭大哥回轉李家客廳，獨自默想了一夜，次日找了一個機會，向李公子委曲婉轉地說了一遍。

李公子驟聽愕然，如聞驚雷，轉想赧然，滿面通紅，感覺到泰山壓頂似的重壓，壓得他低下頭沉默起來。

他想：「可嘆我父一世為官，得罪了豪門，落得家敗人亡。我的妹妹不幸落到這一步……我聽她那口氣，她不願再在楊宅借寓，這其間果然有礙難處。現在，楊恩公的娘了親口替丈夫為媒，啊，楊恩公當年救了霞妹，他們相處數月之久，想必是……這個，咳……霞妹乃是知府千金，她可怎能給人做妾？可是她倉皇末路，寡男少女，真真……」

李公子簡直不敢深想，抱慚非常，半晌方說：「他們煩承澤大哥你來做媒提親，他們沒說到旁的話嗎？」

蕭承澤道：「他們沒說別的。」

李步雲淒然淚下，左想右想，這婚事沒法子答應，又沒法子不答應。他急得頭上冒汗：「妹子的終身大事，就是這麼草草許給人家做妾嗎？」他有許多話要深問，他不肯也不敢問，又有許多事想要求，譬如妹妹真個嫁給楊家，她的身分，我應給她預先爭下，但是我怎生開口法？他說：「這個……」他說：「那個……」他始終沒說出一句整話。

蕭承澤看出他的為難、受窘，便建議道：「大兄弟，我看這事你也不好專一做主，而且這也不是一下子就定奪的事。你可以背地和大妹妹描描，看她怎麼說。」

李步雲矍然道：「對！這是霞妹妹切身之事，應該問問她……」但立刻想到女孩子們斷不肯公然討論自己的終身大事，他連連搖頭道：「霞妹妹她深守閨訓，她的終身自然是有父從父，無父從兄。她再三對我說，她的口氣是等到父母深仇得報，她便要長齋繡佛，以丫角終身，她不肯再嫁人的了，便是提一夫一主的人家，還怕她不肯。如今提到給楊家做側室，只怕她不肯吧。」

蕭承澤道：「咳，大兄弟，你太呆氣，一個女孩子為了表明她的節操，她自然要說帶髮修行，其實她的心並不那樣。這件事，依我看，霞妹妹為什麼要長齋繡佛呢？為什麼好磨打眼的不肯出嫁呢？想必是……依我看，楊家二奶奶女俠柳葉青對我講了半天，這麼辦，實在就是成全大妹妹的心意。你想大妹妹當年遇難，和玉幡桿相處好幾個月，大妹妹為了全節守貞，自然不好再嫁別人。況且她又依賴楊家差不多有兩年之久，若據我想，柳葉青這番替夫求婚，真是仁至義盡。柳葉青不說嗎，一床聯三好，你們楊、李二家可合不可分。」

李步雲羞慚無地的低著頭含糊應了一聲，道：「大哥說的對。」但叫他去和妹妹商量，依他縉紳派頭，他實在當著妹妹的面張不開嘴。他搔頭沉吟，對蕭承澤說：「這不是片言可決的事，你先讓我想一想。」

於是李步雲一連想了三四天，到底打不定主意。縉紳門第，知府千金，是不能給人家做妾的，而娶妾也是不對的事。

柳葉青那邊不放鬆，請蕭大哥探信催回話。蕭承澤轉面又催李步云：「怎麼樣，大兄弟，可跟大妹妹提了嗎？」

李步雲道：「沒有，還沒有呢。」

蕭承澤道：「這件事可是事不宜遲呀！」

李步雲道：「哦，你先別忙，讓我再想一想。」

一氣又想了三四天，他還是遲疑不決。愛妹給人做妾，實在使他抬不起頭來。可是楊恩公既與妹妹有過那一段患難相共的過節兒，不這麼辦，又當怎麼辦？

而且柳葉青又把自己如何感激李映霞，如何愛惜李映霞的心情，託付蕭承澤，一再懇切申說。李步雲想：命裡注定，霞妹的終身只可如此的了。他就浩然長嘆一聲，又沉吟了好幾天，終於把主意打定，慨然允婚。

並且他想而又想，替妹妹設身處地盤算了好些待遇上的事情。他自己強忍愧恥，一樁一樁地向蕭承澤提出，蕭承澤又一樁一樁向柳葉青和玉幡桿提出。玉幡桿很難為情，不敢贊一詞，可是他此心怦怦然動，未嘗不做著左擁右抱的好夢。他依然保留著他的身分，再三謙拒。他的娘子柳葉青不聽那一套，大告奮勇，極力地忙活。女家要索什麼，她答應什麼，她願意親開筆據，說明「兩頭為大」，她更願意對天盟誓，表明絕無凌新人、爭嫡室的意思。背著婆母，當著丈夫，她真個寫了一大篇說盟詞非盟詞，似字據非字據的東西，交給了蕭大哥，轉交給李公子。李公子字斟句酌，替胞妹設想，又添了幾款。柳葉青滿不在意，什麼條款都接受，很痛快地按上手模。

李公子略略放心，他照著老規矩，將妹妹的終身大事以嫡長兄的身分做主了，他沒有問妹妹一聲。他害臊，妹妹當然更害臊；他以為可，妹妹當然也可。現在他只剩了難為情，一見楊華，他就羞愧。想不到做了人家的大舅子，以後緊接著是寫婚書，合八字。李映霞的生辰八字，合婚時應該排成，甲子年，乙醜月，丙寅日，丁卯時，這樣格式。可是李步雲公子說不上來，只記得四月十七日，或七月十四日吉時生，現在整二十歲，時辰好像是雞叫五更初。李公子更買萬年曆，自加推算。蕭承澤很認真，說這可不能弄錯，八字關係他們三口一生，總該仔細核一下，還是確確實實地問問霞妹妹，問準了，再交算卦先生給好生合一合，如有衝犯，還可以破解呢！

李步雲一想也對，記得母親生時曾說，妹妹是船底木命，嫁水命的丈夫最好。現在聽說柳葉青是水命，而楊華是土命，水土相生，跟妹妹的木命確不犯克。然而，是的，八字不能模糊，應該確鑿問問，不可弄錯了。他於是登樓見妹，妹妹正自倚床刺繡，是柳葉青煩她做的。

李映霞在床頭回眸一望，看出哥哥臉上神氣是有事。她放下活計，問道：「哥哥，有什麼事？你不是要回鄉去一趟麼，怎的又不忙了？這幾天我看你跟蕭大哥出來進去，大聲商量，小聲商量，到底有什麼事？」

李步雲坐在桌旁椅子上，徐徐說道：「這個，沒有什麼事……我說，妹妹，你是四月十七生辰，還是七月十四生辰啊？我記得你正是雞叫時降生的，可對嗎？」

李映霞點了點頭，道：「是四月十七，不是七月十四。但是，哥哥，你問這個做什麼？」

李步雲沒搭茬，仍問道：「可是雞叫時嗎？」

李映霞道：「是的，但是……」李映霞盯問下去道：「哥哥，你問我的生辰做什麼？」

李步雲道：「我是打聽打聽你的八字，我怕弄錯了？」

「怕弄錯了？」李映霞憬然變色了，移開活計，把身子一扭，預備伸足下地。李步雲公子站起來要走，李小姐忙說：「哥哥，你別走！你好磨打眼，無緣無故，問我的生辰八字做什麼？」

李步雲道：「這個，是給你合一合八字。」

李小姐道：「給我合八字，為什麼合八字？」

李步雲不作聲，衝妹妹微微一笑，道：「就是給你合八字呀！」

李映霞小姐倏然兩朵紅雲從兩頰泛上來，遮滿了粉面，不禁低頭斂容，又徐徐抬頭，凝眸看定她的胞兄，臉上漸由羞慚轉為嚴重，半晌，突然叫了一聲：「哥哥！」

李步雲看定李映霞道：「哦，是給你合八字。」

李映霞張了張嘴，要問，又復默然。李步雲又微然一笑。

李映霞終於鼓起勇氣來，說道：「哥哥，你不應該！」

李步雲道：「什麼不應該？」

李映霞不禁淒然，羞紅的粉靨漸變慘白，嗚咽良久，方才說道：「哥哥，你不應該給我合八字，我，我，我這一輩子，不能……出嫁了，你要明白！」

李步雲含笑的臉漸變為緘默，他尋味妹妹的說辭，由欲言不言，言之不盡的意態中，尋找那說不出口的真意。他臉上忽地也披上慚雲，慢慢地紅起來了。他想到這「不能……出嫁」的嚴重意味，不禁打寒噤：「難道說我的妹妹落在寇仇的手中時，已經喪失了處女貞操？」他不敢這樣設想，也不敢追問下去。

他不禁訥訥地說：「妹妹的終身，無論如何，應該有個歸宿。你不要顧慮，沒人看不起咱們的……」

李映霞陡轉懍然道：「哥哥放心，咱們李家的人雖在患難中，也沒有丟人，你的妹妹仍舊是李家門中的處女，哥哥放心。可是妹妹的意思，不是那意思。李家的女孩子應該長守閨門，替亡故的父母禱告，求先靈保佑，大仇得報。李家的女孩子，無論如何，守貞不嫁，借此維持門楣，正如李家的男孩子，無論如何，也該丟下富貴榮華，矢志復仇，才是他的正路。妹妹不曾給先人丟臉，正跟哥哥不曾偷活忘仇一般。」

話是說得很明白，李步雲渙然如釋重負，他立刻轉憂為慰道：「那好極了，那好極了。既是這樣，妹妹還該合八字。我知道妹妹力矢守貞不字的深心，但是妹妹，我們不要忘了伍員覆楚時，楚王妹芊畀我和鐘儀的故事，妹妹仍該出嫁的。不過不能嫁他姓，仍可以嫁給我們的恩人。我們李家，必須女有所歸，然後才男有所為。」

突然李映霞失聲銳呼道：「哦，怨不得哥哥這些天要走又不走，怨不得又要我的八字，你是要我有所歸！哥哥你錯了，你的妹妹斷斷不能有所歸，尤其不能歸給姓楊的恩人！你的妹妹無論如何，不能……憑一個書香之女，不能給人做妾！哥哥，難為你，怎麼這麼糊塗！」嘻嘻地冷笑起來，面色慘白無人色，幾乎氣倒在床邊。

李步雲愕然，不覺又墮入五里霧中。他是最疼愛他這小妹的，尤其是在患難以後。現在她氣成這樣，這怎麼辦呢？

然而，八字已經有了一撇，話都挑明一半，生米也將成飯，勢難中變。李步雲轉頭來和蕭承澤再三密議。妹妹不願意，自己可是答應過柳葉青了，這真真糟心！柳葉青又不住派人請蕭大哥討回信，要準信。蕭大哥重登楊府，和二少奶奶柳葉青連談了兩回，回轉來重催李步云：「你是胞兄，又是當家人，大主意還是你拿；你不要盡顧慮霞妹妹的委屈了，那委屈不了她。你前後想想，不這麼辦，怎麼辦？」

李步雲還有點遲疑，蕭大哥又說：「這不是就等換八字，過帖了嘛？你又模糊記得，你就不用問大妹妹了，八字就那麼填上，趕快叫算命先生核一核，其實也不用核，趕快辦完了，咱們也好趕著去尋仇人。霞妹的事老這麼虛勸著，你也心不淨。我記得聶政嫁了姐姐，葬了老娘，才肯拿起匕首行刺去，你也正該如此。」說著，把楊華的八字，柳葉青的盟書，全從抽屜拿出來，又取出新置的婚書，催著李步雲當機立斷，立刻寫齊。

李步雲提起筆來，長嘆一聲……突然門扇一響，李映霞凜然出現，直直地走到書案邊，把柳葉青的盟書，楊華的八字，全拿起來一看，嘿嘿地一笑，促雙眉，凝雙眸，注視著二人，半晌，道：「你們要做什麼？」

蕭、李瞠目相視，李步雲忙說：「妹妹來了，倒嚇我一跳。妹妹看看，這是楊家二少奶奶親筆寫的……她絕不敢跟妹妹爭嫡的。」

李映霞冷笑了一聲，道：「你們辦到這樣了，也不告訴你妹妹，好，我拿回去細看看。」轉身邁步，走回臥室。

蕭承澤望著李映霞的背影，說道：「教她看看也好。」李步雲道：「不對！」連忙站起來追出去：「霞妹，你可別撕呀！」

真是說著了，李映霞把盟書略看了開首幾句，拿著剪刀，一直走到父母靈牌之前，點起了佛燭，焚香叩首。這時李步雲已然趕到，李映霞並不回頭，往上連連拜禱：「雙親在天之靈，請俯鑑女兒苦心。你的女兒劫後餘生，自誓守貞不嫁，你的女兒絕不做酬恩的禮物，就是白刃相加，此志不改。倘有強逼，唯有一死自明！」站起來，就把盟書八字往燭火上送，被李步雲橫臂攔住。李映霞復又抄起剪刀，投身跪地，披髮待剪。李步雲嚇得手忙腳亂，也跪下來，竭力阻撓。李映霞禁不住號啕大哭起來。

蕭承澤慌慌張張也趕到，和李步雲手足無措，含淚相勸。

李映霞一語不發，只是哭號。

一連僵持了好幾天，剪頭髮的事，柳葉青也曉得了，她的父親鐵蓮子，她的婆母楊太夫人，也影影綽綽曉得了。這件事倒幾乎鬧明了。

「霞姑娘剛搬出去，好磨打眼的，怎麼剪起頭髮來了？」

「是呀，好磨打眼的，倒剪起頭髮來了。」

楊大娘子衝著二娘子柳葉青笑，柳葉青連使手勢，她還想瞞著婆婆。

鐵蓮子把女兒、女婿都叫到精舍，問他們真相。女婿楊華紅著臉不言語，柳葉青略為描了描。鐵蓮子道：「青兒，這件事情，你要再思再想。你不要盡逞孩兒脾氣，毀了人，還給自己找不如意。『一床聯三好』是好，可別忘了『一仇三怨呀』！」

「爹爹你放心，我和仲英全沒說的，我這是為著霞妹的終身設想。誰教她救過我呢，她救我，我就得成全她。我們三個人拴在一塊了，離不開了。」

鐵蓮子哼了一聲：「救過你，成全她！」嫁出門的女兒，他也不能強作主張。他只將二女不併立的話根據老經驗說了又說，暗示著李映霞是個似弱實強的女孩子，未必甘居人下。他的私見，只見到這個。

柳葉青不聽那一套，暗中仍自努力，終於碰了壁。李步雲依據胞妹李映霞「矢志不移」的決心，轉告蕭大哥，蕭大哥咧著嘴，轉告了柳葉青，便是婚事已被「拒絕」。

柳葉青大為撓頭，但還不死心。她想了想，跟丈夫楊華祕密磋商，重寫了許多東西。這一天，瞞了婆母，悄悄出門，一直找到李氏兄妹的新居。她打算一聲不言語，升堂入室，在小樓臥室，和李映霞摒人祕語。她卻一時疏忽，沒有準備停當。

當她的轎車停到李家小樓前，那車伕不知不覺，上前替主人叩門。恰值李步雲心煩意亂，在前庭走溜，聽見了動靜，親自出來開門，於是見到了柳葉青，恭恭敬敬叫了聲：「楊二嫂！」要往客廳讓，又命人快去通知小姐。蕭承澤也已出來招待。柳葉青慌忙做著手勢說：「李大哥，蕭大哥，不要客氣，我是要找霞妹妹，我們姐倆要背著人，談談心腹話的。」

李公子臉一紅，愣住了。他卻另有一種想法，他要親對柳葉青替妹妹辭婚，說明個中困難。蕭、李二人竟堅邀柳葉青到客廳，柳葉青暗罵著這一對呆子，拿出她那爽直作風來道：「我先找霞妹談一談，回頭再跟二位說話兒。」丟下了蕭、李，拾級徑登小樓。不想小樓「呀」的一聲，臥房門掩上了，而且加了栓。小丫鬟立在門旁，滿面帶笑地說：「二少奶奶來了，霞小姐請您到客廳，她回頭就下來。」

柳葉青愕然道：「她幹什麼呢？」

小丫鬟呵呵地笑說：「霞小姐她……換衣服呢！」

柳葉青笑道：「去開你的吧，你也替你們小姐扯謊？你真是伺候誰就保誰，你倒忠心！」一面說，一面上前叩門：「霞妹妹，霞妹妹，我來瞧你來了。你開開門！」

門裡面沒有動靜。

「你不想見我嗎？霞妹妹快開門，我有幾句要緊話單對你講。」

裡面依舊默然。

「霞妹妹快開門，這樣的門就攔住我了嗎？我可要破門而入了！」且說，且咯咯地笑，且嘭嘭地敲。

好半晌，李映霞才隔著門低低地說：「青姐姐來了，請到客廳，我這就下去。」

柳葉青心生一計，忙笑道：「好，好，你快下來，別教我久等啊！」做出了下樓的腳步聲，向丫鬟打手勢，她卻藏在樓旁。卻不料李映霞掠巾掩面，倒在床頭，決計不肯開門，不肯與柳葉青相見了。柳葉青候而又候，靜等開門掩人，等到她心焦，屋中一點響動沒有。樓下的蕭、李耐不住了，悄聲對商，由蕭承澤走上來請楊二少奶奶柳葉青到客廳一談經過。柳葉青強笑道：「好哇，霞妹妹，你真綳得住，真就好意思給我閉門羹！」

屋裡仍然悄然無聲，蕭、李把柳葉青邀讓到客廳，於是一迭連聲做了一番長談。蕭、李把映霞堅志辭婚的意思切實表說出來，一面道歉，一面敬謝雅愛。

柳葉青聽了，仍不以為然，說道：「李大哥，你哪裡知道令妹的心情，我全明白。你們二位瞧我的吧，我總得再和她當面講一回。」往四面一望，低訴數語，柳葉青悄悄溜出客廳，重登小樓。

那個丫鬟奉了李公子之命，先一步叩門假意報說：楊二少奶奶走了。李映霞仍未打開房門。柳葉青微微一笑，躡足退下來，張目尋看，溜轉來，找到窗口。恰巧窗扇打開，柳葉青一逞身手，嗖地穿窗躥進屋內。

李映霞正自倚案展卷，低聲詠哦；柳葉青躡足悄聲地站在她身旁，她漠然不覺，正在淒淒涼涼地捧讀一本詞集，以至於進來了人，她還不曉得。

「思悠悠，恨悠悠，恨到幾時方始休？月明人倚樓！」念到這裡，李映霞不禁感慨，慢聲重複一句：「月明人倚樓！」

柳葉青忍不住出聲：「妹妹念什麼了？」

李映霞吃了一驚，回眸尋看，心中一跳：「哦，姐姐沒走，倒嚇我一跳，姐姐你請坐！」忙起來斟茶。柳葉青按住她，不教她動，自己拉過椅子來，緊挨李映霞坐下，說道：「妹妹不願見我嗎？我可是天天忘不下你，從你一搬來，咱們就好多天沒見了，我真是時時刻刻想念你。妹妹不要動，不要張羅，我不喝茶。妹妹，我這回特意來跟你商量一點事，哦，給你看一點東西。」

且說且掏，忽又回頭一瞥，忙走過去，把臥室門掩上了，加上栓，這才把掏出的東西遞給李映霞，李映霞不肯接，柳葉青笑說：「妹妹，你倒是瞧瞧啊！」親自展開來，鋪在書案上，拉著李映霞，請她務必一看。

李映霞不用看，早就猜到那是合婚書，和柳葉青親筆寫的誓詞。

李映霞擺脫著，掉頭不顧。柳葉青滿臉懇求，向李映霞說項：「妹妹，我的話都說盡了，妹妹，你答應也得答應，不答應也得答應。我這當兒恨不得有把刀，把心腹剖開，叫妹妹瞧瞧。妹妹，咱們倆，不是，是咱們仨，活該受老天爺的擺弄，咱們仨無論如何也離不開了。妹妹，各方面我都布置好，千言萬語，就剩妹妹你答應一個字。」

李映霞淡淡一笑，臉又泛紅，雙眸不禁吐火，真有點按不住怒氣了。可是她一忍再忍，收回了爆發的感情，慢慢說道：「姐姐你這是做什麼？哦，姐姐出門，怎麼不把小寶寶帶來？伯母好嗎？大嫂好麼？義父沒有出門嗎？」

「都好，都好，沒有出門。妹妹，我是特為來跟你商量那件大事，纍纍贅贅帶孩子幹嘛？妹妹你別跟我打岔，我是偷空瞞著婆婆來找你的。我托蕭大哥說不動，現在我自己求你來了。妹妹，你還不答應我嗎？你還要怎樣？盟詞也寫了，八字也合了，可是要我對天盟誓嗎？我現在就盟……」說著滿處四尋，要找跪墊，這裡並沒有拜氈。柳葉青哦了一聲，拿過兩個椅墊子，並放在地上，把李映霞一拉，要一同跪天宣誓。李映霞竭力支拒，她沒有柳葉青那大力氣，不禁氣喘，正色厲聲說：「姐姐你不要這樣子，你不能強迫我！這樣的做法，就不能受！」

「咳，妹妹跟我還有什麼不好意思嗎？這裡就只咱們倆，又沒有外人，我先跪下，來來來，妹妹跪在這邊。哦，不，妹妹跪在墊子上首，我跪在這邊。」

柳葉青自己半跪在墊子上，一手扯著李映霞。李映霞被她拖得如風擺葉，用兩隻手臂竭力來拆解柳葉青的一隻手，竟解不脫。柳葉青一欠身，用一隻手腕，攬住了李映霞的腰肢，只這麼一攏，李映霞身不由己，倒在柳葉青懷內。柳葉青像摟小孩似的緊摟著，而且愛撫著，而且低聲說：「妹妹，妹妹，我愛你，我真愛你，你不用躲我。妹妹，我們仨永遠永遠要活在一塊兒！」情不自禁，竟低頭來吻李映霞的腮。

李映霞整個身子坐在柳葉青懷內，她的雙腕也都被攏住，柳葉青從映霞的頸後探唇來吻她的腮，她竭力掙擺，臉罩紅霞，心如小鹿，她失聲喊了出來。她立刻左側臉，右側臉，終被柳葉青口揾住腮，又被一翻，翻得臉對臉，四目相對。柳葉青雙眸帶出很古怪的神氣，李映霞不禁喘息起來，終被柳葉青緊抱，抱起來，而且趨奔床頭，而且雙雙倒下來，並肩疊股地臥著。柳葉青低低地向映霞訴說心腹話，又替楊華訴說欽慕話，愛慕話。

李映霞如飲烈酒，教柳葉青擺布得如醉如痴。她的一顆心怦怦跳動，幾乎把持不住。她猛然把牙一咬，把心一沉，叫出了裂帛之聲：「柳姐姐，你們不能這樣作踐我，你給我站起來！我不能受這個，我我受盡了無窮氣苦，我在患難途中張皇求救，人沒把我當人。今天我好不容易骨肉重逢，我情願……柳姐姐，你趁早死了你那條心。我要努力做人，我不能做玩物，也不能做禮物，也不能做人家懺悔的犧牲物！我這一生，誓不嫁人，皇天后土，實鑑此心。逼我太甚，我還有一死，乾乾淨淨地死！柳姐姐，你不要再折磨我了，我受夠了，難道你非要我一死才死心？」

李映霞陡然拔下頭上的髮簪，叫道：「我若口不應心，這輩子我若嫁人，教我碎骨粉身！」啪地投地，髮簪摔為兩段。

李映霞斬釘截鐵，神色凜然。

柳葉青愕然，大窘之下，慚惶起來。然而她不死心，化百煉鋼為繞指柔，再向李映霞廝纏。

花開並蒂蓮

當天下晚，柳葉青的小寶寶女兒小華逾時索母，啼哭起來。這驚動了婆母楊太夫人，叫過看媽媽來問，回答是二少奶奶大概上李少爺、李小姐新宅串門去了。楊太夫人又問，臨走沒留下話兒？什麼時候回來？答說沒有。

楊太夫人不悅，命人去請大少奶奶。大少奶奶來到面前，婆母說道：「你這二弟婦也太隨便，怎麼串門子去不帶孩子，也不告訴我一聲？你看天都這麼晚了，小華要找她娘，許是餓了！」

大少奶奶早知就裡，忙賠笑道：「小寶哭了，我來哄她，她不是餓，她是想娘。」太夫人道：「她娘好磨打眼的，串門子去做什麼？」

大少奶奶笑了，說道：「娘還不知道，二嬸和李小姐拜了乾姐妹，好得蜜裡調油似的，她一定是找李小姐說心腹話去了。」

「說心腹話？什麼心腹話？」

大少奶奶這才乘機把她們之間的交涉略略描說出來。是怎麼楊華救了李映霞，李映霞矢不別嫁；是怎麼二嬸（柳葉青）起初誤會，後來諒解；是怎麼那晚御賊之後，多虧映霞一箭，救了二嬸，救了咱們全家：是怎麼二嬸才私心期望，要求李小姐下嫁二叔；可是李小姐不知何故，總是推託；是怎麼李小姐遷出之後，二嬸著了忙，再三託人試探；李公子答應了，李小姐還是推託……原原本本，稟告了婆婆。然後說到今天，二嬸一去，就祕密告訴了我，說倘我回來晚了，教我祕密告訴您老。二嬸現在是感激李小姐跟我們楊家有恩，她情願「一床聯三好」，各方面都問訊好了，就等李小姐一點頭，便回稟婆婆。

如此這般，仔細一說。楊太夫人聽了，陷入沉思，半晌，說道：「我說呢，怪不得李姑娘像有心思似的，她二嬸、他二叔也像有心思似的，原來是這麼一回事。她二嬸可真心要替丈夫說二房，她不反悔嗎？李小姐兄妹到底肯委屈麼？還有，柳親家他也願意嗎？」

楊大少奶奶賠笑說：「各方面都沒什麼了，就只欠李小姐一點頭，然後就請示您。」

楊太夫人默然，起初她很不滿意柳葉青的專擅，其實她早就看中了李映霞，以為比柳葉青懂事，能治家。她恪於家訓，不願子納妾，又想到李映霞以一知府千金，也不肯屈為簉室。

太夫人她老成持重，有意未透，現在可真是「水到渠成」了。

思索了一陣，命人去請柳親家（鐵蓮子）。

鐵蓮子不肯反駁，也不肯贊助，只說這是太親母和小女小婿的家事，兆鴻不敢借箸代謀的，大主意請太親母斟酌，又抱歉道：「小女太任性，叫太親母操心！」

楊太夫人又思慮了一陣，把楊華找來，母子摒人密語了一回，看天色已晚，二少奶奶柳葉青一去未回，楊太夫人便毅然說道：「你去教他們套車，把李小姐連二嬸一塊接來。」楊華不覺忸怩起來，楊太夫人笑了笑，又想道：「索性我去接她們，連她大嫂也跟我一塊去。」

立刻套上車，太夫人抱孫女，偕長媳，帶丫鬟，直赴李氏新寓樓。

這時候，柳葉青和李映霞在小樓臥室膩煩，磨蹭，已經磨得舌敝唇焦，筋疲力盡了。李映霞用若干反譬話，輕一下，重一下，像針似的來諷刺柳葉青；柳葉青恧顏接受，她一點不惱，仍一味軟語央求。柳葉青那麼剛強的人都掉下眼淚，李映霞咬定牙根，百折不回，從她唇吻中不曾迸出半個「可」字。

李映霞涕淚橫頤，面色灰白，閉定了眼，任憑柳葉青把好話說盡，她只是充耳不聞。蕭承澤、李步雲兩人，在庭院中來回走溜，叩門不開，問話不答，兩個女子都似犯了擰性，一個軟磨，一個硬泡，忘息忘食，僵持了這麼長久的時候。

楊太夫人終於到了。蕭、李二人施禮歡迎，楊太夫人劈頭問道：「我們二嬸可是在這裡嗎？」

「是的，伯母，嫂夫人現在樓上和小妹說話呢，這老半天了。」

「哦，她們姐妹很好，我去看看霞姑娘。」由大少奶奶攙扶，丫鬟抱著小寶寶，一齊登樓。

「哦，怎麼關著房門呢？」

李步雲公子呵呵地說：「可不是，小姪叫過兩遍了，她們總是說，說話兒呢，一會兒就下樓。」搶行一步，提高了喉嚨叫道：「大妹妹！楊伯母、楊大嫂到了！」

楊大少奶奶接聲叫道：「二嬸，咱娘來了。霞姑娘，我娘瞧你來了。」

「哦，可了不得，我娘和大嫂全來了！」柳葉青在房中叫了一聲，如飛跳下床來開門。

李映霞眼紅紅的，也即下地接待。

楊太夫人第一步先命楊大娘子把小孩交給柳葉青喂奶，一面細細端詳柳、李二人的神色。兩人都似哭過，而柳葉青一臉焦灼，李映霞兩眼發直，顯見弄僵了，個個不得下臺。楊太夫人笑說道：「你們姐倆關上門，說體己話了，可是為了霞姑娘的終身麼？」

柳葉青強笑不答，望著大嫂。楊大嫂悄聲說：「我剛才稟告婆婆了。」柳葉青忙低問：「怎麼樣？」大嫂道：「這不是婆婆親自來了。我說霞妹妹……」

李映霞強笑不語，和柳葉青一樣。楊太夫人點了點頭，抬頭望見李步雲、蕭承澤也都上了樓，正立在門邊。門室擠滿了人。楊太夫人就說道：「李公子你請進來，我正要跟你們談談。

唔，霞姑娘的終身我也是最掛念的，是應該緊著辦的。李公子，霞姑娘，你兄妹若不嫌我年老昏憒，說話冒昧，我正是要替二小兒正正經經來求婚的。這裡頭委曲婉轉，我早就聽說了，只不曉得我們二兒媳的意思，我也就不便多管。現在難得你們姐妹這樣好，霞姑娘你就委曲一點吧，你只當給我做個親閨女。你還怕我們給你氣受嗎？」

李映霞哽咽說道：「我謝謝伯母的盛意，人貴自知，我知道我是不祥女子，我主意早已打定，我對不住伯母！我不便答應！」不禁痛哭起來。

她仍然拒絕。

費了許多話，結果依然僵，僵了很久時候，不歡而散。

楊太夫人回轉己家，把二兒媳抱怨了一頓。柳葉青無言可答，只有賠笑。

柳葉青退歸己室，又被丈夫抱怨了一頓。她可就憋不住火了，她要發作，其實又沒法發作。她一聲不言語，帶著小寶寶睡覺。

次日，鐵蓮子聽知原委，把女兒叫到一邊，勸了一陣。柳葉青一聲不言語，翻著眼睛，想心思。

一直過了好幾天，柳葉青想了三四天的心思，李映霞在那邊扃戶暗哭了三四天。

有一天，柳葉青忽然精神煥發，翻箱櫃，找東西，有說有笑。第二天又沉默了，雙眸望著楊華笑。楊華不曉得她又搗什麼鬼。

第三天，柳葉青聲言頭疼，把楊華支到書房，天剛黑，她便睡下了，小孩交給了乳娘，乳娘和她住聯室。

到了晚間，夜暗星昏，暮風恬靜，柳葉青悄悄起床，早已換好一身夜行衣，背上了青鏑寒光劍，重展身手，跳牆出了楊宅，徑奔李氏寄廬，照樣翻牆而進，躡足登樓，撬門入室，晃火摺，認準了熟睡的李映霞。

李映霞滿面愁態，擁衾而臥，姿容如此娟秀，體段如此苗條，便是柳葉青見了，也怦然傾慕，何況丈夫？

柳葉青偷玩李映霞的睡容，不料李映霞憂患餘生，睡不安枕，稍有動靜，便轉側欲醒。柳葉青慌忙疊起火摺，點著了薰香。把薰香放在了李映霞頭前，悄悄退了出來，閉門掩窗，藏在一旁。

好半晌，聽見李映霞打噴嚏，暗說行了，急急掩入，敞開門窗，放走了煙氣，公然點上燈。李映霞果然人事不省，側臥床頭，面色轉為蒼白。

柳葉青大悅，走近前，掀起被來。李映霞穿著緊身睡衣和睡鞋，俱是素色喪服，然而越顯得雅素。柳葉青彎下腰來，伸手把李映霞的腮摸了一下，她不動；又拉起她的手來，她還是不動。柳葉青探衣摸她的胸口，胸口微微跳動。柳葉青放心大膽，雙手伸下去，把李映霞一抱，輕輕叫了一聲，又試著親她的腮。李映霞如死人一樣，任人擺布，昏迷不醒。柳葉青立刻解下搭包，又用床上的被單把李映霞一包，然後用褡包把她緊背在自己的背後。

柳葉青此時也禁不住心跳，她要劫持李映霞，強行求婚。

她的非非之想居然做出來，而且做下去了。

她立刻背好了她的俘虜，吹熄了燈，如飛輕步下樓。

她走到庭院，要翻牆跳出去。她發覺她的氣力不支，她的功夫擱下了，力不從心了。現在只有一法，開街門徑直出去，卻忘了院中還有一個大行家——蕭承澤。

剛剛走到大門洞，剛剛拔開門閂，柳葉青突然聽側面低聲斷喝：「呔，站住！」

柳葉青忘其所以，霍地倒轉身，拔劍一揮，咔嚓的一響。

旁邊黑影哼了一聲，往後驟退。柳葉青如飛的逃出去，「噌」的一下，肩頭熱辣辣的奇疼，似乎中了暗器。她不顧一切，順大街一抹地搶奔楊府。

她身上背負了一件重物。

後面人影退下去，又趕上來，依然喝阻：「呔！賊子，把東西放下！」

柳葉青突然省悟，追來的是熟人，是蕭大哥。柳葉青忙往暗隅退藏，然後出聲叫道：「念短，念短，併肩子，過來搭話。」

蕭承澤揮門閂，如飛搶到跟前，口中叫道：「呔，你到底什麼人？拿的什麼？」

柳葉青很懊喪地叫道：「蕭大哥，快不要動手，是我！」

「你是誰？吆，你你你可是二弟妹，柳葉青？」

「正是我！」

兩人湊在一起，蕭承澤頭上直冒熱汗，說道：「好弟妹，你把我嚇殺了！若不是退得快，我差點教你剁了，你那是背的什麼？」

柳葉青從肩頭拔下一支袖箭來，輕笑道：「我也差點教您射死。」

「哎呀，對不住。我說弟妹，三更半夜，你到底是幹什麼？」

柳葉青咯的一笑道：「我嘛，我是來接映霞妹妹到舍下住一天，我跟她講幾句私心話。」

「映霞妹妹？她在哪裡？」

「她這不是在我背上呢！」

「唔！大妹妹，你可是，怎麼不言語了？噢，噢，噢，弟妹，你這是……綁票，強逼親事，怕使不得吧！」蕭承澤迫近了細看，完全猜出來了。

「好，蕭大哥，您就不用管了，您就快回去，關門睡覺去吧。你那李大兄弟不知驚醒了沒有，你費心替我開解開解。我背著一個大活人，不能多耽誤，有什麼事，咱們明天再見吧。」

柳葉青背負著昏迷不醒的李映霞，拔步就走。蕭承澤目瞪口呆，望著她的背影，忽然想到一層顧慮，急忙跑回去，閂上門，跳牆出來，緊緊綴在柳葉青後面，暗作掩護，直等到柳葉青來到楊宅，平安進院，蕭承澤方才咧著嘴回轉李家。他已然證實了一件事情，柳葉青此番舉動是偷著幹的，裡面沒有楊華，楊華不曾出頭。

那江東女俠柳葉青累了一身汗，方把李映霞背到己屋，放在自己的床上。她略做喘息，先把自己的傷口紮治好了，立刻動手替李映霞緩去結束，脫卻小衣，用被給覆在身上。李映霞皓如白玉的肢體被柳葉青剝脫得整個裸露。然後柳葉青笑吟吟地到書房去叫楊華。

玉幡桿楊華大驚，連說：「你胡鬧，你太胡鬧，這可了不得！」

「但是我已經做了。不這樣，她永遠嫁不到咱們家來。」柳葉青一臉得意的笑容，拖著楊華，教他過去看看。

楊華滿臉通紅，堅絕不去，但抵不上柳葉青的強嬲，楊華只得跟隨柳葉青來到寢室外間，探頭看了看，坐在外面。

柳葉青便一個人走進去，把燈剔亮，緊跟著她自己也解衣登榻，和李映霞共枕同床，輕輕地偎抱著，低低地叫道：「霞妹妹，霞妹妹！」

霞妹妹兀自難醒。柳葉青才曉得她是這樣弱，禁不住薰香，忙又輕輕叫道：「喂，仲英，你給我斟點涼茶來。」

楊華枯坐不動，心中怦怦亂跳。

柳葉青連叫不應，賭氣走下地來，抱怨道：「我特意背來一個睡美人，要交給你，你倒裝起魯男子來了！你太沒良心，對不住我！」

楊華咳了一聲，道：「你這惡作劇，做得太過火了，恐怕後患不堪設想。」

「呆子，什麼後患，沒出閣的姑娘就是隔著一層紙，你把這層紙給她揭破了，她再也繃不起來了。她不是不愛你，你也不是不愛她，依我說，你趁早過來，咱們一床聯三好，看她還推託不？」

楊華忸怩道：「那可萬使不得！」又低聲央告道：「你別瞎鬧了，這不是鬧著玩的！」

柳葉青怒道：「你不肯愛她，我可愛她去了！」說著撲哧一笑，斟了一杯涼茶，撬開牙關，給李映霞灌下去。隨後登床，緊緊偎住了映霞，等她甦醒。

李映霞昏昏沉沉，眸子漸漸轉動，仍然睜不開，肢體被柳葉青擁抱著，使得她陷入離奇的夢境，恍惚又是那天在淮安府，望斷途窮，潛出自縊，教楊華解救下來，被擁在懷的情景。她迷離中竟喃喃低叫：「華哥，你去吧！今生無望，我和你期待來生！」陡覺夢中情郎在耳畔安慰自己道：「霞妹妹，我們今生有盼望，我們離不開了！」而且唇腮相就，這樣溫存著。

李映霞終是處女，不禁嬌羞支拒，手腕又被人握住，驀地著急，睜開了雙眸。一個粉面紅唇正對著自己，相距不過咫尺。

哦，這是柳葉青，不知怎的夢魂顛倒，夢中情郎不見了，眼前的情敵突然出現，正和自己並枕相偎抱。李映霞不勝惶惑，猶疑是夢，扶枕待起，被這情敵按住了，而且親親熱熱地叫著自己：「霞妹妹醒轉來，霞妹妹醒轉來，你瞧你在哪裡了？」

李映霞陡然吃驚，驟轉清醒，置身處這不是柳葉青夫婦的寢室嗎？她惶然失措，忽又覺得自己周身赤裸。她不由失聲驚叫，用錦被緊裹身體，又用力要推開柳葉青，呵呵地說：「這，這是在哪裡？這是怎的？」

柳葉青咯的一巧笑，重纏住李映霞，婉聲說：「好妹妹，你逃不出我的手心了。我一定求你下嫁，我把你擄來了，你現在就睡在我們夫婦的床上。好妹妹，你是我的人了。咱們是一根紅繩牽兩個螞蚱，跑不了你，也跑不了我。你再不要推託了，咱們在這床上睡了一個更次了。」遂說，遂像扭股糖似的把李映霞軟軟纏住。

李映霞渾身酥軟，沒抓沒撓，一籌莫展，完全失去了抵抗。

李映霞嚶嚶地啜泣起來。柳葉青無可奈何，跪在她面前，款語央求，許了好多願，又痛切自責，「好妹妹」叫了萬千。

歸結到底，還是堅求她下嫁，誓結並蒂蓮。柳葉青三番兩次叫楊華，楊華不肯進內。一夜晚景，私語達旦。玉幡桿楊華在外間屋，就也這麼枯坐達旦。私談者喁喁不倦，他這竊聽者也殷殷無倦。

趕到清晨，柳葉青瞞著婆母，把李映霞偷送回寓樓，又再三叮嚀了許多話。李映霞只有飲泣，更無別言。可是她緊蹙的雙眉漸漸捨展開了，好比執著一個「不解之結」，縱然悵悵如有所失，此刻到底拆開了，又好像一塊石頭落了地。

於是隔過了幾天，楊太夫人「舊事重提」，把李映霞接來。

李映霞斂眉含羞，低聲答應了幾句話：「我只能服侍伯母來！」

她的終身就這樣定局了。

光陰過得很快，轉眼兩三個月。在李映霞和玉幡桿的婚禮隆重籌辦的時候，李步雲公子的岳家突然把他的未婚妻送來了。岳家樊鄉紳原跟李府是通家至好，不因李家淪落而悔婚，樊鄉紳親自攜女尋來，還帶著嫁妝。李公子不能再拒，於是步雲映霞兄妹倆一娶一嫁，同時成婚。

在會新親的筵間，蕭承澤喝得大醉，替李步雲提到了報親仇，殺二計的大事。鐵蓮子和玉幡桿楊華義不容辭，都慨然應允。李映霞兄妹感激之餘，倒不禁愴然了。自然這件大事也在將來布置，當下，新親舊親舉杯相勸，盡歡而散。

整理後記

本書寫於1949年，同年由上海廣藝書局出版。廣藝版共分五卷，卷一「毒砂掌」題目下，有「續獅林三鳥」字樣。

《血滌寒光劍》於1940年初刊報端，並於1941年由天津正華出版部出版之後，曾更名《獅林三鳥》出版。二者相較，《血滌寒光劍》更準確，更完整。因而，廣藝版《毒砂掌》卷一題為「續獅林三鳥」，實際上是續完《血滌寒光劍》。

現在出版的這部《毒砂掌》，是根據上海廣藝版校訂的。

洞房談寶劍

客窗互窺測

尋仇人復被人尋仇

開墳悲失頭顱

悵望水火牢投鼠忌器

血債血還毒刑訊寇仇

狹路驚逢玉虎

鄉居有客來饋蟹

替夫為媒

女俠登門求永好

毒砂掌——人間滄桑，無非兒女情長

作　　者：白羽
發 行 人：黃振庭
出 版 者：崧燁文化事業有限公司
發 行 者：崧燁文化事業有限公司
E-mail：sonbookservice@gmail.com
粉 絲 頁：https://www.facebook.com/sonbookss/
網　　址：https://sonbook.net/
地　　址：台北市中正區重慶南路一段六十一號八樓 815 室
Rm. 815, 8F., No.61, Sec. 1, Chongqing S. Rd., Zhongzheng Dist., Taipei City 100, Taiwan
電　　話：(02)2370-3310
傳　　真：(02)2388-1990
印　　刷：京峯數位服務有限公司
律師顧問：廣華律師事務所 張珮琦律師

定　　價：375 元
發行日期：2024 年 02 月第一版
◎本書以 POD 印製
Design Assets from Freepik.com

國家圖書館出版品預行編目資料

毒砂掌——人間滄桑，無非兒女情長 / 白羽 著 . -- 第一版 . -- 臺北市：崧燁文化事業有限公司 , 2024.02
面；　公分
POD 版
ISBN 978-626-357-996-5(平裝)
857.9　　113000677

電子書購買

臉書

爽讀 APP